第二部

熹妃傳（二）

解語 著

熹妃傳

目錄

第一千零五十二章　大怒

那拉氏的目光慢慢由恍惚變得銳利，徐徐道：「從來都回不去，就像是弘暉不可能重生一樣。」

凌若笑而不語，起身道：「叨擾娘娘許久，臣妾也該告辭了，改日再來給娘娘請安。」

聽得她這麼說，等了許久的小寧子終於鬆了口氣，趕緊打起簾子道：「奴才恭送熹妃娘娘。」

凌若轉身離開，在踏出大門時，眼波一轉，停下腳步，似笑非笑地看著小寧子道：「本宮記得不久之前，寧公公還是一個連內殿都不許進的低等太監，見了三福還得卑躬屈膝陪笑臉，可一轉眼已經是皇后娘娘身邊的大紅人，輪到別人給你陪笑臉了。這能耐，可真是讓本宮刮目相看。所謂風水輪流轉，指的可不就是寧公公這樣。」

聽出她話中有刺，小寧子低頭道：「娘娘說笑了，奴才只是盡己所能伺候好主子，其他的事，奴才從未想過。哪怕真有什麼能耐，也不過是伺候人的能耐罷了。」

「宮裡那麼多奴才，每個人都會伺候人，可能夠做到寧公這一步的，卻萬中無一。」在嫣然的笑意中，她湊到小寧子耳邊輕輕道：「不過寧公公害死了那麼多人，小心晚上會有冤魂來找你索命。」

小寧子瞳孔一縮，凝聲道：「奴才雖然微不足道，但好歹也是皇后娘娘身邊的人，娘娘這樣冤枉奴才是何道理？」

「是不是冤枉，你心中有數，翡翠正在背後盯著你呢，寧公公。」

雖然知道是唬人之言，但小寧子眼底還是升起一絲驚慌，下意識地想要去看身後，頭轉到一半時卻生生止住，嘴硬地道：「翡翠是投井自盡，無緣無故盯著奴才做什麼，娘娘這話可真是奇怪。」

凌若笑著從小寧子身邊走過。從根本上說，小寧子與那拉氏是同一類人，為達目的是不擇手段，所以他可以將三福逼到絕路，所以他可以坐到今日的位置。

這種人，不見棺材是不會落淚的，不過那些話，也足夠小寧子擔驚受怕一陣子了，權當是替三福出一口氣吧。

一直到凌若走得不見蹤影，小寧子方才吐出一口濁氣，渾身都覺得涼颼颼的。

雖然他說得強硬，但心裡還是直發虛。翡翠是他親手捂住了嘴投到井裡的，當時翡翠還掙扎了半天，讓他連著作了好幾天惡夢方才漸漸淡忘，誰曉得眼下被熹妃三言兩語又勾了出來。

小寧子搖搖頭，努力將這些事從腦袋裡甩出去，在回到裡屋後，只見那拉氏正一言不發地坐在椅中，那張臉陰沉得嚇人，屋內氣氛更是壓抑異常，伺候的宮女一個個低著頭，連聲大氣也不敢喘，唯恐惹禍上身。

跟了那拉氏這麼些日子，小寧子還是頭一次看到她這樣，陪著小心走過去，剛喚了聲「主子」，一只青花瓷盞使「砰」的一聲砸在他腳下，將他嚇得整個人都跳起來，隨即趕緊跪下，惶惶道：「主子息怒。」

他這一跪，餘下的宮人也趕緊跪下去，瞬間除了那拉氏之外，再無一人站著。

「息怒？鈕祜祿氏都已經欺負到本宮頭上來了，你要本宮怎麼息怒！」那拉氏霍地站起來，臉上是近乎失態的猙獰。

小寧子不敢抬頭，曉得這一次那拉氏是真的被激怒了。

屋裡接二連三響起東西砸碎的聲音，那拉氏藉此來發洩心中的恨意；而不久之前，她還義正辭嚴地教訓了這麼做的弘時，真是有些諷刺。

在連著砸了好幾樣東西後，那拉氏心裡的氣總算是出了大半，環顧著滿地狼藉，她死死握緊雙手。這麼多年來，她還是頭一回受這樣的氣，鈕祜祿氏，真是好本事！救了惜春不說，還跑到她面前來耀武揚威，真有種！不報此仇，她就不叫那拉蓮意！

待得心情平復一些後，那拉氏瞥了一聲不吭跪在地上的小寧子一眼，道：「去給本宮重新沏盞茶來。」

「嗻！」小寧子趕緊答應一聲，躬著身下去，待得再回來時，手裡已經端了一盅茶，小心翼翼地走到那拉氏身邊，細聲道：「主子請用茶。」

那拉氏隨手接過，揭開後發現不是自己慣常喝的武夷大紅袍，而是枸杞菊花茶，心下不悅，重重地合起盞蓋，冷言道：「昏頭了嗎？本宮何時說過要喝枸杞菊花茶，還是說連你也學著熹妃給本宮添堵？」

「奴才對主子忠心耿耿，熹妃這樣欺負主子，奴才恨她都來不及，又怎會學她呢！」在替自己叫了一聲屈後，小寧子道：「主子剛才動了肝火，而大紅袍是紅茶，溫補甘甜之餘還帶有一些熱氣，主子此時喝來，容易火上加火；相反的，菊花性涼，枸杞又有補氣之功效，最適合主子喝了。」

聽完他這一番解釋，那拉氏轉怒為平，重新揭開盞蓋喝了幾口，茶水順著喉嚨流入腹中，那拉氏眸中的怒火慢慢熄去，取而代之的是森冷寒意。她的話似外頭呼嘯的冷風一樣，颳過小寧子的耳畔。

「想不到有朝一日，本宮竟會栽在熹妃手中。」

小寧子縮了一下身子，小聲道：「其實這一次，熹妃不過是占了點兒小便宜罷了，主子不必太在意。惜春——」

那拉氏不耐煩地打斷他的話，道：「本宮在意的不是惜春，讓那個賤奴才逃脫性命，雖然令本宮生氣，卻還不至於到這一步。本宮惱恨的是皇上竟然對四阿哥這般看重，連奏摺都教他批閱。熹妃眼下已經猖狂得不將本宮放在眼中，若四阿哥再被冊為太子，更要視本宮為無物了。」

說到這個，小寧子亦是沒了聲音，好一會兒才道：「主子暫且息怒，只要皇上一日未明旨冊封四阿哥為太子，咱們就一日還有機會。再者，冊立太子關係國本與江山社稷，皇上一定會事先來問主子的意見。」

「問本宮？」那拉氏嗤笑道：「皆劉氏為謙嬪的事，皇上連提都不曾與本宮提起過，現如今，皇上心裡只有熹妃，哪還記得本宮！」最後一句，憤慨之餘透著濃重的蒼涼、悲哀。她一直知道胤禛待自己沒什麼感情，但以前好歹還有幾分尊敬，可眼下，卻連尊重都少得可憐，只有一個皇后的虛銜頂在頭上。

第一千零五十三章　計較

「皇上不是無情無義之人，主子與皇上夫妻結髮，伉儷情深，豈是區區一個熹妃所能離間的，眼下不過是一時被奸妃蒙蔽，才會疏遠主子，等以後，皇上自然會明白。」

「要明白早就明白了，皇上被熹妃迷得團團轉，哪裡還有清醒的一天！」那拉氏自牙縫中擠出話來。「不過她想做這後宮第一人，休想！」

小寧子示意那些宮女都退下去，小聲獻言道：「主子，熹妃最大的倚仗無非是四阿哥，只要四阿哥一死，她自然就不足為慮了。」

這一點，那拉氏並非沒想過，可之前已經死了一個弘晟，若再動手，只怕會令胤禛越發疑心。而且鈕祜祿氏一定會嚴加防範，想從中動手腳並不容易；可若是不除弘曆，一旦胤禛決定立弘曆為太子，那麼事情就會變得棘手無比。

見那拉氏猶豫不決，小寧子再次鼓動道：「主子，熹妃已經將您逼到這分上，您若再退讓，往後可真要沒有立足之地了。」

他的話令那拉氏怦然心動，差一點就要答應了，然目光在漫過小寧子那張臉時，卻漸漸冷了下來。「小寧子，四阿哥的事，看著你倒是比本宮更急一些，是否有什麼事是本宮不知道的？」

小寧子知道那拉氏對自己生了疑，忙跪下答：「奴才對主子赤膽忠肝，絕無一絲隱瞞。」

那拉氏涼聲道：「既是如此，你為何急著讓本宮除去四阿哥？」

小寧子心下一緊，不敢再隱瞞。「主子英明，奴才確有一點兒私心未曾告知主子。」

「說！」

那拉氏冷若刀鋒的目光刮得小寧子臉頰生疼，他磕了個頭後，一五一十地道：「奴才是主子的奴才，這一輩子都是要跟著主子的，唯有主子顯赫了，奴才才能跟著沾光；而將來若是四阿哥登基，熹妃一定不會放過主子，同樣的，也不會放過奴才。」

一直到說完話，小寧子的心都是忐忑的，不曉得等待自己的會是怎樣的結果。許久，那拉氏冷漠的聲音在耳邊響起。

「所以，你之前說這麼多，都是在為自己考慮是嗎？」

小寧子聽不出她話裡的意思，不敢抬頭，只是不住地磕著頭，他磕得很用力，

「砰砰」的聲音清晰可聞，磕得頭暈眼花也不敢停下來，而那拉氏就像是沒看到一樣，任由他磕著。

不知過了多久，小寧子終於聽到那拉氏命他停下來，他如逢大赦，趕緊道：「奴才謝主子不怪之恩。」

「本宮有說饒你嗎？」

那拉氏的話令小寧子渾身一涼，不曉得這個心思多變的主子究竟要對自己怎樣。

在他焦急的等待中，那拉氏道：「你身為本宮的奴才，卻為了自己的利益而慫恿本宮去害四阿哥，是為不忠不義，本該處死，不過念在你對本宮還算坦誠的分上，暫且饒你一命。」

小寧子大喜過望，趕緊磕頭謝恩，痛哭流涕地道：「主子這般寬宏大量，奴才真不知該如何報答才好，嗚。」他裝模作樣地抹了把淚。

那拉氏不耐煩地揮揮手道：「好了，別流你那點兒馬尿了，你那點兒心思，本宮豈會不知。」

「多謝主子開恩！」見被識破，小寧子不敢再多言，謝恩起身，老老實實站在一旁。

那拉氏瞥了他一眼，沒再多說什麼。私心，人皆有之，而小寧子的私心是不希望她被熹妃壓制，足以證明他不曾有過二心；對於身為主子的她而言，奴才忠心比什麼都重要。

靜了片刻，那拉氏忽地道：「劉氏那兩個孩子怎麼樣了？」

小寧子趕緊振了精神道：「回主子的話，據奴才所知，二位阿哥身體尚好，不過其中晚生的那位小阿哥身子有些虛，何太醫開了藥給奶娘服用，奶娘再用乳汁哺育小阿哥。」

那拉氏微一點頭，心下有了幾分計較，道：「讓人把這裡的東西都收了，然後你扶本宮去長春仙館。自劉氏臨盆之後，本宮還一直未去看過，有些話也該是時候對劉氏說了。」不等小寧子答應，她又補充道：「另外去將本宮上次準備的那對長命鎖拿來。」

「嗻！」小寧子不敢多問，吩咐過宮人又取了東西後，小心地扶了那拉氏一路往長春仙館行去。

彼時天氣晴朗，冬陽高照，雖樹枝上還有未化的積雪，但冬陽照在身上已經有了幾分暖意。

那拉氏沒讓人通傳，逕自走進去。劉氏正與金姑說話，看到那拉氏進來，頗為吃驚，待要行禮，那拉氏已經按住她道：「妳現在養身子要緊，這些虛禮不行也罷。」

「多謝娘娘。」雖然得了那拉氏免禮的話，劉氏還是在床上欠了欠身。

那拉氏就著宮人端來的椅子坐下，溫言道：「如何，身子可好些了？」

「謝娘娘關心，臣妾已經好了許多，就是整日躺在床上無趣得緊，剛才想讓金姑拿臣妾之前未做完的小衣來解悶，偏她就是不許，娘娘您說可氣不可氣？」

那拉氏輕笑道：「金姑也是為了妳好，針線最傷眼睛了，尤其是妳現在還在月子裡，若是壞了這雙秋水明眸，皇上可是要心疼了。」

劉氏被她說得面色一紅，低頭道：「娘娘莫要拿臣妾取笑了。」

「本宮可是說真的，如今這上上下下哪個不知道妳與兩位阿哥是皇上心尖上的人。」那拉氏拍一拍她的手道：「對了，怎麼不見二位小阿哥？」

劉氏回道：「剛才奶娘抱下去餵，現在這個時候，應該已經餵好了。金姑，快去將二位小阿哥抱過來讓娘娘看看。」

「是。」金姑答應一聲離去，片刻後，只見她帶著兩個年紀相仿的婦人過來，兩婦人各抱著一個嬰孩。

因為兩個孩子吃飽了都在睡覺，那拉氏沒有抱過來，而是將帶來的長命鎖分別掛在孩子身上。鎖用純金製成，一面是用紅藍寶石鑲成的蓮花，一邊是「延年益壽」四個字，底下綴著五條鍊子，上有小鈴鐺並象徵吉祥如意的圖案。

第一千零五十四章 謊言

劉氏只看了一眼，便知這兩把長命鎖價值非凡，忙推辭道：「孩子尚小，如何受得起娘娘這麼厚的禮。」

那拉氏不以為意地道：「再小也是咱們大清的皇阿哥，莫說區區兩把長命鎖，就是再重的禮他們也收得起，除非謙貴人不願收本宮的禮。」

「娘娘賞賜，臣妾高興都來不及，哪有不願之理。」見推辭不過，劉氏只得道：「臣妾代他們謝過娘娘。」

那拉氏的手指在其中一個孩子的臉上輕輕撫過，溫言道：「皇上可有為二位阿哥取名？」

「回娘娘的話，尚未取名，聽著皇上的意思，似想等到滿月那日。」

在奶娘抱著孩子下去後，那拉氏輕笑道：「等到那日，本宮該改口叫妳謙嬪了。」

「娘娘莫要取笑臣妾了。」劉氏紅著臉道：「皇上抬愛，臣妾一直都覺得受之有愧。」

「這是什麼話，妳為皇家同時誕下兩位阿哥，這份功勞，宮裡無人可及，莫說是一個嬪位，就是妃位，本宮也覺得理所當然。」說到此處，她心有餘悸地道：「雖說已經過了這麼些天，可只要一想起謙貴人當時的情況，本宮這心就怦怦地跳個不停。唉，為了這兩個孩子，妳真是受了許多苦。」

劉氏搖頭道：「只要能為皇上開枝散葉，臣妾就算受再多苦也是值得的。」

「謙貴人真是懂事，怪不得皇上這麼疼妳，連本宮都看著歡喜不已。」欣慰之餘，那拉氏又道：「之前本宮一直沒來，也是怕妳誤會本宮。」

劉氏奇怪地道：「娘娘何出此言？」

那拉氏重重嘆了口氣。「還不是為了那惜春，本宮實在沒想到，她會膽大妄為到這等程度，不只想害本宮，還想離間本宮與妹妹的情誼，至今想起來，本宮依然痛心無比。」

劉氏目光一閃，善解人意地道：「過去的事就讓它過去吧，惜春雖是娘娘身邊的人，但許多事不是娘娘所能控制的。何況真要說起來，臣妾還得謝謝惜春呢，若不是她，臣妾也不知道原來娘娘一直在暗中幫助臣妾，若非娘娘，臣妾的兩個孩子，未必可以安然生下。」

那拉氏連連點頭，看著劉氏的目光越發溫和。「真是個知冷知熱的妙人兒，沒枉費本宮這麼疼妳。藏紅草在京城很少見，本宮也是費了許多勁才得到的。」

劉氏感激涕零地道：「娘娘大恩，臣妾與兩個孩子沒齒難忘，這一輩子都會感念娘娘。」

「本宮知道。」那拉氏點一點頭，輕撫著裙上以繁華金線繡成的圖案，道：「話又說回來，按理有藏紅草在，妹妹這胎兒再怎麼樣也該穩住了，怎會提前那麼多天早產？」

劉氏低頭不語，她心中同樣有這個疑問。她所食之物、所焚之香都已經查過，沒有任何可疑之處，唯有沐浴水出了問題，最大的可能是有人在其中下了紅花。雖然她不相信那拉氏會這麼好心保住自己的胎兒，可是從惜春絹袋裡掉出來的確實是有安胎功效的藏紅草，這一點是毋庸置疑的。

若不是那拉氏，那會是誰在當中動手腳呢？還有惜春，她很清楚那拉氏御下的手段，按著金姑她們的說法，惜春當時狀若瘋狂，一口咬定那拉氏讓她下在沐浴水中的是紅花，而且還對那拉氏口出狂言，絕對不正常。她甚至感覺惜春是故意掉出那個絹袋，若果真如此，那裡面就大有文章了。

這般想著，她試探地道：「臣妾也奇怪得很，對了，娘娘在處置惜春的時候，可從她嘴裡問得什麼？」

那拉氏連連搖頭。「本宮帶了她回去後，她就跟瘋了一般，對本宮謾罵不停，根本無法好好說話。」說到此處，她會意過來，臉詫異地盯著劉氏。「謙貴人這麼問，難道是懷疑惜春受人主使？」
劉氏沒有將話說死，只是道：「臣妾以為有這個可能，所以才想問問娘娘可有問出什麼。」
那拉氏凝眸細思片刻，道：「這個本宮倒真沒注意，小寧子，你遣惜春出園的時候，她可有什麼異常？」
小寧子有些不明白她這麼問的意思，直至看到那拉氏朝自己使來的眼色，方才會意過來，眼珠子一轉，張口道：「主子這麼一說，奴才倒真是想起一事。」
「是什麼？」劉氏比那拉氏還要心急。
「回謙貴人的話，在送惜春出園子的時候，奴才因為內急，離開了一會兒，待回來時，發現惜春已經不在了，奴才找了半天才在萬方安和外頭找到她。」
劉氏驚呼：「萬方安和？」
「不錯，奴才也覺得奇怪，看她的樣子似想進去，後來看到奴才來了才轉身離開。奴才還曾問過她來這裡做什麼，惜春說她不小心迷了路。」小寧子信口胡謅，不過他也有幾分能耐，莫須有的事被他說得像模像樣，連劉氏也聽不出疑點。
那拉氏暗自點頭，顯然對小寧子的機靈很是滿意，面上卻詫異地道：「竟有這事嗎？為何不告訴本宮？」
小寧子委屈地道：「奴才以為只是無關緊要的事，所以就沒跟主子稟報。不過現在細想起來，確實有些奇怪，惜春來園子已經有一段時間了，不可能會迷路，更不要說萬方安和離著那麼遠，瞧著倒像是……」

那拉氏輕斥：「是什麼還不趕緊說，謙貴人面前吞吞吐吐的像什麼樣子。」

「是。」小寧子答應一聲，道：「奴才瞧著惜春倒像是故意趁著奴才內急，去萬方安和。」

他話音剛落，那拉氏已經喝斥：「荒唐，萬方安和是熹妃的住處，難道你想說惜春與熹妃有所關聯？本宮最不喜歡的就是底下人胡言亂語，隨便嚼舌根子。」

「奴才冤枉啊！」小寧子趕緊跪下道：「奴才所言句句屬實，無一字虛言，惜春她——」

那拉氏一臉不悅地打斷他的話。「好了，本宮不想再聽你說這些，給本宮出去。」

第一千零五十五章 賞賜

小寧子不敢多言，磕頭退了出去。待門關起後，那拉氏對劉氏道：「妹妹別聽那奴才胡說八道，熹妃一向愛護妹妹，怎可能與惜春勾結，這肯定是誤會。」

劉氏虛虛一笑。「臣妾知道。」

又說了一陣子話後，那拉氏方起身道：「說了這麼許久，想必謙貴人也累了，本宮改日再來看妳。」

劉氏連忙在床上欠身道：「臣妾恭送娘娘。」

那拉氏點頭待要離開，忽地又回過頭來，滿面笑容地道：「對了，本宮剛剛聽說，此次回宮之後，皇上便會教四阿哥批閱奏摺，這在本朝可是從未有過的事。四阿哥所得聖眷皇恩，真是厚重無比，無人可及；也許只有等謙貴人的兩位阿哥長大了，才可與之比擬。」

劉氏愣了一下，方回道：「娘娘說笑了，臣妾的孩子資質平常，如何能與四阿哥相提並論。」

「謙貴人太過謙虛了，本宮瞧這兩個孩子雖然還小，卻處處透著機靈勁，以後一定不會輸給四阿哥的，不知最後誰才是最得聖心的那一個，本宮可是好奇得很。」

劉氏聽懂了那拉氏話裡的隱喻，卻不好接話，只能微笑以對。

離開長春仙館後，那拉氏突然開口：「你剛才答得很好。」

「謝主子誇獎。」小寧子低了頭道：「奴才只怕謙貴人不會輕易相信。」

「劉氏自然不會輕易相信，只要她心裡有那麼一絲生疑就足夠了。」那拉氏眼眸瞇起，有冷如冰霜的光芒在閃動。「熹妃自以為得了皇上幾分寵愛，便可以不將本宮放在眼裡，簡直就是痴心妄想。在本宮面前，她永遠都只能是輸家。」雖然惜春始終不曾說出主使她的人，但後宮上下除了熹妃，又有誰敢與自己作對？

在那拉氏離去後，劉氏便沉下臉不說話，直至海棠端了藥進來，方才冷聲道：「金姑，妳怎麼看這事？」

金姑小聲道：「那些話，皇后娘娘分明是有意說給主子聽。」

劉氏緩緩點頭道：「這個我也曉得，我就是估不準她的話有幾分真、幾分假。按理來說，我對熹妃百般尊敬、討好，她沒理由來害我的孩子。」

金姑思索道：「人心叵測，皇后固然不懷好意，但誰又能保證熹妃是個善茬呢？能在後宮生存的，少不得要有點手段與狠心，更甭說是熹妃那個位置。」

海棠將藥遞給劉氏後，走到金姑身邊，小聲道：「姑姑，出什麼事了？」

金姑搖頭，示意她不要多問。劉氏在沉默了一陣子後，低聲道：「妳說得也有幾分道理，我這兩個孩子一出生，最受影響的莫過於皇后與熹妃的兒子，一個是名義上的嫡長子，另一個是最得皇上喜歡的阿哥。皇后剛才還說皇上要教四阿哥批閱奏摺，言下之意，豈非是說皇上有意教四阿哥為君之道？可四阿哥尚未成年，就算聖心有偏，也不至於……」劉氏目光閃爍，顯然對這話還有所懷疑。

金姑壓低了聲道：「主子，這麼大的事，皇后應該不會信口開河。而且細想起來，二阿哥除了嫡長子名頭之外，確實遠不如四阿哥更適合儲君之位。」

劉氏對此深以為然，道：「照此看來，熹妃應該更不願我生下這兩個孩子。」「所以，她使盡手段不讓主子生下孩子也是正常的，包括借惜春之手。」金姑沉聲說出推測。「往後主子一定要小心熹妃此人。」

「我知道。」劉氏將此事暗暗記在心中後，轉而道：「對了，小阿哥情況怎樣？」

金姑知道她問的是哪一個，當下道：「何太醫說並不太好，雖說現在看著不錯，那是因為有人參等藥材調著元氣，一旦停藥或是元氣用光之後，小阿哥就會……」她話音一頓，有些艱難地道：「主子一定要早做打算，以免措手不及。」

劉氏每一次問起，都盼著能聽到好消息，但每一次都以失望告終。想到自己的孩子很快便會沒命，她心中的恨意就越發高漲，皇后也好，熹妃也罷，一個個居心不良，毒如蛇蠍。

「主子，皇上身邊的蘇公公來了。」門外響起宮女的聲音。

劉氏一怔，旋即道：「快請他進來。」

在宮女應聲後不久，蘇培盛走進來，在他身後還跟著數個手捧紅漆描金托盤的小太監。令劉氏意外的是，舒穆祿氏竟然也來了。

蘇培盛滿面笑容地打了個千兒。「奴才給謙貴人請安，謙貴人吉祥。」

「蘇公公免禮。」這般說了一句後，劉氏將目光轉向含笑不語的舒穆祿氏，伸手道：「姊姊怎麼會與蘇公公一道過來？」

舒穆祿氏上前幾步，拉了劉氏的手道：「我剛才送點心去給皇上，恰好看到皇上遣蘇公公送來賞賜，想著今日還沒來瞧過妳，便跟著一道過來。」

「姊姊有心了。」劉氏感激地握緊舒穆祿氏略有些涼的手，看向蘇培盛，後者會意，命端著托盤的小太監上前，掀開上面的紅綢。

兩個托盤上各放了一支粗如兒臂的人參，另兩個則是彩光熠熠的首飾，其中又以一對羊脂白玉同心蓮花綴珍珠步搖最為奪目。

蘇培盛陪笑道：「皇上說了，這兩支人參用來給貴人補身，首飾則留著給貴人隨意把玩。」

在將托盤交給海棠等人後，蘇培盛道：「貴人若無吩咐，奴才就先行告退了。」

第一千零五十六章　痛下決心

「有勞公公了。」劉氏從海棠捧著的托盤中取過一塊玉珮遞給他，道：「要公公大老遠地跑過來，我心裡實在過意不去，這個就當是我謝謝公公的。」

「奴才如何敢要貴人的東西。」蘇培盛口中不住推辭，眼睛卻直盯著玉珮。胤禛這次賞給劉氏的皆是珍品，哪怕是這塊不太起眼的玉珮，拿到外頭去，也可賣到百金之數。

劉氏將這一切看在眼裡，輕笑道：「又不偷不搶的，有什麼不敢的？快拿著，我手都舉痠了。」

「那奴才就多謝貴人了。」在高興地接了劉氏賞的玉珮後，蘇培盛帶著那些小太監離去，只剩下舒穆祿氏還留著。

她在榻邊坐下，關切地道：「妹妹今日覺得好些了嗎？」

劉氏輕笑道：「姊姊每日來都先問這句話，瞧著倒像是姊姊比我更緊張。其實我真的沒事了，姊姊也不需要每日過來。」

舒穆祿氏故作不悅地道：「看妳這麼說，似是嫌我過來得煩了是嗎？」

劉氏趕緊道：「自然不是，我是怕姊姊辛苦。外頭天寒地凍的，姊姊身子又不是很好，萬一受涼了，妳讓我於心何安。」

舒穆祿氏拍拍她的手道：「哪有這麼容易受涼的，妳啊，別替我擔心，現在最重要的是養好身子。不過今日看到皇上如此關心妳，我也放心多了。」

「要說關心，誰又能及得上姊姊。」劉氏輕笑一聲，喚過海棠，將那對羊脂白玉同心蓮花綴珍珠步搖拿在手裡，珠串在指下瀝瀝作響，只聽她道：「請姊姊收下這對步搖，就當我謝姊姊這麼多日來的愛護。」

舒穆祿氏的目光只在步搖上停留片刻，便推辭道：「這是皇上賞妳的，給我做什麼？更何況妳都喚我一聲姊姊，我自然應該愛護妳。」

劉氏執意不肯收回手。「姊姊若真拿我當妹妹看待，就不要再推辭。」

舒穆祿氏有些無奈地道：「妳已是做額娘的人了，怎麼還這般固執，再說妳這步搖給了我也沒用，非嬪位不得戴步搖，這是宮裡的規矩。」

「姊姊現在是貴人不假，但我相信，終有一日會為嬪、為妃，這對步搖就當妹妹提前送給姊姊的賀禮。」

舒穆祿氏搖頭道：「為嬪、為妃，妳說得輕巧，那有這麼容易，多少人終其一生都沒能坐到這個位置。」

劉氏眸中異彩流轉，將步搖放到舒穆祿氏手中，肯定地道：「姊姊一定可以。」

「妳啊，真不知哪裡來這麼大的信心。好吧，這步搖我收下，不過，咱們一人一支，妳要是還不答應，那我就連一支也不收了。」

見她說得堅決，劉氏只得道：「好吧，那就依姊姊的話。」說罷，她將另一支步搖放回托盤中。

隨後又絮絮地說了一陣子話，舒穆祿氏方才起身告辭。

在她走後，金姑服侍著劉氏躺下去。「主子，眼下離晚膳還有些早，您先睡一覺養養精神。奴婢去做幾個您愛吃的菜。」

她欲離開，卻被劉氏拉住手。

「主子還有什麼吩咐？」

劉氏幽幽嘆了口氣。「金姑，我想過了，把小阿哥送給舒穆祿氏。」

此言一出，沉穩如金姑也不禁駭然變色，反握了劉氏的手，驚聲道：「主子您瘋了嗎？那可是您的親骨肉啊，送給慧貴人？就算您之前答應過她，也不必真的實踐諾言，若給了她，您怎麼辦？再說，這種事，皇上也不會答應，她……她……」

金姑已經不知道該怎麼說了，倒是海棠這次反應快一些，小聲道：「主子準備送給慧貴人的，可是患病的小阿哥？」

聽得這話，金姑慢慢冷靜下來。若是這樣，倒還說得過去……

看到金姑緊張的樣子，劉氏失笑道：「妳想到哪裡去了，我又沒瘋又沒傻，怎麼可能把好的那個送她呢。」

「那就好。」金姑撫胸道：「奴婢剛才可真是被您嚇死了。」待得平靜下來後，她道：「將孩子送給慧貴人撫養，倒不失為一個好法子，到時候小阿哥若是夭折，大可以將責任推給慧貴人，說是她沒有照顧好小阿哥，到時慧貴人一定會受責，說不定就此失寵，再也不能與主子爭。」

劉氏盯著垂在紗帳中間的銀繡珠，冷冷道：「這樣就夠了嗎？我可是死了一個兒子，區區一個舒穆祿氏如何夠填補。」

金姑湊上去道：「那主子是想……」

劉氏在金姑耳邊小聲說著，在她說完後，金姑臉上已非驚訝二字所能形容，愣了許久，方才擠出一句聲音：「主子，真要這樣做嗎？」

劉氏面無表情地道：「唯有如此，才可以對付皇后與熹妃。」

「可是，那……那是您的親骨肉啊！」金姑還是無法接受劉氏剛才的話。

海棠則是一臉好奇地打量著金姑，她還是頭一次看到金姑這個樣子。

劉氏臉上閃過掙扎、痛苦，最終定格在冷酷。「若有別的選擇，我也不願走這條路，可是沒有。金姑，後宮那些人太過可怕，想要活下去，就只有比她們更可怕。」

金姑搖搖頭，近乎悲憫地道：「希望主子不會後悔。」

「不會！」這樣說著，劉氏卻緩緩流下淚來，終歸心裡也是痛的。平常處久了的人都會不捨，更不要說是自己的親生骨肉；然她更懂得取捨之道，懂得怎樣才可以將自己的利益最大化。

金姑心疼地撫去劉氏眼角的淚，道：「那主子準備何時去與皇上說？」

「這種事不能刻意提起，否則皇上會生疑的，得尋時機。放心吧，我自有分寸。」說罷，她有些疲憊地道：「行了，妳們下去吧，我歇一會兒。」

金姑與海棠屈一屈膝，無聲退下。當房門關起時，劉氏剛剛拭去的淚再一次落下，而且比之前更多、更凶……

第一千零五十七章　吉服

舒穆祿氏走到半途時，看到身為內務府副總管的錢莫多正在疾言厲色地訓斥幾個太監，其中一個太監手裡還捧著什麼東西。

「你們幾個怎麼做事的，明知道只剩下半月的工夫，卻把娘娘行冊封禮時要穿的吉服給勾破了！」

那些小太監被罵得抬不起頭來，好一會兒，其中一個才小心翼翼地抬起頭道：「錢公公，能不能再做一件？」

「再做一件？」錢莫多的聲音比剛才再高一度，斥罵道：「且不說時間來不來得及，光是多出的銀子怎麼辦，扣你的嗎？怕是扣到你死都不夠！還有，此事若被皇上知道了，你的狗頭也保不住。」

小太監捧著衣裳的手不住地顫抖，跪下來，哭喪了臉道：「那……那可怎麼辦，奴才不想死，錢公公您得救救奴才！」

他這一跪，其他人也跟著跪下來。「錢公公開恩啊，奴才們知錯了，求您老人家大慈大悲救奴才們一回。」

「唉，你們真是闖大禍了。」如此斥了一句，錢莫多道：「這樣吧，我找裁作那些人看看，是否能補救，若是不行，我只能照實稟告皇上了。」

所謂「裁作」就是專門負責宮中製衣的人，又稱宮廷裁作。若非眼前這些人是平日裡使慣的，一下子全沒了做事會不方便，錢莫多才懶得費這個心；而且要讓裁作他們幫著修補衣服，免不了要銀子打點，真是想想都心痛。

聽了個大概後，舒穆祿氏朱脣微啟，道：「錢公公，是哪位娘娘要行冊封禮？」

錢莫多這才發現舒穆祿氏站在身後不遠處，趕緊上前打了個千。「奴才給慧貴人請安。」

舒穆祿氏走過去，隨手拿起托盤中的衣裳。這是一件香色吉服，披領與袖皆為石青色，片金加貂緣，衣上以層層金線繡行龍，不過其中一條行龍上的數根金線被勾斷了，顯得極為突兀。

香色，乃是冊嬪所用的顏色，難道……如此想著，她面上卻不動聲色地道：「錢公公還沒有回答我的問題呢，是何人行冊封禮？」

錢莫多猶豫了一下道：「回貴人的話，是謙貴人，熹妃娘娘命奴才們準備冊封禮上要用的東西。」這件事早晚都會傳開的，再說熹妃娘娘也沒說不許提……

果然是她……舒穆祿氏瞳孔微縮，冷意在眼底一閃而逝，轉瞬已是笑顏如花。

「那可真是恭喜謙貴人了。」

「原本一切都挺順當的，哪知這幾個小崽子做事不當心，勾壞了吉服，奴才正準備送回裁作那邊，看看能不能補呢。」

舒穆祿氏撫著略有些刺手的吉服，不知在想什麼，好一會兒方道：「就這一處嗎？」待錢莫多點頭後，她道：「若是這樣的話，我試著補補吧，應該可以修復，也省得你跑來跑去了。」

錢莫多大喜過望。送去宮廷裁作那裡，萬一他們不肯幫著私下補救，將此事捅到皇上那裡，自己可就麻煩了。

這般想著，他趕緊屈膝下跪道：「慧貴人大恩，奴才感激不盡。」

看到他這個樣子，舒穆祿氏掩嘴輕笑道：「不過是補件衣服罷了，哪算得上大恩，過幾天我讓如柳把衣裳送去給你。」

錢莫多千恩萬謝，親手將衣裳交給如柳之後，又腆著臉對舒穆祿氏道：「這件事還請慧貴人代為保密。」

「行了，我不會告訴皇上的。」

錢莫多最後一絲擔心也沒有了，多番謝恩後方才領著那些小太監離去。

待回到住處後，舒穆祿氏道：「雨姍，去將針線拿來。」

雨姍看著她面色不對，小聲道：「主子，不如讓奴婢來補吧，您走了這麼許久的路也累了，坐下歇會兒吧。」

舒穆祿氏勉強一笑道：「妳的針線工夫我還不清楚嗎？平常做幾件衣裳沒事，但要修補吉服上的破損，卻還差了許多。」見雨姍還要言語，她揮手道：「好了，去將東西拿來。」

如柳朝雨姍使了個眼色，示意她快去，雨姍不敢多言，下去拿了針線過來。舒穆祿氏從中挑了一根細細的金線，想要從針眼裡穿過去，哪知她穿了幾次都沒有成功，到最後手更是發起抖來。

如柳見勢不對，小聲道：「不如讓奴婢替您穿吧。」

舒穆祿氏看也不看她，斥道：「我眼又沒花，不用妳多事！」

「可是……」

如柳待要再勸，舒穆祿氏已然加重了語氣道：「怎麼，連妳也不聽我的話了嗎？」

見她心情不善，如柳知趣地退下。舒穆祿氏穿了半天線始終未能成功後，恨恨地將針線拍在桌上，厲聲道：「劉氏欺負我，現在連這針線也欺負我，該死！」

「主子息怒……」

如柳剛說完這幾個字，舒穆祿氏已霍然起身，瞪著她道：「妳要我怎麼息怒？劉氏那個賤人，明明已經得皇上恩允，封其為嬪，卻還在我面前說那些假惺惺的話，她根本就是諷刺我不如她！」其實劉氏生下兩個阿哥，封嬪是早晚的事，這一點舒穆祿氏是知道的，但回想起劉氏那些話，她就氣不打一處來。

「到時候她戴著步搖高高在上，而我則要向她屈膝行禮，然後喚她一聲謙嬪娘娘！」一說起這個，舒穆祿氏更加氣憤，鼻翼微張，胸口不住地起伏。「之前她還說會將其中一個阿哥交給我撫養，現在呢？一句話都不提。」

如柳靜靜地聽著，待她說得差不多後，方道：「謙貴人本就不是什麼好人，主子為她氣傷了身子可不值得。」

舒穆祿氏一言不發地站在那裡，許久後，她忽地手一伸，道：「將那支步搖拿來。」待雨姍將綴著明珠的白玉步搖遞到手中時，她抬手就要往地上摜去，虧得如柳死死攔住。

「主子不可！步搖乃是皇上御賜之物，故意毀壞御賜之物，乃是死罪！還有您想想，若是因這件事被謙貴人拿來作文章，在皇上面前搬弄是非，主子可就麻煩了。」

第一千零五十八章　葉子

幸好那些話進到了舒穆祿氏的耳中，她慢慢放下手，將步搖扔在桌上，重重的珠絡發出沉悶的響起，雨姍趕緊將它收起來，唯恐礙了舒穆祿氏的眼。

舒穆祿氏落寞地坐回椅中，喃喃道：「劉氏的運氣真是好，安然生下兩個孩子，現在還要被封為嬪，而我也許這輩子都沒有機會封嬪了。」這般說著，她目光落在那件香色的吉服上，有羨慕，有自傷。

如柳順著她的目光望去，輕聲道：「雖說謙貴人現在比主子走快一步，但主子未必就輸給了她。奴婢以前聽過一句話，叫做：爬得越高，摔得越狠。您看謙貴人現在春風得意，奴婢看她卻是身在懸崖邊，一個不小心就會摔下來。」頓了片刻，又道：「而且您想，謙貴人現在生了兩位阿哥，也就意味著將來爭奪大位的人又多了兩個，您說皇后娘娘與熹妃娘娘會樂意嗎？指不定她們現在已經在想法子了。」

舒穆祿氏眸光微亮，輕聲道：「妳是說……」

如柳蹲下身，替舒穆祿氏理著裙裾，低聲道：「謙貴人生下二位阿哥是一回事，二位阿哥能否長大又是另一回事。這宮裡頭年幼夭折的皇子還少嗎？」

聽著她的話，舒穆祿氏煩惱的心情漸漸平復下來。是啊，自己只看到劉氏表面的風光，卻沒有看到她背後的隱憂。

如柳的聲音還在繼續：「所以，您完全沒必要因為這些事而不高興，而且，奴婢相信，謙貴人有的東西，主子遲早也會有，您才是那個笑到最後的人。謙貴人不過是曇花一現罷了，成不了氣候。」

雨姍亦跟著道：「可不是嗎？到時候這種香色的吉服還上不得主子身呢，得金色的才行。」金色製吉服，非得正三品皇妃才可穿。

心頭的煩惱一去，舒穆祿氏心情頓時好了許多，玩笑道：「剛才如柳不是還說爬得越高，摔得越狠嗎？怎麼，現在不怕我摔下來了？」

如柳微笑道：「有奴婢與雨姍攙扶著主子，主子又怎麼會摔下來呢？」

舒穆祿氏鼻子一陣發酸，什麼也沒說，只握緊了如柳與雨姍的手。雖然宮裡的人一個個都包藏禍心，但至少她身邊有可信之人，這實在是上天對她格外的恩賜。

過了一會兒，如柳道：「主子，這件吉服不如由奴婢拿下去修補吧。」

舒穆祿氏看了她一眼，微笑道：「怎麼，怕我一個不高興，剪了這件吉服嗎？」不等如柳答話，她已然揮手道：「放心吧，我已經沒事了。再說，剪了吉服不只不能阻止劉氏封嬪，反而會為自己帶來災禍。拿過來吧，等我把勾破的地方修補好，妳們就給錢公公送去，省得他心裡不安寧。」

再一次拿起針線，舒穆祿氏的手沒有任何發抖，穩穩地將金線穿過針眼，然後取過吉服，仔細修補著破損的地方。

如柳總算是放心了。

她知道主子這段時間承受了太多壓力，謙貴人那邊，皇后那邊，還有皇上……自謙貴人生了孩子後，皇上除了去萬方安和就是去長春仙館，已經許久沒來看過主子，哪怕主子去看皇上，也待不了多久便被皇上以要處理政事為由打發出來，主子身上的恩寵正在慢慢淡薄。

主子雖然從不提這事，但如柳卻是能夠感覺到的，同時暗自擔心，不知什麼時候主子會承受不住而崩潰，幸好藉著這次的事發洩出來了。

「如柳。」

舒穆祿氏的聲音將如柳自沉思中驚醒過來，忙問：「主子有何吩咐？」

看著閃閃發光的金線，舒穆祿氏安靜地道：「我決定用那樣東西。」

如柳與雨姍對視一眼，均是面色劇變。

如柳小聲道：「主子，那東西非同小可，一定要想清楚。您固然有可能得到皇上獨一無二的恩寵，甚至可以反抗皇后，但若被人發現了，您很可能會被處……」

後面那個「死」字，如柳怎麼也說不出口。

「我知道。」舒穆祿氏放下針線，自袖中取出一片風乾的灰褐色葉子，一點都不起眼，但所有人在看到這片葉子時，目光都變得複雜無比。如柳與雨姍臉上更多了一絲莫名的紅暈。

「可若是不用這東西，我一輩子都會被劉氏壓著、被皇后制著，更不可能擁有自己的孩子。」

如柳啞口無言。

她曉得，每次侍寢之後，主子喝完皇后命人送來的那碗藥都會流淚。

「我仔細想過，皇后那裡就像是個泥潭，若一直被她這樣控制下去，早晚有一天會泥足深陷，難以自拔。與其如此，還不如趁現在陷得還不深，趕緊抽身而退。還有……」舒穆祿氏的眸光變得幽暗如深湖。「劉氏那兩個孩子，雖說現在還小，但同樣有可能威脅到二阿哥的地位，依著皇后的性子，妳們說她會怎麼做？」

雨姍想也不想便道：「自然是想方設法除了一位小阿哥。」

如柳想得更深，眸光輕閃，道：「主子是說，她會借主子的手除去一位阿哥？」

舒穆祿氏微微點頭道：「不錯，皇后最擅用的就是借刀殺人，既不用自己沾血，又可達到目的。」

如柳低頭不語，她也知道如今的形勢對自家主子極不利，可那東西，終歸是不太正經，讓人難以接受。

手一暖，低頭看去，自己的手被舒穆祿氏握在掌中，只聽她道：「如柳，我知道這東西不好，但我已經沒有別的選擇了。」

如柳輕嘆一口氣道：「奴婢知道，不論主子做什麼，奴婢與雨姍都會跟在您身邊。」她頓一頓，又道：「主子，這淫羊（註1）……呃。」如柳紅著臉含糊過去。「這東西會不會對人有害？」

註1　淫羊藿，又名山羊角草或三枝九葉草，是一種草本植物，以天然壯陽藥聞名。

第一千零五十九章 各施手段

這下子連舒穆祿氏也有些臉紅，輕咳一聲，咬著嘴脣道：「我查過多本醫書，都只說這東西服食後有催情的效果，並且對服食者潛移默化，令他記住……記住……第一個人。」吞吐了半天，終於將這句話說完，隨後正色道：「所有醫書中均未提及會對人有害，再說就算真有，只要我把握好分量，就不會有任何問題。」

如柳知道舒穆祿氏一旦決定了就不會輕易更改，遂道：「奴婢明白了，奴婢這就替主子去準備。」

「嗯。」舒穆祿氏應了一聲，繼續仔細修補著吉服。

等到如柳準備好東西進來的時候，被眼前的景象驚了一下，愕然道：「主子，您……」

舒穆祿氏轉過身輕笑道：「如何，好看嗎？」

「好看。」如柳愣愣地回了一句，隨後回過神來，趕緊將門緊緊關起，驚聲道：

「主子，您怎麼穿著這身衣裳？」

只見舒穆祿氏穿著香色以金線繡行龍、間五色紋、下幅八寶平水的嬪之吉服，髮間簪著那支羊脂白玉步搖，動靜之間，明珠熠熠，不復以前的溫婉，而是處處透著雍容。

舒穆祿氏走到銅鏡前，近乎貪婪地看著鏡中的自己，手指自那一條條栩栩如生的金龍間撫過。勾破的地方已被她悉心修補好了，看不出一點損壞的痕跡。她很喜歡這件衣裳，每一處都是那麼精緻好看，真想就這麼一直一直地穿下去，然後讓劉氏、武氏、佟佳氏她們給自己行禮。

「主子，您穿著這身衣裳，萬一讓人看見了可怎麼是好。」如柳急得直跺腳，隨後對雨姍道：「妳為何不攔著主子？」

「我，我攔不住！」雨姍一臉委屈地說著。剛才主子說要換這件吉服的時候，她也嚇了一跳，可不論她怎麼苦勸，主子都置之不理，她一個奴婢又能有什麼辦法。

如柳也曉得此事不能怪雨姍，可又不好直接說舒穆祿氏，正想著該怎麼勸舒穆祿氏將吉服換下來的時候，耳邊已經傳來溫婉的聲音——

「替我除下這件衣裳吧。」舒穆祿氏驀然一笑，摘下髻上的步搖道：「怎麼，怕我捨不得脫下嗎？」

被戳中心裡的話，即便是如柳，也有些不知該如何回答：「奴婢……」

舒穆祿氏環視著這身華麗的吉服，徐徐道：「不錯，我確實很喜歡這件衣裳，不過不是我的，強求也無用；而且我相信，終有一日，我可以光明正大地穿著比這身更尊貴的衣裳。」

雖然舒穆祿氏一直在笑，但如柳從中聽出了那絲悲傷，她將小小的絹袋放到舒穆祿氏手中，一字一句道：「是，奴婢相信主子一定可以做到。」

當那身衣裳從身上褪下時，舒穆祿氏不由自主地捏緊手裡的絹袋。她相信，憑藉這個東西，一定可以得到不輸於熹妃的權勢，到時候，劉氏將不足為慮！

將吉服折好後，如柳小聲道：「主子，奴婢剛才去了趟敬事房，給負責呈綠頭牌的白公公塞了點銀子，白公公答應下一次皇上傳召時，將主子的綠頭牌放在最顯眼的地方。」

「很好。」舒穆祿氏目光溫和地看著如柳。「妳一向是個細心的，有妳打點，我很放心。不過敬事房那頭油水向來豐厚，姓白的又是個貪得無厭的傢伙，些許銀子可進不了他的眼，說吧，妳塞了多少。」

如柳起先不肯說，後來舒穆祿氏追問不停，只得囁囁地道：「奴婢把主子以前賞的金鐲子給白公公。」

舒穆祿氏既感動又心疼地道：「妳這丫頭倒是捨得，我統共就賞了妳那麼點金的，一下子全送出去了。」

如柳不以為意地道：「本就是主子賞的，現在能幫到主子不是很好嗎？再說，主子將來盛寵於皇上，奴婢們所得的賞賜自然會更多、更豐厚。」

雨姍用力點頭道：「唯有主子風光了，奴婢等人才能跟著沾光，若是一只金鐲子不夠的話，就把奴婢這只也拿去。」

「看妳們兩個，爭先恐後的，不曉得的見了，還以為我賞的金子抹毒了呢。」這般說著，舒穆祿氏卻先笑了起來。「總之往後要塞什麼東西，問我拿就是了，否則妳們那點月錢，非得用得個精光不可。另外除了敬事房之外，皇上身邊的貼身內侍也得想辦法籠絡幾分，我看那喜公公與熹妃娘娘走得甚近，所以他便算了，倒是蘇公公那裡可以做做工夫。」

兩人齊聲答應。「是，奴婢們記下了，一定會想辦法討好蘇公公。」

如此笑鬧一陣子後，雨姍捧著補好的吉服往內務府行去，快要走到的時候，迎面有人走來。雨姍看清了來人，屈膝道：「奴婢給謹嬪娘娘請安，娘娘吉祥。」

瓜爾佳氏認出這是舒穆祿氏身邊的宮女，抬一抬手道：「起來吧，這麼晚了要去哪裡？」

雨姍低頭道：「回謹嬪娘娘的話，奴婢奉主子之命，送些東西去內務府。」

從祥眼尖，看到雨姍捧在手裡的吉祥，湊到瓜爾佳氏耳邊，小聲道：「主子，那好像是嬪位娘娘所穿的吉服。」

瓜爾佳氏不動聲色地點點頭，走到雨姍跟前，抬手輕輕撫著雨姍手裡的吉服。

從祥朝手執宮燈的小太監使了個眼色，小太監乖巧地上前替瓜爾佳氏照明。

「若本宮沒看錯的話，這彷彿是嬪位所穿的吉服，妳家主子還只是一個貴人，怎麼會有這樣的吉服？」說到後面，瓜爾佳氏的聲音漸漸嚴厲起來。越僭私穿不合身分的衣裳，可是要被治罪的。

雨姍心中一慌，顧不得隱瞞，趕緊道：「娘娘明鑑，這吉服並非是我家主子的。」當下，她將今日午後的事仔細說了一遍，臨了道：「我家主子一修補好後，就立刻命奴婢給錢公公送去了，片刻都沒有耽擱。」

第一千零六十章

佟佳肖彤

「原來是這麼一回事。」仔細看過雨姍指出修補的地方後，瓜爾佳氏讚道：「慧貴人的手真巧，半點都看不出有修補的痕跡，這次錢莫多可真得謝謝慧貴人了。」說罷，她又道：「好了，妳趕緊送過去吧，這天黑路滑的，當心一些。」

雨姍謝恩告退後，快步往內務府去，而瓜爾佳氏則一路往萬方安和行去。到了那裡，瓜爾佳氏意外看到佟佳氏也在。在雍正二年的秀女中，佟佳氏是佼佼者，容貌出色、舉止大方，甫一入宮便被封為貴人，而當時得封貴人的，除了她之外，便只有一個溫如傾。溫如傾會被封為貴人，多少因為她是溫如言妹妹的緣故，嚴格說起來，佟佳氏才是憑著自己的才貌坐上貴人之位的。

不過她與劉氏等人不同，並不經常說話，更多時候都是面帶笑容、靜靜地坐在自己的位上，不吭聲，卻自有一份光彩。

胤禛待她說不上好，也說不上不好，不像昔日的溫如傾，也不像今日的劉氏，風光無限；她更多的是內斂，而且從未因恩寵表現過任何不滿，更不曾有任何爭寵之舉。雖生活在紅牆之中，卻頗有些與眾不同，也讓人難以捉摸透她這個人。

看到瓜爾佳氏進來，正與凌若說話的佟佳氏起身施禮，聲音如百靈一般空靈好聽。「臣妾給謹嬪娘娘請安，娘娘萬福。」

「彤貴人無須多禮。」瓜爾佳氏在示意佟佳氏起身之餘，自己也向凌若行禮，不過未及屈膝，凌若已經扶住了她。

凌若笑道：「剛剛還叫彤貴人不要多禮呢，自己卻拘起禮數來，快快請坐。」

「謝熹妃娘娘。」因有佟佳氏在，所以瓜爾佳氏並未像往常一樣隨意，謝了禮後，方才斜著身子坐下。

凌若瞥了一眼外頭的天色，訝然道：「姊姊怎麼這時候過來，天都黑了呢，可曾用過膳？」

瓜爾佳氏接過宮人奉上的茶，笑道：「就是因為想起妳這裡膳食的味道，才眼巴巴地過來，妳該不會是捨不得吧？」

「瞧姊姊說的，我豈是那麼小氣的人，再說多個人用膳還熱鬧一些。」這般說著，凌若對站在門邊的楊海道：「去，命小廚房傳膳，另外再多添兩副碗筷，謹嬪與彤貴人都留在這裡用膳。」雖說此刻不是在承乾宮，但在胤禛的吩咐下，萬方安和同樣設了小廚房，以便凌若隨時可以嘗到想吃的東西。

佟佳氏有些訝然，起身道：「多謝娘娘抬愛，不過臣妾還是不在此用膳了。適才臣妾出來時，已經有人在備晚膳了，若不回去，那些膳食便要浪費了，實在可惜。」

對於她的拒絕，凌若同樣有些驚訝，不過很快便恢復笑容。「既是如此，本宮也不勉強，改日再與彤貴人談棋。」

在佟佳氏出去後，瓜爾佳氏轉著手裡的茶盞道：「妳何時與佟佳氏這麼熟了，以前可都沒聽妳提起過，難不成妳還有事瞞著我？」

「我瞞了誰也不敢瞞姊姊。」凌若玩笑地說了一句後，又道：「其實我也是今日才與她說了幾句話。今兒個在園中閒逛的時候，恰好看到她坐在亭中發呆，我覺得奇怪，便過去看看，原來那亭裡擺著一副珍瓏棋局，佟佳氏正是在對著這副棋局苦思冥想，思索破解之法。我看她似對下棋很有興趣，便與她談了幾句，發現她深通棋道，便與她對弈了幾局，她的棋法與……溫姊姊很相似。」

說到後面，凌若的聲音有些發澀。溫如言的死在凌若心中，是一道永遠難以癒合的傷口。

「所以妳便邀她來此？」瓜爾佳氏知道凌若的心情，將話題轉回到佟佳氏身上，以免凌若因思念而傷心難過。

凌若點頭道：「往日裡總覺得佟佳氏是故作清高，用來吸引皇上，可與她接觸後方才知道，她骨子裡真的有一分傲氣，只要她稍用些手段，便可得到更多的寵愛，可是她不屑去用，寧願過著現在這樣的日子。認真說起來，我不及她許多。」

瓜爾佳氏沉默了一會兒，方道：「歲月是最改變人的東西，佟佳氏現在如此，並不代表她將來依然如此。別忘了妳我剛伴在皇上身邊時，也不是現在模樣。」

凌若慨然道：「我知道，可我並不希望她改變，如此，我就還能與她對弈談天。」剛才與佟佳氏下棋時，好幾次她都以為是溫姊姊坐在自己對面。

「希望吧。」瓜爾佳氏對此並不抱希望，人心善變，往後的事誰都不曉得，與其期望太多，倒不如不期望得好。「說起彤貴人，我倒是想起另一個與她同姓的人來。」

凌若稍稍一想，便猜到了她說的那個人。「姊姊是說佟佳梨落？」

瓜爾佳氏頗為感嘆地道：「不錯，同是姓佟佳氏的，這性子卻是天差地別；若當初佟佳梨落不曾那樣害妳，也許妳與現在完全不一樣。」

這一次，凌若過了許久才回答：「一切皆是註定，擺在我面前的沒有第二條路。」

在她們說話間，楊海已經領著宮人將膳食端上來，華美的七彩琉璃碗碟中盛著散發誘人香氣的美味佳餚。水秀各舀了一碗野生杏菇湯放在她們面前。

瓜爾佳氏喝了一口，讚道：「湯雖清淡，卻鮮香可口，別有一番風味，比那些肥膩膩的湯好喝多了，果然還是妳這裡吃的最合胃口。」

「瞧姊姊說的，妳若喜歡，往後天天來這裡吃都沒問題，不過我怕妳嘴刁，吃了幾天就該嫌我這裡太過清淡，嚥不下飯了。」

瓜爾佳氏瞅了她一眼，故作不悅地道：「我還沒嫌棄呢，妳就先挑起錯了，真是什麼話都讓妳說了。」

凌若忍不住笑了出來。「好吧，我不說就是了，姊姊吃菜，有夾不到的，讓水秀他們夾，吃飽一些。」

第一千零六十一章　不容小視

「行了，在妳這裡我又豈會客氣。」待吃到差不多時，瓜爾佳氏忽地道：「我剛才過來時，遇到了雨姍。」

雨姍？凌若想了好一會兒，方才記起這是舒穆祿氏身邊的宮女，放下銀筷，取過楊海奉在一旁的熱帕子，道：「她怎麼了？」

瓜爾佳氏夾了一片冬筍在筷子上卻不吃，擱在碗上道：「劉氏晉嬪的吉服被內務府的小太監不小心勾破了，舒穆祿氏知道後主動說要替其修補，剛才雨姍就是將補好的吉服拿回內務府。我瞧過，補得極好，完全看不出破損的痕跡。」

凌若拭脣的手一緩，隨即將帕子擲回盤中，漫然道：「那不是挺好嗎？說明慧貴人擅長女紅，精於修補，而且樂於助人，心善如菩薩。」

瓜爾佳氏挑一挑眉，側目道：「妳真這樣想？」

凌若笑而不語，起身走到窗下的雞翅木長几前，從擺在上面的瓷盆中折了一朵水仙花，放在鼻下深深嗅了一口，隨後道：「此花幽香宜人，雖濃卻不烈，雖香卻不濁，所以許多人都喜歡養上幾盆蘭花；可若是往這花上撒上一層香粉，固然是更香了，卻會適得其反，令人聞之欲吐。」說到此處，她回到桌前，將蘭花別在瓜爾佳氏襟前，輕笑道：「這樣別著很好看呢。」

瓜爾佳氏抬手撫過蘭花嬌嫩潔白的花瓣，笑道：「花自是好看，不過聽妳這話，卻不像是僅僅說花。」

凌若拍一拍手，眸光微冷。「舒穆祿氏與劉氏是同一年入宮的秀女，當時兩人皆為常在，隨後一個靠著皇后以及那雙眼被皇上封為貴人，另一人則靠著懷有龍種而受封貴人。可以說，這兩人一直在爭，如今劉氏就要被封為謙嬪，被稱一聲娘娘，落在她後面的舒穆祿氏豈會甘心？可偏偏就是在這種情況下，她主動替劉氏修補吉服，還連夜讓宮女送回去，這份忍耐的工夫，妳我在這個年紀時可不曾有。這個舒穆祿氏，絕對不容小視。」

待凌若說完後，瓜爾佳氏方起身道：「要不然皇后怎麼會找她當棋子呢？依我看來，她不會就這樣看著劉氏躍居自己之上，一定想辦法往上爬。」

「宮裡頭人人都想往上爬，但能爬上頂峰的卻十中無一，更多的才到山腰便摔下去了。」凌若頓一頓，又道：「不過舒穆祿氏確有些心計，以前劉氏曾與我說過，皇后命舒穆祿氏除掉劉氏的孩子，她卻在暗中與劉氏結盟，想瞞天過海，既敷衍了皇后，又不背上謀害龍胎的罪名，一舉兩得。這樣的人，會爬到什麼地步，倒是連我都不好說了。」

此事瓜爾佳氏是知道的，點頭之餘，更道：「看來這枚棋子，皇后用得也不是得心應手。若兒，妳說舒穆祿氏的叛心，皇后究竟是知道還是不知道？」

凌若失笑，接過宮人遞上來的菊花茶漱一漱口後道：「咱們這位皇后娘娘心思這麼深，我又如何猜得到。」

「無事猜猜，權當解悶了。」瓜爾佳氏輕笑道：「上次賭下雪，是我贏了，這次看看是否還是我贏。」

看她這樣有興致，凌若也不便掃興，便道：「好吧，那姊姊賭什麼？可不許隨便拿東西來打發我。」

瓜爾佳氏眼珠子一轉道：「不如就賭妳上次輸給我的那支金累絲蝶形綴珍珠步搖如何？」

凌若笑了起來，抿嘴道：「姊姊莫不是認真的吧，把贏回去的東西拿來賭，讓人知道了，可該說姊姊小氣了。」

瓜爾佳氏忍著笑，抬一抬下巴道：「我可不是小氣，不過是給妳一個機會把輸的東西贏回去罷了，如何，賭嗎？」

「這樣沒誠意的賭約我可不接。」凌若推了她的話道：「其實皇后知不知道都是一樣的，她從不會是全然地相信一個人，所以舒穆祿氏早晚會被當成棄子扔在一邊，不過我看舒穆祿氏想要擺脫皇后的控制，就不知誰可以先一步了。」

瓜爾佳氏抿著耳邊的碎髮，頷首道：「照妳這麼說，咱們似乎可以坐山觀虎鬥了？」

凌若替她扶正髻上的簪子道：「怎麼，姊姊不喜歡嗎？」

瓜爾佳氏漫然一笑道：「能夠看人相爭，而自身又無損，這樣的好事我又怎會不喜呢？」笑意在後面化為嘆息，低頭看著襟上的蘭花，凝聲道：「爭了這麼多年，其實真的有些厭倦了，又不得不爭，否則就會如這蘭花一樣，被人任意掐斷了性命。」

「一日活在這紅牆中，就一日爭鬥下去，這是妳我的命，哪怕再厭倦也要繼續下去。」凌若打開窗，任由夜風呼嘯而進，吹拂在臉上，許久，她關起窗，轉過身道：「姊姊陪我對弈一局吧。」

「好，我也許久沒有下過棋了，不過，妳不用忙劉氏的冊封禮嗎？」

凌若命水秀去將棋子拿來後道：「不過是冊嬪而已，要準備的東西並不是太過繁瑣，已經大致吩咐下去，只要在前幾日再查一遍就行了。該是她的東西，我一樣都不會漏；不該是她的東西，她也不要痴心妄想。」

瓜爾佳氏明白她話裡的意思，自水秀端來的棋子中抓了一把，冰涼的棋子不斷帶走掌心的溫度。「就怕有些人不肯安心於自己身下的位置。」

「那得看她自己的本事了。」扔下這句話，凌若不再多言，取過另一盒棋子放在面前，專心於棋局。

小小一方棋盤，卻給人生殺予奪的感覺，這是其他東西都不能相比的，也許唯有充滿變數與未知的人生才可以與之比擬，怪不得會有人說棋如人生，真是一點兒都不錯。

這局棋一直下到滿天星斗都沒有分出勝負來，而棋盤中已無可落子之地，最終以平局收場。在送瓜爾佳氏出萬方安和的路上，凌若一言不發，只握著瓜爾佳氏溫暖的手。

直到走出萬方安和，都不見她鬆手，瓜爾佳氏好笑地道：「妳準備何時鬆開？我可不是皇上。」

第一千零六十二章　敬事房

宮燈下，凌若的眸光幽暗而深長。「我知道，在宮裡，有我三個永不願鬆開手的人，一個是皇上，一個是弘曆，一個是……姊姊。姊姊可否答應我，會一直這樣陪在我身邊，不要像溫姊姊一樣突然離開。」

瓜爾佳氏憐惜地看著凌若，手在凌若臉上慢慢撫過。她明白，今日的佟佳氏令凌若想到溫如言，也令凌若重溫了溫如言離去時難以承受的悲傷。雖然剛才看起來一切都很正常，但凌若心裡一直在害怕，害怕那樣的痛會再來一次。

「沒有人會知道自己的未來怎樣，也沒有人知道自己的壽命會在何時終結，但我向妳保證，我會努力地活下去，活在這四面紅牆中，活在妳身邊。」瓜爾佳氏眼眶漸漸溼潤，同時感覺到握住自己的那隻手更緊了一些。「因為我不想再看到妳流淚傷心。」

凌若用力點頭。她知道自己的要求強人所難，可是她真的很害怕，即便自己現在有了連皇后都忌憚的地位，有了胤禛獨一無二的恩寵，都止不住那份害怕。她哽咽地道：「請姊姊記著自己的承諾，萬不要食言！」

「不會的！」

在瓜爾佳氏的一再保證下，凌若慢慢鬆開手，看著她一步步離開，沒入黑夜之中……

元月的最後一日，胤禛決定在劉氏的冊封禮過後就起駕回京，同時還決定每年都來此舉辦冰嬉比試。

鏤月開雲館中，胤禛伸展了一下身子，他已經坐了一日，張廷玉等幾位進園子共議朝事的大臣剛剛離開。

蘇培盛適時奉上一盞醒神解乏的茶，道：「皇上，敬事房的人已經在外頭等著了，是否傳他們進來？您已經好些日子沒見過他們了，奴才聽說……」

胤禛放下茶盞，睨了他一眼道：「聽說什麼？」

「聽說沒少被幾位主子娘娘追問呢，說皇上怎麼一直沒翻過牌子……」蘇培盛飛快地瞅了胤禛一眼，低下頭道：「皇上，奴才之前在外頭看到慧貴人，眼圈紅紅的，好像不太高興呢。」

「佳慧？」胤禛愣了一下，旋即想起來自己已經很久沒召見她了，揮手道：「行了，去把敬事房的人叫進來。」

蘇培盛何等乖覺，一聽這話，便知道胤禛是準備翻牌子，趕緊去了暖閣，敬事房的人正在那邊等著呢。

他剛一進去，裡頭便響起一個尖細的嗓音：「蘇公公您老人家來了，趕緊坐下來歇歇腿。」

候在那裡的正是白桂，他在敬事房裡也算是有頭有臉的，只比蘇培盛低了一級，但在蘇培盛面前，就跟孫子一樣，卑躬屈膝，恨不得把頭低到地上去，恭恭敬敬地將自己面前未動過的茶端給蘇培盛。

蘇培盛不客氣地接過，喝了一口後皺眉道：「茶涼了，喝起來什麼味道都沒有。」

白桂趕緊道：「小的這就去換一盞來，公公稍候。」

蘇培盛擺手道：「不必麻煩了，皇上那頭還等著呢，你趕緊進去，別讓皇上等得不高興了。」

白桂一喜，高興地道：「皇上肯翻牌子？」

蘇培盛眼睛一抬道：「可不是嗎？咱家費了好多脣舌才讓皇上願意見你，說的口都乾了。」

「公公大恩大德，猶如小的再生父母，小的這輩子都不會忘了公公的好。」白桂的話雖頗為誇張，倒也有幾分真意在裡面。

敬事房向來油水豐厚，除卻特別當寵的嬪妃，餘者都要透過翻牌子來獲得聖寵，牌子擺放的位置可是大有學問，放好了，第一個入皇上的眼，自然有很大可能被翻到；反之被放在角落裡，可能十次、二十次都不會翻到一次，到最後成了白頭宮嬪，也許只有在皇上駕崩的時候，才被允許去守靈痛哭。

在某種程度上，敬事房決定了宮嬪的未來，許多宮嬪會傾其所有地討好他們。可是，當皇上一直不傳見敬事房，一直不翻牌子時，敬事房的地位就會急轉直下，油水也會越來越少。

為了讓皇上早點傳敬事房、翻牌子，他用盡所有辦法討好四喜與蘇培盛，畢竟只有他們兩個才可以在皇上面前為自己說話。他給兩人都塞了財物，不過只有蘇培盛收下，四喜那份被原封不動地退回來。白桂是個聰明人，一看這架勢就知道蘇培盛才是可以幫自己的人，自然對他百般討好。

蘇培盛蹺腿，道：「好了好了，你這嘴皮子耍得咱家寒毛都起來了，快進去。」

在白桂千恩萬謝地走後，蘇培盛自袖裡掏出幾片金葉子把玩著。這金葉子是前幾日慧貴人身邊的如柳送來的，做得精緻，葉絡分明，他看著不錯，就留在身邊了。

呵，懂得討好他，以改變自己被冷落的局面，看來慧貴人也不是個愚蠢角色。

第一千零六十三章　精心

白桂大氣也不敢喘地走到胤禛面前，然後跪下將擺滿綠頭牌的托盤舉過頭頂，輕聲道：「請皇上翻牌子。」

胤禛的目光自一個個名字上掠過，最後停在角落裡的「佟佳肖彤」四個字上，待要伸手翻過，忽地看到正當中的「舒穆祿佳慧」幾個字，再想到剛才蘇培盛說的話，心中一動，手往下幾分，撚起舒穆祿氏的綠頭牌翻過來。「就慧貴人吧。」

「嗻，奴才領命！」白桂應了一聲，舉著盤子退出去。外頭早有小太監候著，看到他出來連忙接過盤子。

白桂擦了擦汗，道：「去映水蘭香傳旨，皇上今夜召慧貴人侍寢。」

小太監聞言，露出一個笑容。「公公，皇上還真傳了慧貴人啊？」

「那是自然。」白桂想到那個分量十足的金鐲便忍不住翹了翹嘴角，見小太監盯著自己，一掌拍在他腦門上道：「多嘴什麼，還不趕緊去傳旨。」

舒穆祿氏聽得胤禛召見自己，驚喜交加，趕緊命如柳打賞。

如柳猶豫了一下，將手上的一只銀鐲子摘下來，塞到小太監手裡。

舒穆祿氏在小太監離去後道：「我記得那只鐲子妳很喜歡，一直戴在手上，為何要送他？去取一些銀子來給他不就好了。」

如柳苦笑道：「主子有所不知，這些日子為了打點敬事房還有蘇公公那邊，咱們這裡能動用的金子、銀子都用得差不多了，如今除了皇上以前賞的一些珍寶之外，就只剩下幾兩碎銀子。那太監是敬事房的人，拿慣了銀子，又哪裡瞧得上幾兩碎銀子。與其得罪人，還不如大方一些；再說那只鐲子奴婢也早戴煩了。」

見如柳為了安慰自己說出違心的話，舒穆祿氏感動地落下淚。「真是委屈妳們了，放心，過了今日，一切都會不同的。妳們付出的，我會十倍、百倍還予妳們。」

「奴婢相信主子一定可以。」如柳微笑地拭去舒穆祿氏的淚，柔聲道：「主子莫哭了，否則哭腫了眼睛可不好看。趁著現在還有時間，奴婢替您沐浴更衣，然後好好打扮打扮。」

小太監再次過來的時候，她已經一切收拾停當，如柳的一雙巧手將她本有些普通的面容妝扮得精緻動人，尤其是那雙眼睛，顧盼之間似有寶光流轉，奪魂攝魄。而這正是舒穆祿氏要求的，她知道這雙眼像極了胤禛在意甚至於深愛的一個女子，也是她獲寵的最大資本，當然要好好利用。

到了這個時候，她已經顧不上自己是否為替身了，在劉氏等人的夾擊下保住地位與性命才是至關重要的事。
如柳與雨姍被留在映水蘭香，未能跟隨，不過她們皆相信，自家主子一定可以牢牢抓住皇上的心，從而成為後宮裡最得寵的那一個。
她們已將那東西磨成粉，嵌在主子的指甲中，只要將之彈在酒水裡讓皇上服下……
雨姍扯著如柳的袖子道：「妳說那東西真的不會有問題嗎？我這心裡總是有些慌。」
如柳心裡也沒底，卻沒有當著雨姍的面露出來，反而安慰她道：「不會有事的，妳別瞎操心了。」
在到鏤月開雲館後，舒穆祿氏沒有被直接領去見胤禛，而是先到暖閣中，將所有衣物除下，再由太監用紅錦裹住她一絲不掛的玉體，扛在肩上抬進胤禛的寢所。
彼時，胤禛正執筆在紙上寫著什麼，小太監們輕手輕腳地將舒穆祿氏放在床上，然後跪下道：「皇上，慧貴人已經來了。」
胤禛擱下筆道：「知道了，你們下去吧。」
四喜等人答應一聲，躬身退出寢殿，只留胤禛與被裹在紅錦中的舒穆祿氏。
待得門關起後，胤禛起身來到床邊，看著嬌豔如花的舒穆祿氏，在觸及那雙含喜帶嗔的明眸時，有片刻的恍惚，聲音不由得比平常溫柔幾分：「朕聽蘇培盛說，妳這些日子心情抑鬱是嗎？」

雖然蘇培盛是胡謅的，卻恰好說中舒穆祿氏的心情，還未說話，淚便先流了出來。「臣妾沒什麼，只是有時候思念皇上得緊。」

淚水向來是最能打動人心的，胤禛頗有些心疼地道：「妳若思念朕，儘管來鏤月開雲館就是了，朕又沒說不讓妳來。」

一聽這話，舒穆祿氏越發委屈了。「臣妾每次來，皇上都忙得很，連理會臣妾的工夫也沒有，臣妾又怎敢來打擾。」

被她這麼一說，胤禛頗有些內疚。「是朕不好，這些日子只顧著潤玉與兩個孩子，冷落了妳。」

舒穆祿氏善解人意地道：「姊姊剛生了孩子，皇上自然要多疼一些，再說今日皇上能想起臣妾，臣妾已經很開心了。」

胤禛微一點頭，目光在舒穆祿氏的身子上掃過時，比平常多了一份深幽。正當他準備動手解開其身上的紅錦時，舒穆祿氏忽地紅了臉道：「皇上，臣妾有些口渴，能否先起來喝口茶水？」

「自然可以。」胤禛將自己的寢袍扔給她。「妳這樣子連喝水也不方便，還是穿著朕的衣裳吧。」

「嗯。」舒穆祿氏輕輕點頭，趁著胤禛轉過頭，自紅錦中掙脫出來，然後穿上寬大的寢衣。

第一千零六十四章　留夜

舒穆祿氏取過桌上小巧的銅胎畫琺瑯提梁壺倒了盞茶，剛喝了一口便道：「好甜！」

「呃？這茶是甜的嗎？」胤禛奇怪地問。他剛剛也喝過茶，與平常一樣，並沒有什麼甜意啊。

舒穆祿氏抿脣一笑道：「沒有，是臣妾自己覺得甜。」

「明明不甜的東西也能被妳喝成甜的，真不知在想什麼。」胤禛笑著搖搖頭，走到案桌前，上面擺著一幅寫到一半的字，下筆有鋒，剛勁有力。

舒穆祿氏目光一轉，曼聲道：「如今時間尚早，皇上何不寫完這幅字呢？臣妾替您磨墨。」

「也好。」胤禛沒有多想，在舒穆祿氏磨墨後，提筆沾墨，繼續寫著那幅字。

胤禛向來是一個極專注的人，一旦做什麼事，就會全身心地投入，所以他沒有注意到舒穆祿氏停下磨墨的動作，也沒有注意到舒穆祿氏離開去倒茶，更不曾注意到倒完茶後，舒穆祿氏彈了彈指甲，一些灰褐色的粉末落入茶水中。

在胤禛停下筆後，舒穆祿氏適時地奉上茶。「皇上請喝茶。」若胤禛有仔細留意舒穆祿氏的話，就會發現她平靜的外表下是深深的緊張，這份緊張一直持續到胤禛喝完整盞茶方才鬆弛下來。

趁著胤禛將字捲起來的工夫，舒穆祿氏故意弄散寢衣上端的結，露出大片雪白的肌膚與香肩，然後在胤禛回頭的時候，又假裝羞澀，用手掩住那片肌膚，但還是有一小部分露在外面。

胤禛身為皇帝，所見的女人不在少數，莫說只是那麼一片肌膚，就是整個人褪盡了衣物在他面前，只要他不想，也不會有什麼衝動，但這一次他卻怎麼也移不開目光，怔怔地看著，然後慢慢走近。

當手觸及那抹滑膩的肌膚時，深幽的眼眸中已染上濃濃的慾望，而且還不斷加深，直至將他整個人包圍，令他迫不及待地想要一嘗眼前的美好。

當胤禛喘著粗氣，打橫將舒穆祿氏整個人抱起走向床榻的時候，她便知道那東西起效了。雖然有些緊張，但更多的是欣喜，她緊緊摟著胤禛的脖子，嗅著他身上濃重的男子氣息。

過了今日，胤禛就再也離不開她了。只要能牢牢抓到這顆帝王心，她所得到的，一定會比劉氏乃至鈕祜祿氏更多！

以往在潛邸時，嫡福晉以外的女子不得留宿整夜，如今到了規矩更加森嚴的宮中，自然也不例外。在過了三更之後，四喜在外頭輕輕叩了叩窗子。「皇上。」

等了一會兒，裡面沒見動靜，四喜又叩了一次，如此反覆三次後，始終不聞胤禛命他進去。

四喜滿心奇怪，皇上向來遵循規矩，就算是往日裡最寵愛的熹妃娘娘，凡召寢，也不見有留其整夜的事。

四喜猶豫了一下，對身後那些太監道：「你們在這裡等著，咱家進去看看。」

他剛推開門，隔著重重紗帳便聽到胤禛沙啞而不悅的聲音：「出去！」

四喜下意識地想要退出去，然想到自己肩上的責任，不得不硬著頭皮道：「皇上，已過三更，慧貴人她……」

「朕叫你出去，你是耳朵聾了還是不想要腦袋了！」胤禛的聲音比剛才更加不悅，隱約還能聽到他粗重的喘息。

四喜不敢再多說，躬身退了出去。那些小太監見四喜出來，只道是好了，準備進去將舒穆祿氏扛出來，卻被四喜阻止，搖頭道：「繼續等著吧。」

眾太監齊齊一驚，其中一個膽大地道：「喜公公，可都已經過三更了啊，慧貴人她這樣留在裡面，與祖制不合啊。」

四喜沒好氣地瞪了他一眼。「這話你跟皇上說去，跟咱家說有什麼用。」

小太監縮了縮頭，不敢吭聲，忍著滿腹疑問站在窗下，如此一直到過了四更，方才聽得裡面傳來聲音，進去將渾身軟綿綿的舒穆祿氏抬了出來；而這已經差不多是一整夜了，再過大半個時辰，胤禛便要準備上朝了。

皇帝每一次召寢，都有無數雙眼睛盯著，所以舒穆祿氏在四更過後才被抬出來的消息，天亮之前便傳遍了圓明園。

許多人都覺得不可思議，舒穆祿氏在劉氏的壓制下，已經近乎失寵，竟得胤禛破例享此殊榮，這太過不合常理。

凌若聽到這個消息，驚訝地對正替自己梳妝的水秀道：「真有這回事？」

水秀取過一支碧珠釵在凌若髮間比了一下，道：「嗯，奴婢剛才聽到的時候也嚇了一跳。雖說如今不是在宮中，但還是不合規矩。奴婢還聽說昨夜喜公公請慧貴人出來的時候，被皇上好一頓責罵呢。」

凌若把玩著一串碧玉手串，心中滿是驚疑。胤禛何時對舒穆祿氏這般寵愛了，之前可是已經冷落她好一些日子，難道是因為那雙眼與納蘭湄兒相似的眼睛？

一想到納蘭湄兒，凌若便覺得胸口煩悶。已經過了二十多年了，可這個名字卻像是陰魂一樣，一直橫在她與胤禛中間，揮之不去。

見凌若神色不豫，莫兒將一只碧璽寶戒戴在凌若指上，同時安慰道：「主子別太往心裡去了，也許皇上只是一時睡過了頭，又被喜公公吵醒才會生氣，與慧貴人並無關係。」

凌若想一想道：「妳讓喜公公得空時來本宮這裡一趟，有些話想親自問問他。」

「是，奴婢一會兒就過去。」

見莫兒答應，凌若想起一事來，搖頭道：「算了，還是讓楊海去吧，妳與四喜明裡不好走得太近，否則被人發現你們的關係便麻煩了，妳自己也要當心著一些。」

莫兒臉色一黯，低低答應：「是，奴婢會記著的。」

第一千零六十五章　送藥

看到莫兒這個樣子，水秀心有不忍，道：「主子，難道真的不能再求求皇上嗎？」

凌若自銅鏡中看著水秀，涼聲道：「除非妳想莫兒與四喜死在宮規之下。三福與翡翠，那是因為天時、地利、人和皆在他們這一邊，才能求得皇上同意，但結果依然是一死一殘。本宮不希望莫兒有任何危險，所以在想到適合的辦法之前，誰都不許再提此事。」

莫兒朝水秀輕輕搖了搖頭，示意自己沒事。

凌若雖背對她們，卻透過銅鏡看到一切，輕嘆一口氣道：「莫兒，妳過來。」

莫兒依言蹲在凌若跟前，道：「主子有何吩咐？」

凌若輕撫著她柔順光滑的頭髮道：「怪不怪本宮，連試都不肯幫妳去皇上跟前試一下，或許事情並不會像本宮想的那麼糟糕。」

凌若的動作令莫兒覺得很舒服，將頭輕輕擱在凌若腿上，輕言道：「奴婢現在擁有的一切都是主子給的，又怎會怪主子。再說凡事皆有兩面，也許好，也許壞，若皇上真的因此震怒，那奴婢與四喜都會有危險。主子只是想保護奴婢罷了。」

「妳懂得這樣想很好。」沉默了一會兒，凌若忽道：「妳有沒有想過出宮？」

莫兒倏然一驚，抬起頭緊張地道：「主子您不要奴婢了嗎？是不是奴婢做錯了什麼？」

凌若哂然一笑道：「傻丫頭，妳想到哪裡去了，本宮只是不想妳一輩子在宮裡頭服侍人。」見莫兒想說話，她抬手道：「妳先聽本宮把話說完。」頓一頓，續道：「之前謹嬪曾與本宮說過，其實妳與四喜，並非全無希望。」

莫兒的眸光因她這句話而漸漸亮起，忍不住問：「謹嬪娘娘她有辦法？」

「看妳，一說到這個，整個人都有精神了。」打趣了一句後，凌若道：「這個辦法就是妳離開宮廷，只要妳不在宮中，宮規自然束縛不到妳，到時就算妳要與四喜拜堂成親也不打緊。」

水秀脫口道：「奴婢明白了，宮中禁太監與宮女對食，卻不禁太監在宮外置宅子養人。」

「正是這個道理，本宮思索良久，這個辦法最可行。」

凌若話音剛落，莫兒便使勁搖頭。「不，奴婢不想離開主子。」

「妳還真想一輩子賴在本宮身邊啊！」凌若笑著拍了一下莫兒光潔的額頭，

道：「妳想，本宮還不想耽誤了妳呢。本宮最大的心願，就是看著身邊的人幸福安好，墨玉如此，阿意如此，妳自然也不例外。」

想到自己能有機會與四喜在一起，莫兒也頗為意動，遲疑著道：「可是奴婢一走，主子身邊就缺一個伺候的人了。」她話音剛落，額頭就再次被打了一下。「說妳傻還真是一點都沒錯，本宮身邊哪會缺人，再說不是還有水秀他們在嗎？妳啊，還是好好想妳自己吧。」

莫兒感動不已，流淚道：「主子待奴婢的大恩大德，奴婢這輩子都不會忘記，若沒有主子，奴婢至今還是一個無名無姓的小乞兒，又或者已經不活在世上了。」

凌若起身的同時也將莫兒扶起。「過去的事不要再提了，總之妳現在叫莫兒，是本宮的人，本宮絕不會虧待妳。待回去之後，本宮就安排妳出宮，在此之前，妳小心著些，莫要被人發現了。」

莫兒鄭重地道：「奴婢知道，一定不會給主子添麻煩的。」

另一邊，舒穆祿氏在回了映水蘭香後不久，便有宮人進來稟報，說皇后娘娘身邊的杜鵑來了。

翡翠與惜春先後出事，那拉氏便另外擇了幾個能幹聰明的宮女在身邊伺候，杜鵑就是其中之一。她很機靈，曉得那拉氏身邊是何人最得勢，所以對小寧子百般討好，有了小寧子的美言，她在那拉氏身邊自然如魚得水。

舒穆祿氏對著銅鏡正一正髮髻，頭也不回地道：「知道了，讓她進來吧。」

見舒穆祿氏一直巍然不動地坐在那裡，雨姍小聲道：「主子，那是皇后娘娘身邊的人，您這樣坐著是否不太好？」

舒穆祿氏沒有理會她，而是道：「如柳，妳看我的眉是否淡了一些？」

如柳仔細看了一眼，道：「奴婢倒覺得這樣正好，皇上一向不喜歡嬪妃濃妝豔抹。可能是奴婢今日替您畫的柳葉眉細了些，明兒個奴婢替您畫遠山黛眉看看。」

「那就依妳的話吧。」如此說完之後，舒穆祿氏方才轉過頭對雨姍道：「我且問妳，杜鵑是什麼人？」

雨姍被問得莫名其妙，主子不可能連這個也不知道啊，這般想著，口中答：「回主子的話，杜鵑是皇后娘娘身邊的人。」

舒穆祿氏不置可否地點點頭。「她是皇后身邊的人，也就是個宮女，我身為貴人，身為主子，還要起身迎她嗎？」

「可以前——」雨姍剛說了幾個字便被如柳打斷。

「以前是以前，如今已不是皇后一手遮天的時候了，主子也不必再處處受制於皇后。」說到後面，她低壓了聲音，因為杜鵑已經出現在門口。

杜鵑看到舒穆祿氏施施然坐在椅中，絲毫沒有起身的意思，心中有些不高興，卻未表露在臉上，笑著行了個禮。「奴婢給慧貴人請安，慧貴人吉祥。」

舒穆祿氏不動聲色地道：「姑姑請起，不知姑姑來此有什麼事？」

杜鵑虛虛一笑道：「皇后娘娘知道慧貴人昨夜得幸於皇上，很是高興，特命奴婢送來補身的湯藥，請貴人服用。」一邊說一邊將食盒放在桌上，將黑乎乎的藥端出來。

一時間，屋裡充斥著難聞的藥味，這個味道舒穆祿氏已經聞過無數次。

第一千零六十六章　拒絕

在杜鵑的注視下，舒穆祿氏扶著如柳的手站起來端過藥，正當杜鵑以為她要喝的時候，卻見她將藥放回食盒中。

「替我謝謝皇后娘娘的好意，不過我身子很好，又有太醫開藥調理，不需要再另外補身。倒是皇后娘娘殫精竭慮，操勞不止，該要好好補補才是。」

杜鵑簡直不敢相信自己的耳朵。慧貴人在說什麼？不喝這藥，還說讓皇后娘娘服用？「慧貴人，是奴婢說得不夠清楚嗎？這藥是皇后娘娘專程命奴婢送來給貴人補身的，皇后娘娘一片心意，慧貴人可不要拒絕了。」杜鵑再度將食盒中的藥拿出來，剛拿到一半，手便被人牢牢按住。

「我已經說過，不需要，還請姑姑拿回去。另外也請姑姑告訴皇后娘娘，我以後都不需要這個藥了。」

見舒穆祿氏態度如此強硬，杜鵑不由得沉下臉。「慧貴人，奴婢勸您還是想清楚了再說話，您若是現在回心轉意，奴婢可以當什麼事都沒發生過。」

舒穆祿氏微微一笑。「姑姑這是在威脅我嗎？」

「奴婢不敢。」

杜鵑剛說出這四個字，舒穆祿氏就接上話：「既是不敢，就請姑姑回去吧。我說的已經很清楚，若皇后娘娘還有疑問，我可以自己去向她解釋。」

杜鵑被堵了個正著，氣得直哼哼。她身為下人，不好直接勉強舒穆祿氏，只能撒著氣道：「既然如此，那奴婢就依著慧貴人的話給娘娘覆命去了，希望慧貴人不會後悔。」說罷，她氣呼呼地拎食盒走了，連禮也沒行。

在她走遠後，雨姍解氣地道：「每次皇后身邊的人來咱們這裡，哪怕是一個不入流的宮女，都趾高氣揚的，終於有一次看到她們夾著尾巴跑了。」

如柳打趣道：「妳剛才不是還擔心得很嗎？怎麼了，現在又不擔心了？」

雨姍臉一紅，道：「妳和主子都不怕，我怕什麼。再說，看她剛才憋著氣又不敢發出來的樣子，真的是很解氣。」

舒穆祿氏走到門口，恰好看到杜鵑在跨過院門的時候絆了一跤，摔了個狗吃屎，食盒裡面的湯藥也灑了一地。看著杜鵑狼狽地從地上爬起來離開的身影，她嘴角微微一翹道：「以後我們都不用再受皇后的氣，她如今一無後宮大權，二無恩寵傍身，連二阿哥也不得聖心，已經威脅不到我了。」

換了在今日之前，即便皇后已經露出頹勢，她也不敢說這樣的話，可是如今卻再無一點擔心。

昨夜將那東西下在茶裡讓胤禛服下後，他對她的身體已有著超乎尋常的迷戀，只要有那個東西在手，她就可以牢牢抓住胤禛的恩寵，以此來立於不敗之地。

看到舒穆祿氏眸中露出自信之色，如柳心中百味雜陳。初次見到舒穆祿氏時，她懦弱卻也善良，即便是面對一直欺凌自己的繪秋也不忍責罰；而現在，一切皆已去而不返，不過這樣的舒穆祿氏無疑才是適合後宮，適合生存的。

好與壞，從來沒有一條清晰的分界線。

杜鵑憋著一肚子氣回到方壺勝境，決定在那拉氏跟前好好告舒穆祿氏一狀。到了屋中，沒看到那拉氏人影，一問之下，方知她去了後院垂釣。

杜鵑繞到後院，果然看到那拉氏正手執魚竿坐在那裡，淺金色的陽光照在她身上，猶如鍍了層金一般，令她整個人寶相莊嚴。小寧子畢恭畢敬地站在一旁。

杜鵑也不整剛才因為摔倒而弄亂弄髒的衣裳，滿臉委屈地走過去行禮。那拉氏輕「嗯」了一聲，盯著平靜的湖面道：「藥喝了？」

隨著天氣的漸漸轉暖，湖面上的冰已經盡數化去，放養在大小湖池中的魚也活躍了起來。

杜鵑撲通一聲跪下，泣道：「奴婢有罪，沒完成主子交代的事，還被慧貴人好一頓羞辱，失了主子的面子，奴婢該死，請主子責罰。」

那拉氏詫異地回過頭，這個時候才發現杜鵑一身狼藉，頭上還沾著塵土。那拉氏是一個極注重儀表之人，往日裡即便是在病中，也收拾得一絲不亂，看到底下人這個樣子，自是不喜。她凝聲道：「說，到底是怎麼一回事。」

杜鵑等的就是這句話，趕緊道：「奴婢今日奉主子之命，給慧貴人送藥去，結果到了那裡，慧貴人大搖大擺地坐在椅上不說，還不肯服藥，甚至說讓主子自己服去。奴婢氣不過與她爭辯幾句，她就讓下人將奴婢扔到院中，連藥也潑了。」

以那拉氏的城府，在聽到這些話時也忍不住色變，執魚竿的手更是抖了一下，使得浮標令波光粼粼的湖面泛起漣漪。「她當真這麼做？」

聽那拉氏語氣似有所不信，杜鵑信誓旦旦地道：「奴婢怎敢對主子說半句虛言。」又哀哀地哭了起來，磕頭道：「奴婢丟了主子的臉，請主子責罰。」她確實沒撒謊，只是將事情稍微說得嚴重一些，還將自己摔跤打翻藥的事推到舒穆祿氏身上。

那拉氏盯著杜鵑，目光閃爍。她曉得這些下人沒膽子在自己面前耍花樣，但舒穆祿氏何以會如此大膽，這樣做等於與自己翻臉，哪來這麼大的信心？

舒穆祿氏又不是第一次被召寢，即便是這次留晚了一些，也代表不了什麼，恩寵來得快，去得也快，除非是像鈕祜祿氏這樣長寵不衰，又生了一個好兒子。

第一千零六十七章　戲弄

那拉氏重新將目光轉到湖面道：「小寧子，這件事，你怎麼看？」

小寧子斟酌了一下道：「主子，恕奴才直言，慧貴人只怕是看到謙貴人生下兩個阿哥後即將被封為嬪，心有不甘，也想一朝生下龍子，青雲直上，所以才不願喝那藥。」

隨著冊封日子的臨近，劉氏即將被冊為謙嬪的事已經在圓明園傳開了。

小寧子咬一咬牙道：「奴才有句話不知當講不當講。」

「你儘管說就是。」那拉氏感覺到手上的魚竿沉了一下，像是有魚在咬餌，不過她沒有立即收竿，而是繼續等待。第一次竿沉，很可能只是魚在試探。

小寧子猶豫了許久才說出口：「恕奴才直言，主子如今的形勢，落在別人眼中，可能會覺得主子……」

「覺得本宮失勢了，是嗎？」那拉氏代他說出了難以啟齒的話，眸光幽暗。

小寧子垂低了頭道：「是，慧貴人應該也是其中之一，所以想趁機擺脫主子的控制，以便有機會懷上龍種。」

再一次傳來竿沉的感覺，這一次那拉氏沒有猶豫，抬手將魚竿拉了起來，沉在湖中的魚線亦被拉起，在魚鉤上赫然掛著一條一尺多長的鯉魚。

小寧子趕緊扯過線，將活蹦亂跳的鯉魚從魚鉤上解下來，扔到旁邊的純銅桶中。

那拉氏冷冷盯著在桶中擺尾游動的鯉魚，冷冷道：「那舒穆祿氏未免將自己看得太高了。本宮就算失勢也是皇后，是一宮之主，不是小小一個貴人就可以反抗的。」

一聽這話，小寧子便知道那拉氏起了除掉這顆不受控制的棋子的心思，連忙道：「主子準備怎麼做？」

那拉氏雖然對舒穆祿氏暗恨在心，卻沉得住氣。「不急，等皇上再多冷落她一些再說。如今剛侍過寢，她自以為皇上還記著她，正在得意勁上呢；而且本宮也要想想，該用什麼法子懲治她才好。」

小寧子陪笑道：「主子說的是，慧貴人這樣狂妄，定不能輕饒。」

萬方安和那邊，四喜在黃昏時分抽空過來了一趟。他說的與凌若之前聽到的大概相同，但至於胤禛何以會如此眷寵舒穆祿氏，他也說不上來。

然更令人驚奇的事還在後面，隨後三日，胤禛竟然連著翻舒穆祿氏一人的牌子，且每一夜都留到四更之後。莫說本朝，就是縱觀整個大清後宮也是從未有過的事。

這下包括皇后在內的所有人都坐不住了，連瓜爾佳氏也特意去了萬方安和。到了裡面，見凌若一手執棋譜，一手擺弄桌上的棋局，她搖頭坐下道：「真虧妳現在還有心思下棋。」

凌若按著棋譜將棋局擺弄好後，道：「下棋可以讓人思緒清晰敏銳，有何不好？昨日裡與彤貴人說好了，看哪個先破了這局棋，我可不願輸了。」

瓜爾佳氏一把奪過她手裡的棋譜，急切地道：「妳不願輸棋，難道就願輸人嗎？舒穆祿氏已經一連四夜在鏤月開雲館過夜了，且夜夜留過四更，這是從未有過的事，妳真的一點都不擔心？」

「擔心如何，不擔心又能如何？難道我還能攔著皇上不讓他召舒穆祿氏嗎？」這般說著，凌若容色一黯道：「再者，皇上寵舒穆祿氏不是很正常的事嗎？昔日的佟佳梨落亦是這般。」

看到她這副樣子，瓜爾佳氏又心痛又著急道：「如今不是在潛邸，妳也不是以前的鈕祜祿凌若，佟佳梨落的事，不可以再發生一次了。妳不能攔著，總可以去見皇上吧？至少要設法弄清皇上心裡在想什麼，然後咱們再想對策；否則真等舒穆祿氏得勢，想再阻攔時就太晚了。」

凌若無聲地看著她，不曉得過了多久，一抹笑意慢慢出現在臉頰上，看得瓜爾佳氏莫名其妙。「妳笑什麼？」

「我笑姊姊比我還緊張。」這般說著，凌若臉上的笑意更盛了幾分。「其實我今日已經去見過皇上了，皇上說他晚上過來，到時候，我就可以設法試探皇上心裡的想法了。那妳說，我還急什麼呢？」

瓜爾佳氏終於明白過來，指著凌若道：「好啊，妳居然戲弄我，還看我在那裡著急上火，哼，可是該罰！」這般說著，臉上卻透出一絲笑意。

「罰我飲酒三杯可好？」凌若一邊說著一邊喚安兒端上酒，果然連飲三杯，酒剛落肚，臉上便騰起一抹紅雲。全部喝完後，她將空杯朝向瓜爾佳氏道：「如何，姊姊滿意了吧？」

「勉強放過妳。」笑鬧過後，瓜爾佳氏端起自己面前的酒杯，抿了一口後，正色道：「妳說她像佟佳梨落，我卻覺得兩人有許多出入。」

「願聞其詳。」凌若輕咳一聲，感覺喉嚨像是有火在燒一樣，臉頰亦一片滾燙，遂道：「水秀，去替本宮洗一盤草莓來去去酒意。」

瓜爾佳氏慢慢道：「佟佳梨落因為面容與納蘭湄兒酷似，是以一入府便得到了無可比擬的寵愛。可舒穆祿氏僅一雙眼睛相似，按著皇上一貫待她的樣子，恩寵也不過如此，怎會在一夜之間突然盛了起來，甚至不惜壞了祖上傳下來的規矩，這不像是皇上的為人。」

第一千零六十八章 規勸

凌若點頭，將一顆棋子擺放到棋盤中時，道：「確實是有些奇怪。宮中比舒穆祿氏更美貌的比比皆是，且劉氏又剛生子，皇上不應該會將心思放在舒穆祿氏身上，當中必有緣由。」

晚膳過後胤禛果然來了萬方安和，四喜亦步亦趨跟在後面。進來後，胤禛拉了凌若的手噓寒問暖。

凌若答了幾句後，忽地歪頭看著胤禛，輕笑道：「皇上問得這樣仔細，可是自覺這些天冷落了臣妾？所以才對臣妾這般好。」

兩人獨處時，說話向來隨意，所以她這樣直接的言語，胤禛不僅未責怪，還笑道：「幾日未見，便叫冷落，那朕冷落的人可就多了去了。」

凌若笑而不語，只靜靜看著胤禛，相視片刻後，胤禛率先避開凌若的目光，有些內疚地道：「好吧，朕承認這些日子是冷落了妳，不過朕並非有意，是佳慧……」

在提到這個名字時，胤禛神色變得十分複雜，許久，他嘆了口氣道：「朕也不知道該怎麼說，只是突然一下子很喜歡佳慧陪在身邊，而且她也確實善解人意。」他說得極為隱晦，畢竟太過私密的話實在不好出口，他總不能直接說在面對舒穆祿氏時，會升起一種從未有過的情慾，而且那種肉體交融的感覺，令他無比眷戀，這是其他人都不能帶給自己的，所以他才會一連四夜召幸舒穆祿氏。

「不過朕保證，不論怎樣，都沒有人可以與妳相提並論。」情慾是一回事，心中的感覺又是一回事，後宮那麼多女人，能讓他一直放在心中的卻不多，而凌若無疑是最特殊的那一個。正因為如此，他才會壓下再一次召幸舒穆祿氏的慾望，來到萬方安和。

「那臣妾是不是該覺得很榮幸，然後叩謝皇上恩典呢？」

凌若眼中的狡黠令胤禛一笑，在她鼻子上輕輕刮了一下道：「不必覺得榮幸，因為這是妳應得的。虧欠妳的，朕永遠都記得；妳為朕付出的，朕同樣永遠記得。沒有人可以取代妳，佳慧同樣不行，所以妳不必因她而有任何擔心。」

他這番話沒有華麗的辭藻，也沒有刻意的感情流露，平實得像是在說一件再普通不過的事，卻令凌若為之動容。

在一聲柔緩的嘆息中，她倚著胤禛的胸膛，輕言道：「臣妾知道，臣妾只是擔心皇上的身子。皇上已經不再是二十幾歲的人了，這些年又日理萬機，操勞過度，身子大不如前，不可以再由著性子來了，得好生保養身子才好。皇上若真喜歡慧貴人，隔幾日召幸她一次也是一樣的；再說宮裡那麼多妹妹，皇上也得雨露均霑才好。」

這不是妃子該說的話，若非凌若擔心胤禛的身子，也不會說出口。

「朕知道。」胤禛摟緊了凌若道：「能有妳在身邊，是上天對朕最大的恩賜，若兒，朕的若兒。」

當抱緊凌若的時候，胤禛的心感到無比滿足，與面對舒穆祿氏時的那種慾望截然不同。

當兩人分開時，胤禛看到擺在桌上的棋局，輕「咦」一聲道：「這彷彿是記載於棋譜中的珍瓏棋局，很難解開。」

凌若笑笑道：「是啊，臣妾昨日與彤貴人相約解這個棋局，結果費了一天的腦子也沒什麼頭緒。皇上既在，不如指點臣妾一二，皇上的棋力可比臣妾要好許多呢。」

胤禛微一點頭，注視著棋盤道：「肖彤嗎？妳何時與她相熟了？」

「前些日子，因下棋相熟。臣妾很喜歡彤貴人，她下棋很是不錯，人聰明，性子也好。」

凌若話音剛落，胤禛便訝然地望了她一眼道：「肖彤聰明是不假，性子卻說不上好吧。朕看她待人處事，一直都帶著一股傲氣與冷淡，有時對朕也是如此。」

凌若明白，就是因為這股傲氣與冷淡，令胤禛對佟佳氏不太喜歡，然這恰恰是真性情的表現，不過她不好說得太明，只道：「皇上與彤貴人處久了也許會改觀。」

「是嗎？」胤禛一邊說著一邊在棋局前坐下，顯然沒將凌若的話太往心裡去。

凌若暗自搖頭，她也知道要讓身為上位者的胤禛花時間與心思去了解一個入宮不久，且沒有共同經歷過悲歡苦樂的女子是不太可能的。如今的胤禛，更喜歡那種百依百順、溫婉可人的女子，譬如劉氏，譬如舒穆祿氏。

胤禛試著在棋盤上落了幾個子，都無法解開棋局，不由得皺眉苦思。時間在冥思中一分一秒過去，就在自鳴鐘的時針指向八這個時刻，胤禛靈光一閃，快速取過棋子下在左上角。

這一子落下，猶如點睛之筆，竟讓原本已經被困死的黑棋有了復活之勢。凌若驚呼一聲，帶著難以置信之色，想不到困擾自己一日的珍瓏棋局竟然讓胤禛破了。雖然形勢還不明顯，但圍繞著那顆棋子下下去，必然可以找到真正的出路。「皇上果然高明，看樣子臣妾可以借皇上的東風贏了彤貴人。」

「妳高興就好。」說到這裡，胤禛小小地打了個哈欠。

凌若見其眼下發青，頗為心疼，勸道：「臣妾陪皇上早些歇息吧。」

胤禛確實累了，點點頭，任由宮人寬衣解帶，躺到床上剛一會兒工夫便沉沉睡去。

望著胤禛沉睡的容顏，凌若的思緒不由得飛回到多年前胤禛喝醉酒，睡在她屋中的情景。二十多年過去了，守候這張容顏已經成了她生命中最重要的事。

這一夜，胤禛睡得很沉，一直到四喜在外頭唱喏方才醒來，隔著窗子望去，外頭天色依然黑沉沉的，身邊卻已不見凌若的身影。

「若兒，若兒。」

胤禛連著叫了好幾聲始終沒人答應，最後還是四喜上前道：「啟稟皇上，熹妃娘娘前一更就起來了，說是要給皇上親手做早膳，如今正在小廚房裡呢。」

第一千零六十九章　伴駕上朝

胤禛這才放下心來，讓四喜替自己更衣刷牙洗臉，待一切收拾妥當時，凌若亦從外頭走進來，身後還跟著弘曆。

弘曆進來後，規規矩矩地朝胤禛行禮請安。胤禛點頭道：「怎麼連你也起得這麼早？」

「兒臣睡到一半醒來，聽到外頭有聲音，便起來看看，知是額娘在為皇阿瑪準備早膳，所以兒臣也跟著幫忙。」

胤禛一臉驚訝地道：「哦？你會做早膳嗎？」

凌若在一旁直發笑，弘曆則不好意思地道：「兒臣不會，只能幫額娘看火。」

聽到他這話，水秀不由得抿脣發笑，胤禛問是何緣故，水秀道：「四阿哥應該告訴皇上，他看火之餘把自己一身衣裳也燒了，換了一身才過來見皇上。」

弘曆聞言，大窘不已，辯解道：「哪有這回事，不過是燒了個洞而已，再說我哪知道那什麼草會一下子燒得那麼快……」

胤禛將目光轉向凌若，等她解釋。凌若輕笑道：「弘曆在生火時，拿了些稻草引火，結果稻草著得太快，沒等他放進灶洞就全部燒了起來，弘曆一慌想要扔掉，結果卻扔在自己衣上，燒破了好大一個洞，後來還是水秀眼疾手快把火撲滅了，才沒有傷到人。」

胤禛大笑地看著滿臉通紅的弘曆，道：「想不到朱翊一直誇讚有加的四阿哥也會有手忙腳亂的時候。」朱翊便是替弘曆他們上課的朱師傅。

弘曆低著頭道：「皇阿瑪，您就別再取笑兒臣了，兒臣實在是不知道，所以才會鬧出笑話來，以後不會了。」

胤禛笑過後，擺擺手道：「罷了，朕與你開玩笑，這種事你不必學，自有下人會做；再說堂堂阿哥學生火做飯，說出去可不是讓人笑話嗎？」

「臣妾倒覺得讓弘曆多學學沒有壞處，萬一將來去了外頭，身邊也沒個伺候的人，至少還會生火做飯，不至於餓肚子。」

胤禛不以為然地道：「若兒妳真是想多了，弘曆是朕的兒子，就算將來開府建牙，也自有一堆人跟著，怎可能餓肚子，這樣的事連萬一也不會有。」

不等凌若說話，弘曆先道：「就算是這樣，多學一些也不是什麼壞事，何況兒臣一直想像額娘一樣，親手為皇阿瑪做頓早膳。」

胤禛接過四喜遞來的筷箸，笑道：「既然你有這份孝心，朕就等著吃你親手做的早膳。」

「嗯。」弘曆開心地答應一聲，在末座坐下。

胤禛胃口不錯，吃了兩碗燕米粥方才放下碗筷。他一停下，四喜便湊上來道：「皇上，時辰差不多，該去勤政殿上早朝了，眾位大人應該都在了。」勤政殿是胤禛在圓明園期間用來上朝聽政的地方，早朝皆在那裡舉行。

胤禛點一點頭，起身剛走了幾步，忽地回過頭來，對垂身行禮的弘曆道：「要不要陪皇阿瑪一道去上早朝？」

弘曆一驚，又喜道：「兒臣可以去嗎？」他一直想親眼去看一看早朝是什麼模樣，但礙於自己尚未開府建牙，也未在朝中領什麼差事，所以不敢有此妄想。如今聽得胤禛這麼問，自是高興不已。

胤禛含笑的目光漫過同樣驚訝的凌若，最終落在弘曆身上。「你是朕的兒子，天下又有哪裡不可去。」

低頭看著弘曆渴望的目光，凌若斂了驚意，笑道：「還不快聽你皇阿瑪的話趕緊跟上去，若害得你皇阿瑪誤了早朝，你可擔待不起！」

弘曆曉得她這是同意了，答應一聲，快步隨胤禛出了萬方安和。

水秀欣然道：「皇上對四阿哥越來越看重了，看樣子，帝心已定。」

凌若卻沒她那麼樂觀，螓首輕搖道：「哪有那麼容易，皇上現在是想歷練考驗弘曆，只有當弘曆全部通過了，才會考慮傳位一事。而且那些大臣看到弘曆以阿哥身分陪皇上上早朝，定然會有諸多言語。」

「這是皇上決定的事，他們豈敢多言，不怕挨皇上訓斥嗎？」

凌若收回目光，夾了一塊芸豆糕道：「妳若不信便看著吧。」

事情不出凌若所料，弘曆的上朝，在大臣中引起了一場譁然。因為一般情況下，只有太子才可以自幼聽政，伴駕上朝，其他阿哥只能在領差之後，方可以臣子的身分上朝。

當時站在底下的弘時臉都青了，弘曆就在御階上，他磕頭的時候，豈非也變相地在向弘曆行禮？簡直是豈有此理！

不過他雖然恨得滿口牙齒都要咬碎了，倒是還記得那拉氏的話，為避免加深胤禛對自己的不喜，硬是沒有開口說一個字。

弘曆這樣，即便是胤禛允許，無疑也僭越了。弘時不說，那些大臣卻不會沉默，尤其是站在弘時一邊的大臣，當場當著弘曆的面彈劾此事，雖然胤禛將這些都壓了下來，弘曆在下朝之後還是悶悶不樂。

胤禛將這一切看在眼中，示意四喜抱著收上來的摺子下去，對弘曆道：「陪朕逛逛園子。」

「是。」弘曆答應一聲，跟著胤禛出了勤政殿，蘇培盛遠遠跟在後頭。

二月冰雪消融，樹枝上重新抽出一抹綠意，預示著不久之後春天便會到來。

在經過一處浮橋時，胤禛駐足望著不時被輕風吹皺的水面道：「可是還在想剛才的事？」

「是。」弘曆悶悶地答應一聲，隨即又有些內疚地道：「兒臣不知道隨皇阿瑪上朝，會惹來那麼多麻煩，早知如此，兒臣就……」

「就什麼，不隨朕上朝嗎？朕的兒子什麼時候變得這麼膽小怕事，只是被人彈劾幾句就畏首畏尾。」胤禛雖然不曾抬頭，卻透過水面將弘曆的反應看得一清二楚。

第一千零七十章

朝堂之道

弘曆激動地道：「兒臣不是畏首畏尾，只是不想再為皇阿瑪帶來麻煩。」

胤禛微一點頭，回身盯著弘曆的眼睛，一字一句道：「你想成為一個頂天立地的男子漢，就不能害怕麻煩，相反的，你還要設法去解決麻煩。」

「兒臣明白皇阿瑪的意思，兒臣會試著去做。」

弘曆這句話剛說完，胤禛便接上來道：「那你現在告訴朕，該用什麼法子去解決今日早朝時的麻煩？那些大臣不會僅限於口頭彈劾的，相信不久之後，就會有摺子上來，一封、兩封，也有可能十幾二十封，怎麼辦呢？」

弘曆明白，胤禛這是在考自己，他低下頭緊張地思索著，想要從自己這十幾年所學的知識中尋到可行的解決之法。良久，終讓他想到一個法子。「為君子者，當坦坦蕩蕩，不懼任何事，他們要彈劾便讓他們彈劾，兒臣問心無愧，不懼他們，甚至可以當面與他們解釋。」

聽完他這些話，胤禛大笑起來，正當弘曆以為自己的回答正確時，卻聽胤禛道：「弘曆，你太天真了，朝堂之上，講的不是君子，而是權謀。」見弘曆一臉不解，他再次道：「能以君子之言行戒行自己，並一輩子遵循的，唯有聖人而已；餘者雖讀聖賢書，卻不能免除世俗與私心。若由著他們彈劾，只怕最終，你這個阿哥會以犯上僭越的罪被關入宗人府。至於辯解，那更是笑話，這些人一個個飽讀詩書，在千萬讀書人中脫穎而出，你覺得自己可以辯得過他們？」

弘曆無言以對，省悟過來自己將事情想得太簡單了。

「不過這也怪不得你，你整日待在宮中，所見的、所聽的都是在宮中一隅之地，對於這些自然沒有深刻的認識。」胤禛負手慢慢走下橋，邊走邊道：「其實對於那些大臣，你需要做的不是置之不理，也不是太放在心頭，而是要記住張馳之道。可以聽他們說，卻不能被他們所左右，否則就是他們手裡的一個傀儡。明朝就出過不少這樣的例子。說到這個，朕考考你，明時將皇帝壓制最狠的是哪一個大臣？」

弘曆對於歷史很是熟悉，一聽這話，想也不想便回道：「回皇阿瑪的話，是張居正。」

「不錯，想要避免張居正之禍在我大清重演，就一定要牢牢控制住那些大臣，讓他們為你做事之餘，又不會太過分。」說這話的時候，胤禛想到了年羹堯，任何敢於威脅皇權的人都要除去。

「這件事若讓朕處置，就會先將他們遞上來的摺子留中，讓他們明白朕不想處置這事的態度；若他們還不識趣，想要挑戰朕的底線，那麼該讓他們再一次明白，這個朝堂到底是誰說了算。」

弘曆皺著英挺的雙眉道：「皇阿瑪，這與皇祖父以前教兒臣的不一樣。皇祖父總說，待臣下要寬仁，多聽他們的意見，哪怕他們做錯了事，也該給予改正的機會。」

胤禛停下腳步，道：「你皇祖父說得不錯，不過時移世易，有些事已經變了。剛開始待臣下寬仁時，臣下會感恩戴德，可時間一久，他們就會漸漸忘記，認為這是理所當然的，甚至以為這個天下有他們的一份。」

其實康熙晚年的仁政使得貪官成堆、國庫成空，影響了整個大清的運轉。康熙後來發現這個問題，卻已無力再改變，只能將這個攤子交給胤禛去收拾。

「凡事皆要恩威並施，且掌控自如。」

這些事對於如今的弘曆來說，還有些太過複雜，令他不能全然會意。在胤禛已經走到湖邊時，他忽地追上去，鄭重其事地道：「皇阿瑪，兒臣想領差事。」

胤禛饒有興趣地打量他一眼，道：「為何突然有此想法？」

「剛才皇阿瑪說得沒錯，兒臣所見所聞一直局限於宮中，想要真正明白皇阿瑪剛才那些話的意思，唯有踏出宮中，增長見識，如此才能真正幫上皇阿瑪的忙。」

胤禛一笑，道：「你有這個想法固然是很好，不過怎麼著也得等你滿十六之後。」

弘曆有些失望地點點頭，走了一會兒，有些好奇地問：「皇阿瑪，您也是十六歲才開始當差的嗎？」

「這個自然。咱們大清的阿哥，必得到了這個年紀才許開府建牙，然後領差辦事。為什麼突然問這個？」

弘曆回道：「兒臣以前跟在皇祖父身邊時，常聽皇祖父誇皇阿瑪差事當得好，說皇阿瑪是幹實事的人，兒臣將來若能有皇阿瑪一半的能力便心滿意足了。」

胤禛哈哈一笑道：「朕當了四十五年的阿哥，所見的事比你不知多上多少；你若是也當上四十五年阿哥，也會與朕一樣。」說到此處，他感慨道：「不過朕不比你皇祖父以沖齡之歲繼位，所以你想要學朕當四十多年的皇阿哥怕是沒機會了。」

弘曆見胤禛略有失落之色，忙道：「兒臣相信皇阿瑪一定可以萬壽無疆，莫說四十五年的皇阿哥，就算是五十年、六十年也沒關係。」

看到他一臉認真，胤禛失笑道：「你這孩子，從誰那裡學得這般油嘴滑舌。五十年，那朕都年近百歲了。縱觀歷朝歷代，可沒聽過有哪位皇帝可以活到如此高壽。」

「別人不可以，皇阿瑪一定可以。」弘曆神色堅定地道：「從現在起，兒臣會每日向神佛祈禱，保佑皇阿瑪聖體安康，福壽無邊。」

胤禛點點頭，什麼也沒說。若仔細看去，會發現他眼角有那麼一些溼潤。

另一邊，弘時在下了朝之後，沒有回他自己的府邸，而是去了方壺勝境。那拉氏正在替一隻羽色斑斕的鸚鵡餵水——小寧子見她這段時間心緒不佳，便去內務府要了一隻過來。

在宮人的行禮中，弘時來到那拉氏面前，欠一欠身道：「兒臣給皇額娘請安，皇額娘吉祥。」

第一千零七十一章　借勢

那拉氏將餵水的銀杓交給一旁的杜鵑，輕笑道：「今日怎麼這麼好，來看皇額娘？看這時辰，應該是剛下朝吧，怎麼板著一張臉，可是被你皇阿瑪訓斥了？」

弘時悶不吭聲，待宮人奉上茶，他接過茶喝了一大口，隨後又猛地噴出來，朝那個宮人罵道：「怎麼沏的茶，是想燙死本阿哥嗎？」

這茶是剛沏的，還燙得很，他這樣的喝法，哪有不燙到的道理。然宮人哪敢與他這個阿哥分辯，只能跪下請罪。

弘時冷哼道：「沒用的東西，滾下去自己掌嘴三十，然後再重新沏一盞茶來，若再燙了，小心要妳的狗命！」

那拉氏知道他是在拿宮人撒氣，什麼也沒說，待得宮人狼狽地退下後，方道：「你到皇額娘這裡來，不是只為了撒氣吧？」

弘時看著神色淡然的那拉氏，咬牙道：「皇額娘可知道，今天弘曆陪著皇阿瑪一道上朝了。」

這句話落在那拉氏耳中，不啻於驚雷落地，捧在手中的茶盞險些落地。「你說什麼，上朝？」

「不錯，弘曆陪著皇阿瑪上朝，就站在御階上，然後兒臣與滿朝文武一道磕頭。」只要一想到那個場面，弘時就憤怒得想要殺人。誰都曉得那個位置只有太子可以站，弘曆非嫡非長，憑什麼站在那裡。

那拉氏定一定神後，道：「那文武百官怎麼說？」

「有好幾位大臣出言彈劾，不過兒臣看皇阿瑪並沒有將彈劾放在心中，更沒有讓弘曆中途避退，一直由著他站到散朝。」弘時再次咬了牙道：「皇額娘，您說皇阿瑪到底在想什麼，難道真想立弘曆為太子嗎？我不會答應的，絕對不會！」

那拉氏冷冷瞥了他一眼道：「若皇上真下定了決心，你反對又有何用？本宮比你更了解皇上的性子，一旦他決定的事是斷然不會更改的。」

「那就眼睜睜看著弘曆那個臭小子得意嗎？」弘時扭曲著臉道：「真不知皇阿瑪是不是老糊塗了！」

「弘時！」那拉氏警告地看著他。「不管你心裡有多不滿，都給本宮嚥下去，更不要說出什麼不敬你皇阿瑪的話來。」頓一頓，又問：「對於弘曆上朝一事，你可曾說過什麼？」

「沒有，兒臣始終記著皇額娘的吩咐，沒有說過一個字。」弘時的回答令那拉氏放下心來。「總算你還懂事，沒有任性妄為，否則真觸怒你皇阿瑪，本宮可就救不了你。」

弘時應道：「兒臣知道，所以才趕緊過來告訴皇額娘這件事。還有弘曆那邊到底該怎麼辦，總不能由著他將皇阿瑪哄得團團轉吧，再這樣下去，兒臣可真的沒有立足之地了，您可一定要為兒臣做主。」

一說到這個，那拉氏也頗為頭疼，安撫道：「皇額娘也知道，不過你得讓皇額娘好好想想，如何挽回劣勢。」

這個時候，之前為弘時沏茶的宮女再次進來，戰戰兢兢地捧著茶盞。她兩頰一片紅腫，顯然有按著弘時的吩咐自己掌嘴。

「你們都下去。」那拉氏突然這般吩咐，除了小寧子之外，所有宮人均依言退到外頭。

弘時精神一振，問：「皇額娘可是想到辦法了？」

那拉氏微微點頭，鄭重其事地道：「弘時，皇額娘問你，你有多不喜歡弘曆？」

「兒臣沒有不喜歡弘曆——兒臣是恨弘曆，恨他一直搶奪屬於兒臣的東西。」

在那拉氏面前，弘時不必費心去隱瞞，因為那是他們母子倆共同的敵人，唯有他繼位，那拉氏這個太后才算是實至名歸。

那拉氏頷首後，又問：「那你現在與廉親王他們還有來往嗎？」

一絲驚慌在弘時臉上掠過，強自鎮定地道：「除了上次冰嬉結束後，八叔找兒臣說過幾句話，就再沒有見過面。」

「果真嗎？」一輩子皆在爾虞我詐、勾心鬥角中度過的那拉氏怎麼會沒注意到那絲驚慌，心下已經大致明白。

弘時有些不敢面對那拉氏的目光，強笑道：「兒臣怎麼會騙皇額娘呢。」

「可是你現在恰恰是在騙本宮！」那拉氏目光一厲，抬高了聲音道：「還不從實告訴本宮！」

弘時自小由那拉氏撫養長大，每當看到她板下臉時，總有些許懼意，這次也不例外，囁嚅半晌後道：「兒臣與八叔悄悄來往過幾次，不過每一會兒臣都很小心，沒有讓人發現。請皇額娘相信兒臣，八叔當真沒什麼壞心。」

那拉氏暗自搖頭。弘時果然還是沒有認真聽自己的話，依舊與允禩有著往來，不過如今看來，倒也算是一樁好事。

在斟酌許久後，那拉氏開口：「既然如此，那就讓廉親王助你一臂之力。」

弘時滿腹不解。「兒臣不明白皇額娘的意思。」

那拉氏逐字逐句道：「想要對付弘曆，光憑你一個人是不夠的，而且不論你還是我，只要說出任何對弘曆不好的言語，都會讓皇上以為我們是在針對他，所以必須要借他人之口，也就是借勢。」

「這個兒臣也知道，可是八叔被皇阿瑪不喜，連兒臣與他走近一些，皇阿瑪都好一頓訓斥，他如何在皇阿瑪面前進言？」

「本宮沒說他。」那拉氏在心裡暗罵一聲弘時愚蠢，道：「廉親王在朝中經營多年，曾經百官聯名保他為太子的事，本宮還記憶猶新，就算現在失勢了，依然不容小覷。本宮敢保證，如今朝廷上還有許多人肯為他賣命。」

弘時漸漸明白那拉氏的意思。「皇額娘是說利用這些人？可利用他們做什麼呢，彈劾弘曆嗎？」

「彈劾是沒有用的，想要一絕後患，唯有一個辦法。」那拉氏神色冷酷地道：「弘曆再有半年就滿十六歲了，一到這個年紀，便該出宮領差，到時候你讓廉親王發動所有可用之力，遊說弘曆領戶部的差事。」

第一千零七十二章 定計

「戶部？」弘時當即站了起來，不敢置信地道：「皇額娘可知戶部是六部之中除吏部外最要緊的地方，弘曆若領了戶部的差事豈非更得意？這……這兒臣實在不明白。」

相對於他的驚訝，那拉氏平靜如初。「你只看到其一，沒看到其二。不錯，戶部是個好地方，但戶部的差事卻不是那麼好領的，只要各地有一點災荒、饑亂，交不上賦稅，就得派人去清查，以確定是否要上稟朝廷免除那一地的賦稅。」

弘時奇怪地道：「可這與弘曆又有什麼關係？」

那拉氏撫著光滑冰涼的指甲道：「之前推薦弘曆進戶部的官員可以順理成章地推薦弘曆去清查。他一出京城，很多事就說不定了，譬如山賊，譬如土匪，也許有歹人一時惡向膽邊生，將咱們的四阿哥殺了……誰又曉得呢。」

聽到這裡，弘時總算明白那拉氏的全部打算，眸中充滿驚駭。他怎麼也想不到那拉氏竟然想做到這一步，但不得不承認，眼下，唯有這個辦法才可以讓自己得到儲君之位。

只要弘曆一死，就無人可與自己爭。弘晝並不是太得皇阿瑪喜歡，生母也不顯赫，至於謙貴人生的那兩個小阿哥就更不足為慮。

但弘曆是自己的親弟弟，這樣害他性命，是否……

這個念頭甚至還沒有轉完，就被弘時否決了，甚至覺得自己出現這樣的念頭簡直是可笑至極。天家哪有「兄弟」這兩個字，所有人都只有一個目標，那就是爭奪至高無二的帝位。為了達成目的，什麼都可以捨棄，什麼都可以狠下心，否則又怎會有「一將功成萬骨枯」的詩句呢。

見弘時久久不說話，那拉氏一彈指甲道：「怎麼了，可是覺得皇額娘太過殘忍？」

弘時回過神來，趕緊欠身道：「皇額娘所做的一切都是為了兒臣好，兒臣感激尚不及，又怎會有他想。」

那拉氏頗為滿意，輕言道：「你能理解皇額娘就好。這件事你與廉親王他們幾個好好去商量商量，不過千萬別驚動了你皇阿瑪，否則這一切就前功盡棄了。」

「兒臣明白，皇額娘儘管放心。」事關自己前途，弘時怎會不打起十二萬分精神來。只要贏了，整個大清江山的未來就將落在他手上，真是想想都痛快不已。

那拉氏取過茶盞輕輕地抿著，所有笑意皆被深深隱藏在茶盞背後。

弘曆，且讓你再活半年，半年後就是你的死期。你死了之後，就該輪到你那個額娘，本宮一定會讓你們母子倆在黃泉下相聚。

正說話間，外頭響起輕輕的叩門聲，小寧子快步走出去，片刻後回來稟道：「主子，是慧貴人來了，正等在外面。」

不等那拉氏說話，弘時便道：「皇額娘，兒臣不擾您談事了。」

「嗯，這些天乍暖還寒，你自己當心著些，別著涼了。」那拉氏慈祥地叮嚀了一句，方才揮手示意弘時離去。

在開門的瞬間，那拉氏看到了靜靜站在簷下的舒穆祿氏，眸光瞬間沉了下來，冷聲道：「本宮還以為她不會來了呢！」停頓片刻，道：「讓她進來吧。」

今兒個一早，她便命人去傳舒穆祿氏，如今已經足足過去一個多時辰，而映水蘭香離這裡並不遠，走過來連半個時辰都不用。

那拉氏睇眸看著緩步走進來的舒穆祿氏，明明是同一個人，可為何現在看來，卻覺得與以前有些不一樣了？譬如……自己不能再像以前那樣，隨心所欲地看穿她，究竟是為什麼？

在那拉氏凝思的時候，舒穆祿氏已經走到屋中，朝其屈膝行禮。「臣妾叩見皇后娘娘，娘娘吉祥。」沒有緊張也沒有害怕，只有從容之色。

「慧貴人請起。」那拉氏微微一笑，待其落座後道：「本宮還以為慧貴人今日不會過來了呢。」

舒穆祿氏浮起一縷淡笑。「娘娘有命，臣妾豈敢不來。」

「是嗎？」那拉氏看宮人替自己換上新茶，漫然道：「為何本宮覺得慧貴人對本宮似乎很有意見，連送去的湯藥也不願喝，還將杜鵑好一頓責罵，這是何故？」

舒穆祿氏早就知道杜鵑回來覆命時一定會加油添醋，不過她對此並不在意。「回娘娘的話，臣妾只是覺得自己身體健康，並不需要服用這樣滋補的藥，倒是娘娘經常操勞，合該多補補才是。至於說責罵杜鵑，那是絕對沒有的事，還請娘娘明鑑。」

那拉氏沒有在杜鵑這個問題上多說，而是道：「這麼說來，慧貴人以後都不會再喝本宮的賜藥了？」

雖然那拉氏聲音聽著平靜，舒穆祿氏卻曉得她已經恨到了極處，畢竟自己是她一手提拔起來，現在卻與她反目。不過，這已經不再是她所要擔心的事了。「是，臣妾多謝娘娘一番好意。」

舒穆祿氏毫不猶豫的話，令那拉氏笑容一滯，復又平靜如常，起身輕拍著手道：「好，慧貴人真是快人快語，希望慧貴人不會後悔今日的話。」

舒穆祿氏隨之起身，神色如常地道：「請娘娘放心，臣妾一定不會後悔。」不等那拉氏說話，她又道：「若娘娘沒有別的吩咐，臣妾先行告退了。」

那拉氏微微點頭，待舒穆祿氏離開自己視線後，目光一轉，落在她未曾動過的茶水上，不知在想什麼。

「主子，看來慧貴人是打定主意要與您撕破臉了。」小寧子憂心忡忡地說著。舒穆祿氏不喝那藥，很有可能會懷上龍種，到時候，只會比現在更麻煩。

那拉氏扶著他的手走出屋子，站在光照充足的庭院中仰頭道：「本宮知道。本宮只是很好奇，她到底哪裡來這麼大的信心與能耐。剛才本宮看著她的時候，能夠感覺到她一點兒都不怕本宮，彷彿認定本宮奈何不了她一樣。」

第一千零七十三章　嫉妒

小寧子啐道：「不就是因為連著四夜被皇上召幸嗎？哼，等皇上厭了她之後，看她還有什麼能耐。」

他這一說，倒讓那拉氏想起另一事來。「皇上並不是一個好女色之人，為何這一次對舒穆祿氏會如此反常，更何況她並非第一次侍寢。」

小寧子想了一會兒，湊到那拉氏耳邊道：「主子，奴才聽說有些女人懂得使用房中祕術，會令對方神魂顛倒，慧貴人是否用了這種招數？」

這種事那拉氏也曾聽過，想了一下搖頭道：「應該不會。你說的這些是青樓女子才會用，舒穆祿氏雖然出身不高，但也是官家女子，不會接觸到這些東西的，應該是有別的原因。」

許久，那拉氏緩緩開口：「怎樣都好，舒穆祿氏不可以再留，得設法除了她。」

她原本想等舒穆祿氏身上的恩寵淡下來再決定怎麼除之，可現在事情已經徹底超出她的預料，舒穆祿氏變得極為危險，再這樣下去，也許她會成為第二個劉氏。

小寧子腦筋轉得飛快，那拉氏話音剛落，他就已經有了主意，小聲道：「主子，咱們何不學以前的年氏害二阿哥那樣，來個一箭雙鵰？」

那拉氏微微一驚，旋即便明白了小寧子的意思。「你是說，劉氏那兩個阿哥？」

「是，兩位小阿哥雖然尚未滿月，但終歸會長大，萬一有朝一日，他們像四阿哥一樣威脅到二阿哥的地位，那可不是什麼好事，倒不如除禍患於未然，還可以將慧貴人一併解決了。」

那拉氏眸中凶光一閃，頷首道：「你說得也是個辦法，讓本宮仔細想想，若真要做，就必須做得天衣無縫，本宮可不想落得年氏的下場。」

小寧子忙道：「主子鴻福齊天，身分貴不可言，豈是年氏可比的。」

那拉氏沒有理會小寧子的話，而是轉著指上的瑪瑙戒指，不知在想什麼。

園子裡，因為舒穆祿氏驟然得寵而憂心忡忡的，並非那拉氏一人，劉氏也是其中之一。

雖然金姑等人有意隱瞞，但舒穆祿氏一連四夜在鏤月開雲館留到四更之後的事還是傳到她耳中，把她氣得不得了，一整日都沒吃下什麼東西。

在撤了原封未動的晚膳後，海棠端了一碗東西進來道：「主子，奴婢給您燉了碗翡翠蛋羹，您趁熱把它吃了吧。」

劉氏不耐煩地揮手道：「我都說了沒胃口，拿下去。」

海棠小聲勸道：「主子，您現在還沒出月子，這樣挨著餓，很容易餓出毛病來的，就算再沒胃口，您好歹也吃一點。」

劉氏被她擾得不勝其煩，奪過她手裡的碗用力摜在地上，煩躁地道：「不吃、不吃。妳再吵，我就把妳趕出去！」

海棠委屈地低著頭，金姑看不過眼地道：「主子，海棠也是為您身子著想，您莫要怪她了。」

「總之我現在不想吃任何東西，妳們別再來煩我了。」面對看著自己長大的金姑，劉氏斂了幾分脾氣，不過仍是語氣不善。

幽幽的嘆息聲在屋中響起，金姑在劉氏床邊坐下道：「其實這種事，主子您應該很清楚，皇上不是您一個人的，就算不是慧貴人，也會有其他人，您——」

劉氏驟然打斷她的話，厲聲道：「我知道，皇上有三宮六院，后妃無數，從踏進紫禁城的那一天起，我就沒奢想過會獨占皇上一人。我只是生氣為什麼會是舒穆祿氏，她憑什麼得到皇上的盛寵？她明明都快失寵了，竟然趁著我坐月子不方便伺候皇上趁虛而入，還一連四夜，簡直可恨至極！」說到後面，劉氏激動地拍著床榻。

為了防止她弄傷手，金姑用力握住她的手，安撫道：「主子息怒，息怒，皇上不過是圖一時新鮮罷了，等這陣勁過了就不會再理會慧貴人了。」

「妳不必安慰我，舒穆祿氏又不是第一次侍寢，哪還有什麼新鮮勁。妳沒看到這幾日皇上都沒來看我。」說到這裡，劉氏既憤怒又難過，眼圈迅速紅了起來。

金姑見勢不對，趕緊道：「我的好主子，您可千萬不要哭，都說月子裡哭了的話，以後一吹風就會流淚，治都治不好。聽話，趕緊將眼淚收回去。」

在金姑的百般勸說下，劉氏總算將眼淚憋回去，可心裡還是萬分不甘。在她看來，舒穆祿氏樣樣不如自己，憑什麼得到胤禛的寵愛，而且還是盛到這種程度。她抽回手道：「依我看，再這樣下去，皇上指不定會封她一個嬪位。」

「主子說到哪裡去了，嬪位哪是那麼好封的，除非……」後面的話金姑沒有說下去，因為她突然想到，舒穆祿氏眼下如此得寵，指不定什麼時候就會懷上龍胎，封嬪不過是早晚的事。

劉氏同樣想到了這些，姣好的臉龐扭曲如惡鬼。「我絕不允許那個女人有機會與我平起平坐，絕不允許！」

金姑勸道：「不會的，不會的，主子忘了咱們定下的計畫了嗎？慧貴人絕對不會有好下場的。」

她的話令劉氏漸漸平靜下來。是啊，她只顧著生氣，卻將這件事忘了，只要事情進展順利，舒穆祿氏就算不死，也會被打入冷宮。

見劉氏面色好轉了一些，金姑趁勢道：「還有幾天工夫，就到主子滿月的時候了，主子到時在冊封禮上與皇上說起此事便可，皇上一定會同意的。」

劉氏沉默了一會兒，冷冷道：「不，我等不到那個時候了。」

金姑愕然道：「主子，您……」

「金姑，妳想過沒有，當著舒穆祿氏的面說出這件事，萬一舒穆祿氏拒絕呢？我與皇上都不好強人所難。」

第一千零七十四章 過繼

金姑搖頭道：「應該不會吧，平白送一個阿哥給慧貴人，她怎麼可能會拒絕？」

「以前或許不會，但現在……」劉氏冷笑著道：「妳想想，她如此盛寵於皇上，早晚會有孩子，又怎會希罕一個不是親生的阿哥。」

這句話倒是將金姑問倒了。是啊，今時不同往日，舒穆祿氏已不再是胤禛心裡可有可無的人，她的地位正在不斷加重。「那主子準備怎麼辦？」

劉氏面無表情地道：「必須得在舒穆祿氏知道之前，先讓皇上將這件事定下來，令她無法拒絕。任何事皆是宜早不宜遲。」

金姑點頭。「要不要奴婢現在就去將皇上請來？」

劉氏尚未接話，門已經被人推開，穿著一襲藏青繡祥雲紋袍子的胤禛走進來，朗聲道：「何事要將朕請來？」

面對驟然出現的胤禛，劉氏等人均是嚇了一跳，趕緊行禮。劉氏有些不自在地笑道：「外頭那些宮人好不知禮，看到皇上來了也不先通傳一聲。」

「是朕不讓他們通傳的。」說話間，胤禛看到摔在地上的碎碗與蛋羹，挑一挑眉道：「怎麼將東西摔在地上，不合胃口嗎？」

不等劉氏開口，海棠已經跪下道：「回皇上的話，是奴婢端上來的時候手一滑，不小心掉在地上，還沒來得及收拾。」

胤禛頷首道：「那就趕緊收拾了，然後再去燉一碗來。」

「是。」海棠答應一聲，收了地上的東西後走出去。

待門關起後，胤禛微笑地看著劉氏道：「朕剛才去看過兩個孩子，都睡得很香。朕聽乳母說，小的那個最近奶吃的多了一些，看起來身子正在好轉。」

聽到兩個孩子，劉氏心中一跳，面上則帶著笑意地道：「有皇上這樣愛護他們，自然會好起來。」

胤禛在床邊坐下，握著劉氏的手道：「對了，妳還沒告訴朕，金姑為什麼要請朕來呢？」

劉氏明白，等待的時機就在眼前，強迫自己靜下思緒道：「是臣妾有一件事想與皇上商量，其實這件事臣妾已經想了許久了，就是一直未曾與皇上說。」

胤禛關切道：「到底是什麼事？」

劉氏咬一咬脣道：「皇上應該知道，臣妾懷孕的時候，多次遭人暗算，心情一直不是很好，虧得有慧姊姊常來開解臣妾，否則臣妾真不知道自己能不能堅持下來。臣妾一直很感激慧姊姊，所以曾說過，若能生下雙胎，便將其中一個孩子過繼到慧姊姊膝下，以報答姊姊對臣妾的恩情。」

胤禛神色大動，他怎麼也想不到劉氏竟會有這樣的想法。孩子對一個女人，尤其是後宮的女人來說，意味著什麼他很清楚。雖說劉氏現在有兩個孩子，就算送了一個，也還有一個在身邊，但那終歸是從她身上掉下來的肉，如何能夠輕易捨得。

「潤玉，其實妳想要還佳慧的恩情，有許多種辦法，並不一定要將孩子過繼給她……」

不等胤禛說完，劉氏已經眼含熱淚地道：「可是臣妾知道，這才是慧姊姊最想要的。」

看著劉氏微紅的眼圈，胤禛動容地道：「妳捨得嗎？」

劉氏低頭一笑，忍著淚道：「就算過繼給姊姊，臣妾也經常可以看到他的，不是嗎？再說，小阿哥能夠多一個額娘疼他，是件好事，臣妾沒理由捨不得。」

胤禛點頭，撫去劉氏的淚道：「妳今夜說的這些話，實在是讓朕始料未及，更沒想到妳與佳慧這般要好。」

劉氏知道胤禛已經信了大半，忙道：「臣妾以前在家中時，一直想要一個姊姊，可惜阿瑪只得臣妾一女，這個遺憾直至遇到慧姊姊才得以彌補。臣妾如今有皇上與孩子在身邊，很快樂、很高興，臣妾別無所求，只願姊姊也與臣妾一樣高興快樂。」

胤禛點點頭，道：「好吧，朕會去與佳慧說，她一定會很高興的。」

劉氏連忙搖頭，拉了胤禛的手道：「不要，臣妾想等滿月的時候，給姊姊一個驚喜，所以還請皇上暫時不要告訴姊姊。」

她這個要求並不過分，胤禛答應道：「好吧，左右也不過幾日工夫了。」

「多謝皇上。」劉氏臉上漫出無盡的喜悅。只要胤禛答應，她的計畫便成功了一大半，到時候，她自有辦法讓舒穆祿氏說不出拒絕的話來。

二月二十日，是二位小阿哥滿月的日子，也是劉氏受封為謙嬪的日子。凌若早早起來，雖說事情都已交代下去，但她總還是要再看一遍，以免到時候出亂子。

剛出萬方安和，便看到瓜爾佳氏朝自己走來，凌若迎上去笑道：「姊姊怎麼也起得那樣早？」

「還說呢，若不是怕妳今日一人應付不過來那麼多事，我才不願早起呢。」這般說著，瓜爾佳氏臉上卻掛著笑容。

「那我真該好好謝謝姊姊了。」凌若上前挽了瓜爾佳氏的手，與她並肩走在小徑上。冊封儀式選在牡丹臺舉行，然後再至武陵春色享用二位小阿哥的滿月宴。

朝陽毫不吝嗇地灑下縷縷陽光，將一切籠罩在淺金色的光芒下。瓜爾佳氏遮了遮眼睛道：「今兒個天氣可真是好，我還想著會不會是個雨天呢。」

凌若似笑非笑地道：「聽姊姊這話，似是不想這冊封禮順利舉行，這話若是落在皇上耳中，怕是會不太高興呢。」

瓜爾佳氏努一努嘴道：「皇上現在哪還有心思管我怎麼想，只惦念著映水蘭香那一位呢。只要去翻翻冊子，就會發現幾乎都是她的名兒。」

「能讓皇上如此眷寵她，是她的本事。」

凌若剛說完，瓜爾佳氏便搖頭道：「要我說，這不是本事，而是邪門。若兒，妳可別告訴我，對舒穆祿氏連一點兒懷疑也沒有。」

凌若搖頭道：「懷疑又能如何，那天我就與妳說過，皇上很喜歡慧貴人陪在身邊的感覺，慧貴人一向溫柔、善解人意，皇上看中的也許就是這一點。」

「也許吧。」瓜爾佳氏的話聽著有些敷衍，可見心中還是有疑。

待到了牡丹臺後，只見許多宮人正在那裡忙活。牡丹臺乃是用一塊巨大的漢白玉石雕琢成牡丹形狀，以花瓣為梯，花蕊為臺，上面可以站數十人綽綽有餘。

第一千零七十五章　牡丹臺

在從祥的攙扶下，瓜爾佳氏登上牡丹臺，低頭看著腳下精緻而龐大的刻花以及自遠處一路蔓延而來的紅毯，眉尖微微蹙起。「牡丹乃是花中之王，妳將劉氏的受封儀式放在牡丹臺舉行，似乎有些不妥吧？」

凌若在她之後上到牡丹臺，笑道：「今日的劉氏，不就如這花中之王一般嗎？受萬眾矚目。」

「話雖如此，但說到底，這後宮女子雖多，有資格被稱為花中王者的卻只有皇后一個，哪怕她並不喜歡牡丹也是一樣，只怕皇后見了會不高興。」瓜爾佳氏覺得很奇怪，以凌若的細心不應該會沒注意到這些。園子那麼大，適合受封的也不僅僅只有牡丹臺一處，她何以……

瓜爾佳氏回頭往凌若看去，發現她脣角蘊著一絲淡淡的笑意，頓時會意過來，脫口道：「我明白了，妳是故意的，故意讓皇后對劉氏有意見？」

「姊姊睿智。」凌若的話等於承認了瓜爾佳氏的猜測。

瓜爾佳氏搖頭輕笑道：「妳啊，這心思真是多，其實劉氏如今一下子多了兩個阿哥，又被封為嬪，就算妳不做這些，皇后也容不下她，不過是早晚的事罷了。」

凌若笑而不語，在環視了一圈，確定沒有錯漏之處，又檢查了擺在上面的兩把寶椅後，方才與瓜爾佳氏一道下了牡丹臺。

彼時，裕嬪、戴佳氏、武氏等人都到了，看到凌若過來，各自行禮，剛說了幾句話，便見武氏撇著嘴道：「哼，她也來了。」

眾人一愣，待得看清正緩步走來的人影後，方才明白武氏是在說誰。

戴佳氏不自在地轉過頭，因為來者不是旁人，正是之前與她有過過節的舒穆祿氏。

她雖比舒穆祿氏位分高，但早已失寵，根本不能與此刻隆寵無限的舒穆祿氏相提並論。

在這宮裡，恩寵才是決定一切的東西，一旦失去了帝王的喜歡，就算有再高的位分也不過是擺設。

在眾人複雜的心情中，舒穆祿氏走到近前，盈盈施禮。「臣妾見過諸位娘娘，娘娘吉祥。」

凌若眸光輕輕一挑，頷首道：「慧貴人免禮，既是都來了，那麼咱們先過去坐吧，離吉時還有好一會兒呢。」

眾人答應一聲，在過去的時候，武氏故意走在舒穆祿氏前面，不讓她越過自己，偏生她還走得時快時慢，好幾次舒穆祿氏都差點撞上去。

在又一次險些撞上後，雨姍忍無可忍地道：「寧貴人，您能不能走得好一些，這樣忽快忽慢，讓我家主子怎麼走。」

武氏停下腳步，回過頭來道：「何時輪到妳一個宮女來教我怎麼走路了，慧貴人，妳就是這樣教妳的下人嗎？」

舒穆祿氏神色平靜地道：「雨姍不懂事，還請姊姊莫要與她一般見識，不過能否請姊姊讓開一些，容我過去。」

「一句不懂事就這樣揭過去了嗎？」武氏冷笑道：「我知道現在慧貴人正當寵，不比咱們這些不遭皇上待見的，可好歹我也比妳早入宮伺候皇上，當得起妳剛才那聲姊姊，妳是否該放尊重一些。」

舒穆祿氏微一點頭，道：「那不知姊姊想要我怎麼尊重妳？」

走在前面的淩若等人注意到後面的異狀，皆停下腳步，但只是站在原地打量。

武氏見狀，只道舒穆祿氏怕了自己，抬高下巴，有些得意地道：「妳的宮女對我不敬，就是以下犯上，這宗罪該怎麼罰，想必慧貴人心裡很清楚。」

舒穆祿氏阻止想要說話的雨姍，虛心地道：「是，我很清楚，同樣清楚的還有另一件事，不知姊姊有沒有興趣聽？」見武氏不作聲，她續道：「上次成嬪娘娘也是與姊姊一般，認為我的宮人冒犯了她，要將其治罪，結果觸怒了皇上，反而將成嬪娘娘的宮女治罪，打得她一嘴牙都掉了，連吃東西也困難。」

武氏原先當她是要說服軟的話，不想竟是這些，神色頓時變得極不自然，但仍嘴硬地道：「妳不必拿皇上來壓我。」

「我怎敢壓姊姊。」舒穆祿氏低一低頭，謙恭地道：「我只是想讓姊姊得饒人處且饒人，何況雨姍並不是犯了大錯，真要鬧起來，雨姍會不會有事我不知道，但我知道姊姊肯定會有些麻煩。」

武氏很想不理會她，但喉嚨像是被一雙無形的手卡住，怎麼也說不出話來。

舒穆祿氏微微一笑，對雨姍道：「寧貴人大人有大量，不與妳計較，妳還不趕緊向寧貴人道謝。」

「是，奴婢謝寧貴人不責之恩。」雨姍心裡明白，寧貴人哪裡是不與她計較，根本就是被自家主子壓得說不出話來。

在舒穆祿氏領著雨姍等人離開後，武氏恨恨地一跺腳，低聲罵道：「該死的狐媚子，我看妳能得意幾天！」

瓜爾佳氏輕聲道：「看她三言兩語就將武氏壓制得說不出話來，可看出舒穆祿氏……比妳我想的還要有心計，再加上她深得皇上寵愛，只怕會成為妳的勁敵。」

凌若笑笑，並沒有露出太過凝重的表情，引得瓜爾佳氏奇怪問：「妳笑什麼？」

「沒什麼。」凌若撫著身上金絲銀線團團繡成乳燕投懷圖案的錦衣，道：「我只是在想，後宮真是一個奇怪的地方，既可以讓原本毫無城府的人變得精於算計，也可以讓原本懦弱無能的人變得強勢。」

瓜爾佳氏搖頭道：「人，本來就是多面的，也許這本來就是他們擅長的，只是一直被壓抑著沒有表露出來罷了。」

凌若沒有再說話，靜坐了一會兒後，遠處傳來太監的唱喏聲：「皇上駕到！皇后娘娘駕到！」

第一千零七十六章 兩道聖旨

隨著這聲唱喏，凌若領著眾人起身，遙望著並肩走來的胤禛與那拉氏。胤禛是一身明黃色龍袍，那拉氏則穿了一身正紅繡彩鳳的旗服，額頭正中垂下一顆拇指大小的紅寶石。在他們身後，跟著　手捧聖旨的四喜，待會兒將會由他宣讀冊封劉氏為嬪的旨意。

在他們近前後，眾女齊齊下跪道：「臣妾等人恭迎皇上與皇后娘娘。」

胤禛停下腳步，深幽的目光掃過眾人，抬手道：「免禮平身。」

「多謝皇上。」待得直起身後，凌若道：「吉時已到，請皇上與皇后娘娘登牡丹臺。」

胤禛點頭，與那拉氏一道登臺。待他們坐定後，楊海快步來到臺下，大聲道：「冊封儀式，正式開始！」

金姑激動地對身穿吉服的劉氏道：「主子，奴婢扶您過去。」

劉氏點頭，將戴著一整套青玉護甲的手遞給金姑，由金姑扶著她踏上柔軟的紅毯，踏上這條她渴望已久的道路。

謙貴人也好，謙嬪也好，都只是她走向更高處的踏腳石，終有一日，她要站在胤禛身邊，成為母儀天下之人！

帶著無比的自信，劉氏穩步踏上牡丹臺，她並不曾留意到那拉氏在看到她踏上臺時，迅速掠過眸底的厭惡；不過就算留意到了，她也會覺得無所謂。

在劉氏行過禮後，胤禛朝四喜揮手，後者點一點頭，上前道：「請謙貴人接旨。」

劉氏連忙跪倒，躬身道：「臣妾劉氏接旨！」

四喜展開以黃綾為底的聖旨，大聲道：「奉天承運皇帝，詔曰：貴人劉氏，自入宮始，柔嘉成性，淑慎持恭，恪守妃子之禮，其後，得蒙上天庇佑，生下兩子，聖心甚慰，今以金冊封爾為嬪，仍以謙為號，賜居永壽宮，欽此謝恩！」

「臣妾謝皇上隆恩，皇上萬歲萬歲萬萬歲！」劉氏忍著心中的激動磕頭謝恩。

四喜將聖旨合起，放在擺放著金冊的托盤中，然後雙手交給劉氏，笑道：「奴才恭喜謙嬪娘娘！」

「多謝公公。」劉氏看著盤中薄薄的金冊，就是這麼一個東西，賜予她一宮之主的榮耀，賜予她本宮的自稱，真是……妙不可言！

「既是已經宣完了旨，謙嬪起身吧。」那拉氏神色溫和地道：「往後還是要一如既往地服侍好皇上，方才不負皇上對妳的看重。」
「臣妾一定謹記娘娘的教誨。」如此說完之後，劉氏方才站起身來，望著胤禛道：「皇上，您似乎還有一道聖旨未宣。」
「妳倒是記得牢。」胤禛笑望著劉氏。
那拉氏奇怪不已。不是只有冊封劉氏為謙嬪一事嗎？怎的還有一道聖旨？
四喜變戲法似地又拿出一道聖旨來，捧於身前道：「請慧貴人接旨。」
此言一出，眾人譁然色變，皆看向舒穆祿氏，連臺上的那拉氏也不例外，心中均浮起同一個念頭：難道胤禛要趁著今日一併冊封舒穆祿氏嗎？舒穆祿氏已經是貴人了，再冊就是嬪，且唯有嬪及以上才會用到聖旨。
劉氏生下兩位阿哥，她被封為嬪，雖然眾女心中不喜，卻沒有任何反對的理由；但舒穆祿氏就不同了，她出身不高，又沒有誕下一兒半女，怎麼也輪不到她晉位。
就在眾人猜測紛紜之時，舒穆祿氏茫然地走向牡丹臺。她根本不知道胤禛為什麼突然下旨給自己，封嬪嗎？又或者是自己下在茶裡的東西被他發現了？想到這裡，舒穆祿氏腳下一軟，險些摔倒，虧得如柳緊緊扶著她。
「主子別擔心，奴婢看皇上的神色，這道聖旨應該不會是什麼壞事。」
聽了如柳的話，舒穆祿氏飛快地往臺上掃了一眼，果見胤禛面色如常，甚至嘴角還帶著一絲笑意，這讓她稍稍定神。也是，若胤禛發現自己在茶中動手腳，大可以將自己打入冷宮，沒必要如此大費周章。

難道真的是要封自己為嬪？想到這裡，舒穆祿氏心下一陣陣激動，扶著如柳的手微微收緊。

到了臺上，在那拉氏驚疑不定的目光中，還有底下所有人忐忑的心情中，舒穆祿氏斂袖下跪。「臣妾聽旨！」

四喜展開聖旨，與剛才一樣大聲道：「奉天承運皇帝，詔曰：貴人舒穆祿氏自入宮之後，對謙嬪多有照拂，在其孕中更細心照料，使得謙嬪得以度過難關。謙嬪多有感激，故向朕請求，將七阿哥弘旬過繼給舒穆祿氏，由其撫養。朕思慮良久，決定允之，由舒穆祿氏撫養七阿哥，直至七阿哥成年出宮。欽此！」

七阿哥弘旬便是後出生的那個孩子，在冊封禮之前，胤禛已經給這兩個孩子取好了名，分明是弘瞻與弘旬。

除了劉氏之外，所有人都被這道聖旨驚得呆住了，舒穆祿氏更是連謝恩都忘記了，愣愣地看著胤禛，不明白到底是怎麼一回事。

「慧貴人！慧貴人！」四喜連著喊了數聲，才令舒穆祿氏回過神來，他將聖旨一遞道：「請慧貴人接旨。」

舒穆祿氏連忙掩下心中的驚意，磕頭謝恩，待得起身後，她忍不住問：「皇上，怎麼這麼突然地將七阿哥交給臣妾撫著，臣妾一點準備都沒有。」

莫說舒穆祿氏，就是凌若她們也是滿心不解。從聖旨上看，應該是劉氏自己要求將七阿哥交給舒穆祿氏撫養，可劉氏為什麼要這麼做？就算是為了拉攏舒穆祿氏也不需要做到這一步啊！

誰都曉得，孩子是妃嬪立足的根本，像劉氏這樣一胎雙生，要比別人站得穩許多，貿然送出去一個，無疑大傷根基，劉氏……到底想做什麼？

胤禛笑道：「是潤玉讓朕先不要告訴妳的，想給妳一個驚喜！」

他剛說完，劉氏已經走到舒穆祿氏身前，拉著她在初春裡依然冰涼的雙手，神色懇切地道：「姊姊，自我入宮以後，妳是待我最好的那一個，我被溫氏陷害龍胎不穩的時候，是妳一直在旁邊寬慰我、安撫我，這份恩情，我一直牢牢記在心裡。之前，我曾與妳說過，若這次能夠雙生，便將其中一個孩子送給姊姊撫養，我是真心如此想，並非敷衍姊姊。」

第一千零七十七章　不可拒

那道聖旨，是劉氏在前一日慫恿胤禛寫的。她對胤禛的說法是為了讓此事看起來正式一些，省得舒穆祿氏擔心她只是一時興起，但實際上卻是藉此聖旨對舒穆祿氏施壓，讓她無從拒絕。白紙黑字的聖旨不同於尋常說話，若違抗，那就是抗旨，就算舒穆祿氏如今受盡百般寵愛，劉氏相信，她也不敢不遵。

舒穆祿氏盯著劉氏看似誠摯的眼睛半晌，想要看穿她心底的想法，無奈劉氏隱藏得太深太好，無法看穿，只得道：「娘娘能有此心，臣妾感激不盡，只是七阿哥是娘娘的心頭肉，臣妾怎忍心令娘娘骨肉分離，還請娘娘收回成命。」

劉氏態度堅決地道：「姊姊，妳就不要與我客氣了，妳知道我性子，說過的話一定要做到，否則這輩子都不會心安的。」

她越這樣說，舒穆祿氏越不敢答應。劉氏可不是什麼善男信女，突然把七阿哥送給她撫養，一定有不可告人的目的。「可是臣妾從來沒有撫養過孩子，臣妾怕對七阿哥會照料不周。」

「宮裡那麼多嬤嬤、宮人，哪用得著姊姊親自動手照料，只要叮囑他們仔細一些就是了。」劉氏再一次道：「請姊姊千萬不要拒絕我的好意，再說就算弘旬過繼給了姊姊，我與弘旬也不會分離，時時都能看到，反而弘旬會多一個額娘疼他。」

「可是……」

舒穆祿氏還待拒絕，那拉氏已經施施然道：「既然是謙嬪的一番好意，慧貴人就不要拒絕了。」

雖說她一時間摸不準劉氏這麼做的用意，但應該會很有趣，所以她願意推一把。

「是啊，姊姊，皇上聖旨都下了，難道妳還想讓皇上再收回去嗎？」

劉氏看起來似乎是在勸舒穆祿氏，但後者知道，自己根本不能拒絕，否則就是抗旨，她如今還沒有得寵到可以不將聖旨當一回事的地步。

如此想著，舒穆祿氏無奈地道：「那臣妾就多謝娘娘了。」

劉氏笑意嫣然地道：「姊姊實在太客氣了，妳我親如姊妹，何須言謝，待宴席過後，我便親自將弘旬送到姊姊處。」

舒穆祿氏心煩意亂地點點頭，她有一種不祥的預感，好像自己踏進了一個圈套中，但究竟是怎樣的圈套，一無所知。

這一件事，因為舒穆祿氏的答應而結束，但在眾人心中激起的驚濤駭浪遠沒有結束，一個個均在猜測劉氏這麼做的真正用意。

瓜爾佳氏擰著眉道：「若兒，妳說劉氏在打什麼主意，這邊剛封嬪，那邊就將自己的一個孩子送給了舒穆祿氏？」

「這我也猜不透。當日她來找我時，便已經知道舒穆祿氏對她不盡不實，眼下這麼做，實在是不合情理。」凌若撫著茶盞的邊緣慢慢道：「若不是劉氏得了失心瘋，就是有著不可告人的目的。」

劉氏自然不可能得失心瘋，那唯一的可能就是她要利用弘旬來達成目的。

瓜爾佳氏微微點頭，隨後又道：「不過不管怎樣，她能夠捨得送出自己的孩子，這份膽魄與狠心，都非妳我所能及。」

凌若點一點頭，不再說話。

因為這件事，中午的宴席，一干嬪妃均有些心不在焉。等到宴席結束後，她們將各自帶來的禮送給弘瞻與弘旬，多是一些長命鎖、平安玉珮之類的東西。

倒是佟佳氏送的東西頗有些新意，是兩朵水晶玫瑰。有人好奇地問佟佳氏為何要送這樣的禮，佟佳氏的回答簡單而直接，希望兩個孩子現在與以後，既能純淨通透如水晶，又可造福百姓，就如玫瑰一樣，留香於人。

聽到佟佳氏的解釋，凌若微微搖頭，她這個動作恰好被瓜爾佳氏看在眼中，輕聲道：「怎麼了？」

看著那個清麗孤傲的身影，凌若嘆了口氣道：「彤貴人心意是好的，只是在這深宮中長大的孩子，怎麼可能通透如水晶，那不過是一種奢望罷了。」

「彤貴人並不適合後宮這樣的地方。」這是瓜爾佳氏在沉默許久後，對凌若所說的話，隨後又道：「可惜她已經入宮，這輩子都擺脫不了。」

「咱們能幫就幫她一些，至少……不要讓她最後像溫姊姊那樣含恨而終。」或許是因為欣賞她身上那種清傲，又或許是因為她下棋的套路像溫如言，所以讓凌若對她多有憐惜。

瓜爾佳氏拍著她的手道：「妳啊，別盡操心別人了，先顧好自己吧。皇后、劉氏、舒穆祿氏，這一個個可都不是好對付的；雖說現在可能狗咬狗，但我敢說，她們最終的目的，肯定都是妳，誰教妳現在是宮裡最當寵的那一個。」

凌若朝坐在不遠處的舒穆祿氏努一努嘴，似笑非笑地道：「最當寵的那個不是已經變成慧貴人了？哪裡還是我。」

瓜爾佳氏鄭重其事地道：「舒穆祿氏驟寵不過幾日，根基不穩，在皇后她們眼中，妳依然是最危險的那一個，千萬不要大意了。」

凌若一笑，握了瓜爾佳氏的手道：「有姊姊這麼三天兩頭地提醒我，我就是想大意也難啊。」

瓜爾佳氏睇了她一眼，輕笑道：「看妳這樣子，似乎在嫌我煩、嫌我囉嗦了？」

「我哪敢！」凌若正想再說幾句，抬頭看到胤禛與那拉氏起身準備離席，連忙拉著瓜爾佳氏一道起身恭送。

在此之後，眾人也各自散去。凌若有意往舒穆祿氏的方向看了一眼，發現她整張臉都陰沉了下來。

在回萬方安和的路上，凌若與瓜爾佳氏說起這事，後者將碎髮捋到耳後。「看樣子，慧貴人對突然擺在面前的難題很為難呢。」

凌若搖頭道：「不，真正讓她為難的是明知可能是陷阱，卻還要被迫跳下去。」

瓜爾佳氏笑了起來。「劉氏這招可真陰損，先讓皇上下旨，這樣一來，舒穆祿氏連拒絕的機會也沒有，我猜她現在已經氣得發狂了。雖然我知道劉氏肯定不懷好意，但看到舒穆祿氏吃癟的樣子，還是覺得很開心啊！」

第一千零七十八章　七阿哥

舒穆祿氏一路陰沉著臉回到映水蘭香。看到她一言不發的樣子，如柳接過宮人遞來的香茗奉上，道：「主子先喝口茶消消氣。」

舒穆祿氏看也不看她，逕自道：「我喝不下，先放著吧。」

如柳曉得她被劉氏擺了一道，心裡不好受，遂勸道：「主子，事已至此，您再生氣也無用，倒不如想想後面的事。」

雨姍嘴快地接過話道：「是啊，主子，也許這是一樁好事呢。」

「糊塗！」舒穆祿氏瞪了她一眼，喝道：「妳以為謙嬪是什麼人，她會讓我占到好處嗎？」

雨姍不解。「可七阿哥不是過繼給主子了嗎？或許她是真心想與主子交好呢！」

如柳在一旁搖頭道：「妳也不想想，七阿哥是從謙嬪身上掉下來的肉，無緣無故地送給主子做什麼，她又不是得了失心瘋！」

雨姍委屈地癟嘴道：「可看起來也不像是壞事啊。主子如今雖當寵，但是一無身孕，二無孩子，現在有七阿哥傍身……」

「傍身？」舒穆祿氏冷笑一聲，連聲道：「我怎麼覺得像是催命更多一些，無端多了一個小阿哥在這裡，往後事情還不曉得有多少。萬一有個頭疼腦熱的，宮裡該傳我虐待七阿哥了。」

雨姍啞口無言，好一會兒才道：「可人都已經塞過來了，又不能往外推。」

這才是舒穆祿氏最煩的，瞥了如柳一眼道：「妳向來有主意，倒是說說這次該怎麼辦？」

如柳思索道：「依奴婢說，既來之則安之，只要好好照料七阿哥，想來出不了什麼事，然後主子就可以慢慢弄明白，謙嬪到底在打什麼主意。」

正說著話，屋外有人走了進來，正是金姑，她手上抱著一個裹在襁褓中的嬰孩。

「來得好快！」舒穆祿氏輕喃一句後回到椅中坐下。

金姑進來，然後屈膝向她行禮。「奴婢給慧貴人請安，慧貴人吉祥。」

盯著金姑懷裡那個嬰孩，舒穆祿氏眼皮一跳，客氣地道：「姑姑請起，想不到姑姑這麼快就將七阿哥抱過來了，怎麼不讓謙嬪娘娘多抱一會兒？」

金姑滿面笑容地道：「娘娘怕慧貴人惦念，所以催著奴婢來了；再說都在一個園子裡，娘娘若是想七阿哥了，隨時可以過來的，不是嗎？」

舒穆祿氏笑笑沒有說話，金姑見她不接孩子，便將弘旬交給隨她一道來的婦人。「啟稟貴人，這是負責七阿哥奶水的成嬤嬤，至於其他人都是負責伺候七阿哥的。娘娘怕貴人這裡人手不夠，便讓奴婢都帶來了，還請貴人代為安置。」

舒穆祿氏起身走到成嬤嬤跟前，看著在她懷中熟睡的弘旬。這個孩子似乎特別喜歡睡覺……舒穆祿氏點頭道：「娘娘有心了，請姑姑回去代我叩謝娘娘。」

金姑答應道：「貴人放心，奴婢一定轉告。奴婢先行告退了。」

在金姑離去後，舒穆祿氏將孩子抱到懷中。孩子很輕，抱在手裡並沒有什麼分量，當護甲摩挲過孩子幼嫩的臉頰時，他似乎有些感覺，眼皮動了一下，但並沒有睜開，倒是嘴裡發出哼哼的聲音。

舒穆祿氏將目光從弘旬臉上移開，掃過畢恭畢敬站在跟前的成嬤嬤，道：「你們幾個以前做什麼，到了我這裡還是做什麼。我不會額外讓你們多做工作，但一定要打起十二萬分精神來，把七阿哥給我照顧好了，若有一點兒差池，我唯你們是問！」

成嬤嬤聽出她最後一句話中的凌厲，連忙道：「請貴人放心，奴婢等人一定會好好照顧七阿哥。」餘下的人也紛紛應聲。

舒穆祿氏微一點頭道：「記著就好，把七阿哥抱下去吧，我晚些再去看他。」

在成嬤嬤等人唯唯諾諾地下去後，舒穆祿氏頭疼地撫著額，心裡是說不出的煩悶。明知那孩子是個隱患，又不能往外扔，這種感覺，真是讓她厭惡不已。

當金姑空著雙手回來時，劉氏撫著胸口長出了一口氣，隨即渾身發軟地跌坐在椅中，神色鬆弛之中又有著一絲悲傷。在揮手命金姑與海棠以外的人出去後，她哀聲道：「金姑，我是不是這世間最狠心的額娘？」

「不是，主子是迫不得已才會那麼做。」見劉氏還是神色不展，金姑又道：「奴婢剛才送七阿哥過去的時候，他一聲都沒哭，可見他並沒有怪主子。」其實弘旬自出生後就多在沉睡，極少有哭泣或是睜眼。

「當真嗎？」劉氏心裡明白金姑是有意安慰自己，還是不住追問。

金姑撫著劉氏的肩膀道：「都說母子連心，自然是真的。七阿哥很懂事，他曉得自己活不長久，與其這樣沒有意義地離去，倒不若助主子一把。」

「弘旬……」劉氏悲呼著欲要落淚。

金姑蹲下身道：「主子，您不可以這麼難過，一定要打起精神來。將七阿哥過繼給慧貴人只是第一步，第二步才是至關要緊的，一定要在阿哥夭折之前動手。」

「我知道。」劉氏強行忍住即將奪眶而出的眼淚，平息了一下心裡的悲傷後道：「對了，妳剛才送去的時候，舒穆祿氏說什麼了嗎？」

金姑如實道：「沒有，不過奴婢看得出，慧貴人對主子有所懷疑，並不願撫養七阿哥。虧得主子想到讓皇上下旨，否則慧貴人未必肯就範。」

劉氏點頭之後，轉向海棠道：「上次何太醫來的時候，說弘旬最多可以活到什麼時候？」

海棠回想了一下道：「回主子的話，何太醫說小阿哥現在有人參吊著元氣，應該可以撐到雙滿月之前。」

「雙滿月，也就是說，咱們還有一個月的時間，我倒要看一看，她到時怎麼逃過此劫。」說到最後一句，劉氏聲音裡透著瘆人的冷意。

第一千零七十九章　三足鼎立

金姑搖頭，冷言道：「她避不過的，因為這一劫是死劫。」

劉氏張嘴，待要說話，耳邊忽地傳來一陣嬰兒啼哭的聲音，忙道：「海棠，妳快去看看，是不是六阿哥在哭。」

海棠答應一聲，快步走了出去，當她再次出現在劉氏面前時，手裡已經抱了一個小小的嬰孩，正是六阿哥弘瞻。「主子，六阿哥剛剛睡醒，乳母說可能是睡著的時候，夢見了什麼可怕的東西，才會一下子哭醒吧。」

劉氏笑著搖頭道：「那麼小的孩子哪會作夢，來，讓本宮抱抱。」

金姑在一旁插嘴：「主子可別這麼說，聽老一輩的人說，從剛生下來的時候開始，就已經會作夢了呢。」

因為剛哭過的關係，弘瞻眼角還有些溼，一雙墨丸子似的眼睛正靈動地轉著呢。當劉氏低頭替他拭去眼角的淚時，小手竟然頑皮地扯住劉氏垂落的珠絡。

看到弘瞻這個樣子，劉氏又高興又難過。她本來應該有兩個孩子在身邊，可惜另一個福薄，生下來便註定要夭折，現在更被她這個額娘送出去布局，每每想起都心痛如絞……

就在冊封禮過後的幾日，凌若等人回到了紫禁城。已經晉為謙嬪的劉氏沒有再回原來的住處，而是搬進了胤禛指給她的永壽宮，成為紫禁城裡的又一位娘娘。

回宮之後，胤禛亦兌現了諾言，讓弘曆每日去養心殿學習如何批閱奏摺。

弘曆學得很用心，從初時完全不懂，到後面漸漸明白。弘時對此不滿至極，但卻沒有莽撞行事，按著那拉氏的吩咐，與允禩暗中往來，共商大事。

對於弘曆隨上早朝一事，大臣那邊多番上摺彈劾，不過換來的卻是胤禛這位鐵腕皇帝的一頓訓斥，從此沒人再敢提這個事；同樣的，弘曆也沒再隨胤禛去上過朝。凡事皆有底線，彼此都不能越過，否則會很難收場。

至於舒穆祿氏，回宮之後，依然盛寵不衰，經常被召去養心殿，同樣是留到四更之後，讓眾女既恨又妒，一個個皆盼著她失寵那一天早些到來。

凌若、劉氏、舒穆祿氏，這便是眼下後宮之中最得寵的三個人，隱隱有三足鼎立之勢。

在這樣的局勢下，宮裡變得異常寧靜，不過往往越平靜，後面爆發出來的事情就越麻煩。

在所有人當中，最小心的莫過於舒穆祿氏。

自從弘旬被送到她這裡後，她就命人日夜盯著，不許一刻離了視線，還讓自己最信任的如柳與雨姍時不時去看一下，確保弘旬安然無恙。

她實在害怕有人會拿這個孩子來作文章，所以用盡一切辦法看顧。這段時間劉氏經常來看孩子，每次她來的時候，不管舒穆祿氏當時在做什麼，都會放下手頭上的事，陪著她一道去看弘旬，讓她看到弘旬安好的模樣。

不過事情，總免不了例外……

三月初十，這時的春光已經極為明媚，草長鶯飛，一掃秋冬時的蕭瑟冷清，風拂在臉上時，是適人的暖意。

劉氏到來的時候，雨姍正在打理院中的花草。舒穆祿氏喜歡百花齊放的樣子，內務府煞費心思地弄來幾十盆各不相同的花，討好這位正當紅的貴人。

劉氏頷首道：「妳家主子呢？」

「回娘娘的話，主子剛剛出去了，說是熹妃娘娘請主子過去一趟。」

劉氏意料之中，她剛才就是站在暗處，親眼看著舒穆祿氏出去了才進來的。

至於剛才來傳話的小太監，根本不是承乾宮的人，是她從「淨軍」中找來的人。

「淨軍」與「禁軍」只有一字之差，意思卻是截然不同，所謂「淨軍」乃是負責打掃便溺之處的太監。

在宮中，有東夾牆、西夾牆、西茅等處作為便溺之所，借太監與宮女所用，而打掃這些的便稱為淨軍，他們是宮中地位最低賤的苦役，雖不像辛者庫那麼苦，卻更加低賤。

平常時候，莫說主子，就是宮人也不願意與這些人打交道，因為他們身上永遠都有一股揮之不去的臭味，讓人避而遠之。

劉氏之所以找這樣一個低賤的太監來冒充承乾宮的人，就是看中他們低賤的身分，曉得將來就算追查，也追查不到他們身上。

做這麼多，就是為了支開舒穆祿氏，以便她不能在旁邊監視自己。這段時間就是因為舒穆祿氏時時刻刻都盯著她，她才無法動手，眼見離何太醫定下的日子越來越近，她已經沒辦法再等下去了。何太醫說過，弘旬現在這個樣子，隨時都可能夭折；而且讓奶娘服太久的藥，也會被人看出問題來。

見劉氏不說話，雨姍道：「主子還要過會兒回來，娘娘不如先去裡頭坐會兒，奴婢給您沏盞茶來。」

劉氏搖頭道：「不必了，本宮是來看七阿哥的，看完就走，妳自去忙吧。」

雨姍記得舒穆祿氏吩咐過，凡任何人去看七阿哥，都一定要跟隨在側，當下道：「那奴婢陪娘娘進去。」

劉氏看了一眼雨姍沒有說話，施施然往東暖閣行去。她來過這裡很多次，自然曉得弘旬住在哪裡。

暖閣門口掛著一串用晶貝串起來的風鈴，門一開，風鈴便被風帶著撞擊在一起，發出悅耳的聲音。

同時，風鈴的聲音也讓正在打瞌睡的成嬤嬤驚醒過來，睜開惺忪的睡眼往門口望去，看到劉氏站在那裡，連忙站起來。

幸好劉氏未與她計較，掃了一眼，便往搖床走去。成嬤嬤跟在後頭討好地道：「娘娘，七阿哥剛喝過奶。」

劉氏微一點頭道：「七阿哥最近乖嗎？」微微顫抖的手指在弘旬臉上撫過，眼眸中充斥著無盡的痛楚。

終於……到這一天了。

第一千零八十章　親手

雨姍按著舒穆祿氏的吩咐跟隨在側，忽地聽到弘旬微弱的哭聲，趕緊過去迭聲道：「娘娘，七阿哥怎麼了？」

劉氏沒有理會雨姍的話，而是厲聲朝成嬤嬤斥道：「妳們這些人怎麼做事的，小阿哥的衣襟被口水濡溼了都不換，是想挨板子嗎？」

成嬤嬤有些驚慌地道：「怎麼會？奴婢之前還抱過七阿哥，衣裳都是乾乾淨淨的啊。」

金姑瞪著她道：「還在狡辯，難道娘娘會冤枉妳？讓妳照顧七阿哥，妳卻在一旁打盹，真當我們沒看到嗎？」

「奴婢該死！」成嬤嬤見金姑揭出自己剛才偷懶打盹的事，趕緊跪下認錯。

劉氏瞥了她一眼道：「趕緊去將乾淨的衣裳拿來，本宮自己替七阿哥換。」

成嬤嬤如逢大赦地退下去，而弘旬在劉氏的安撫下停止了哭聲，劉氏轉過臉道：「雨姍，去端盆溫水來，本宮要給七阿哥擦身，否則他就算換了衣裳也不舒服。」

「奴婢……」雨姍為難地看著劉氏。舒穆祿氏說過，劉氏來時，她必須要在一旁看著，以防劉氏耍什麼花樣，但這話是萬萬不能說出口的。

見雨姍站在那裡不動，劉氏在心裡冷笑一聲。不用問，必是舒穆祿氏讓雨姍監視自己的一舉一動，不許她離開，舒穆祿氏可真是小心謹慎得很。

雨姍不知該答應還是不答應，正手足無措時，劉氏的聲音再度傳來——

「怎麼了，有什麼為難的嗎？」

雨姍身子一顫，連忙搖頭道：「沒……沒有。」

劉氏皺著眉道：「既是如此，還不趕緊去端水，難道妳想讓本宮自己去端嗎？」

「奴婢不是這個意思……」雨姍瞅了劉氏一眼，鼓起勇氣道：「娘娘，金姑也在，不如讓她去端吧……」

「放肆！」她話還沒說完，劉氏已經怒喝道：「妳小小一個宮女好大的膽子，居然敢指派本宮身邊的人。本宮知道慧貴人一向厚待你們這些下人，但是你們也當曉得分寸，別太過分了！妳現在這樣，是否想讓本宮將妳送進慎刑司去？」

雨姍被她驟然沉下的面孔嚇得雙膝發軟，「撲通」一聲跪在地上，戰慄地道：「奴婢知錯，求娘娘息怒！」

金姑假意勸道：「主子，奴婢相信雨姍也不是故意的，只是一時說錯了話，您就別責怪她了。您消消氣，奴婢這就去將水端來。」

「不行！」劉氏斷然拒絕。「妳又不熟悉這水意軒的情況，根本不曉得東西在哪裡。」說罷，目光落在雨姍身上。

雨姍為了讓劉氏消氣，趴在地上道：「娘娘，奴婢願意去端水給七阿哥淨身。」

「這會兒又樂意了？」劉氏諷刺地說了一句，揮手示意雨姍下去。

在雨姍匆匆離開後，劉氏腿腳一軟，虧得牢牢抓著搖床邊緣才沒有摔倒。總算是將人都支開了，她剛才真怕自己會在雨姍面前露出破綻。

金姑扶了她一把，小聲道：「主子，咱們得快些，沒多少時間了。」

「本宮知道。」這般說著，劉氏強迫自己站直身子，顫抖地撫上那張幼小安靜的面容。這是她的孩子，她的親生孩子啊，都說虎毒不食子，可她卻要親手結束自己孩子的性命。

在猶如抽筋一般的顫抖中，手指慢慢來到弘旬的脖頸，只要用力掐住這裡，弘旬的性命就會結束，而她所有的計畫將會順利完成；再說就算現在不掐死，弘旬也活不了幾天了，可卻怎麼也掐不下去。

見劉氏的手停留在弘旬脖子處許久而沒有其他動作，金姑知道劉氏還是不忍心，默然一嘆，道：「主子，還是讓奴婢來吧，一定要趕在她們回來之前辦妥此事，否則就沒機會了。」

「不！」劉氏搖頭，淚水自眼角落下，滴在弘旬幼嫩的臉上，看起來就像是弘句流出來的眼淚一般。「他是我帶到這個世上的，應該由我親手結束他的性命。」隨著這句話，停留在弘旬脖子上的手終於有了動作，雖然緩慢卻不再遲疑。

只有弘旬死，她才可以扳倒舒穆祿氏，讓這個女人在有能力威脅到她之前徹底消失。

要親手掐死自己的孩子，對身為母親的她來說是再痛苦不過的事，劉氏一直在無聲地哭泣，眼淚一滴接一滴地落在弘旬因喘不過氣來而青紫的臉頰上。

弘旬的四肢在抽動，想要擺脫脖子上的那隻手，可是一直到他嚥下最後一口氣，都沒能做到；同樣的，他也沒有機會發出一聲啼哭，因為他額娘不給他這個機會。

金姑一直緊張地注視弘旬，看到他手腳不動、頭歪在一邊的樣子，趕緊伸手探了一下他的鼻息，發現已經沒有氣息，連忙伸手到襁褓中，狠狠地掐了已經沒有知覺的弘旬幾下，然後擦乾落在弘旬臉上的淚，對還在使勁的劉氏道：「主子，可以鬆手了，七阿哥已經去了。」

劉氏痛苦地閉眼鬆手，那麼一瞬間的工夫，她已經親手殺了一個人，這人還是她的親生兒子……

因為弘旬幼小的緣故，脖子很短，除非將頭抬高，否則是看不到頸上瘀痕的。

這個時候，外頭已經響起腳步聲，不曉得是奶娘還是雨姍，金姑緊張地道：「主子，她們來了，您千萬莫要在她們面前露出悲傷之意，否則就前功盡棄了。」

聽到金姑的話，劉氏點一點頭，抬手抹去了臉上的淚，同時強迫自己將所有哀痛都掩藏起來。

先進來的是奶娘成嬤嬤，她捧著一套素錦製成的嬰兒衣裳，討好地道：「娘娘，衣裳取來了，奴婢現在就替七阿哥換上。」

第一千零八十一章　痛哭

不等成嬤嬤近前，金姑已經攔住道：「妳先站在一邊，主子還要替七阿哥擦身。」

金姑話音剛落，雨姍便端著一盆溫水進來了，金姑同樣攔住她，由自己端了溫水來到劉氏身前，不動聲色地道：「主子，可以替七阿哥擦身了。」

劉氏點點頭，強忍悲痛，解開已經死去的弘旬衣裳，仔細地替他擦著，然後在金姑的遮掩下，迅速替弘旬換好衣裳，讓他繼續像剛才那樣躺在搖床中。唯有如此，才可以讓成嬤嬤她們錯以為在自己離開前，弘旬還好好地活著。

為怕雨姍懷疑，金姑裝模作樣地道：「七阿哥睡得可真熟，這樣擦身換衣都沒醒呢！」

成嬤嬤有意討好劉氏，順著她話道：「姑姑有所不知，七阿哥一向安靜乖巧，常常一睡就是半天，除了吃奶，都不怎麼醒呢。」

劉氏將換下來的衣裳交給成嬤嬤，低聲道：「讓七阿哥好生睡著吧，不要吵他。」待成嬤嬤答應後，她朝金姑道：「咱們走吧。」

金姑應了一聲，扶著劉氏離開。在他們走後，雨姍走到搖床邊看了弘旬一眼，見他確實在熟睡，放下心來，同樣叮囑了成嬤嬤一句後便離開了。

從踏出東暖閣一直到回到永壽宮，劉氏都保持著妃嬪該有的儀態，邁著端莊優雅的步伐，中途甚至還遇到了遊園回來的戴佳氏，笑談幾句方才各自回宮。

然，這一切，在邁進永壽宮後，就迅速瓦解崩潰，一切優雅笑容都消失不見，甚至還在院子裡的時候，劉氏就像是一個破娃娃一般摔倒在地，任金姑怎麼使勁都扶不起她。宮人看到這怪異的一幕，紛紛跑過來，卻被金姑厲聲喝開，只命海棠近前。在這永壽宮裡，金姑就相當於半個主子，沒一個宮人敢不遵她的話，雖然好奇，卻遠遠退開，不敢靠近一步。

唯一一個近前的海棠，被金姑吩咐趕緊去關宮門，以免外頭經過的人看到劉氏現在這個樣子。待宮門關好後，海棠與金姑一人一邊扶著渾身無力的劉氏進殿。

在途中，金姑一直在劉氏耳邊說著話。「主子，您撐住，千萬撐住！」

好不容易到了裡頭，在海棠將殿門關起之後，一直在發抖的劉氏再也忍不住心中的悲傷，痛哭出聲，她哭了許久，哭得上氣不接下氣。

金姑什麼也沒說，只是不住地撫著劉氏的後背。

哭到後面，劉氏彎腰嘔吐了起來，然除了清水之外，再沒有嘔出什麼東西。她自昨夜起，就一直沒有吃下過任何東西。

海棠手忙腳亂地絞來面巾，待劉氏吐完之後，將她嘴角的殘漬拭去，心疼地道：「主子，您莫要難過了，七阿哥在天有靈，一定不會怪您的。」

看到劉氏這樣子，海棠就算不問也知道，七阿哥一定已經死了，否則她不會難過至此。

劉氏涕淚滿面地道：「不，他一定會怪我這個額娘，我將他生下來，卻不曾好好將他養大，反而還親手……」後面那幾個字，她怎麼也說不出來。

金姑接過海棠手裡洗淨的面巾，仔細拭著劉氏的眼淚，然剛拭去便立刻又有新的眼淚流出，彷彿永遠拭不盡。「是上天不讓七阿哥長大，七阿哥那麼懂事，他知道不能怪主子。」

「金姑，妳不用安慰我，就算他命中該絕，也是我的孩子，我……我怎麼可以殺了他！我好殘忍，好殘忍啊！」劉氏看著自己的手，回想起剛才將弘旬掐斷氣的場景，頓時又吐了起來。這一次，不再是清水，而是黃色的膽汁，苦澀不堪。

看到劉氏痛苦的樣子，金姑有些後悔剛才讓劉氏動手，若她能夠堅持一些，劉氏就不會因為親手弒子而那麼難過。

「主子，您聽奴婢說，在這宮裡，殘忍是必須要學會的東西，您不對別人殘忍，別人就會對您殘忍！」

盯著劉氏被淚水盈滿的雙眼，金姑一字一句地道：「真正害死七阿哥的人，不是您，而是皇后、熹妃、慧貴人、溫氏。若不是她們千方百計地加害主子，害得您早產，七阿哥怎麼會身子虛弱，怎麼會被何太醫斷定活不過兩月！說到底，這些人才是罪魁禍首，您若是想七阿哥在天之靈得到安息，就讓這些人為七阿哥償命！至於您自己，不過是早一步讓七阿哥解脫而已，若真這樣拖下去，說不定七阿哥會受更多的痛苦。」

劉氏默默點頭。其實金姑這些話，她一直是明白的，否則也不會設下這樣一個圈套。

只是親手掐死孩子的觸動太大，令她一時間難以自持，才會生出動搖之意，待得平靜下來後，理智慢慢回到腦海中。

沉默許久後，劉氏深吸一口氣道：「不錯，本宮縱使負盡滿身罪孽，也不過是為了好好地活下去而已，若非這些人將本宮逼得喘不過氣來，本宮根本不必沾上弘旬的鮮血。」

「主子能明白過來就好。」金姑輕吁一口氣，又道：「主子剛才一路回來，表現得很好，就算到時候慧貴人指是主子下的手，也沒有一個人會相信；而剛才遇到的成嬪，甚至還能幫主子作證。」

劉氏用力揉了一下臉，點頭道：「是，咱們現在只要等著水意軒那邊傳出弘旬被害的消息就可以了。」

這般說著，耳邊忽地聽到啼哭聲，好像是弘旬的……

這個念頭剛出現便被她生生掐斷。

弘句已經死了，她再也不會聽到弘句的哭聲，不是弘句，不是！

在強迫自己冷靜一些後，她側耳傾聽，啼哭聲依舊在，不過已然可以聽出是弘瞻的，忙道：「金姑，妳快去看看，是不是弘瞻在哭。」

第一千零八十二章　連環

金姑答應一聲，連忙開門走出去，過不了一會兒就抱著啼哭的弘瞻進來，後面還跟著惶恐的奶娘。「回主子的話，奶娘說，六阿哥從剛才起就一直哭個不停，怎麼哄都不行。」

劉氏心中一苦。弘瞻與弘旬是一胎共生的兄弟，都說雙生子會有一些別人沒有的感應，弘瞻一定是感覺到弘旬的離去，才哭個不停。

劉氏強忍著難過，道：「把弘瞻給本宮。」

「主子剛看完七阿哥回來，想必已經累了，還是讓奴婢哄六阿哥吧。」金姑擔憂地說著，怕劉氏看到弘瞻後會像剛才一樣控制不住情緒痛哭出來。

「本宮沒事。」劉氏知道金姑的擔心，但依然執意如此。金姑無奈之下，只得將弘瞻遞給劉氏。

弘瞻哭得很傷心，小臉上滿是淚水，連襁褓都有些溼了，手腳在不住地亂蹬著，就像是剛才的弘旬。

感覺到眼底漸漸發酸，劉氏連忙止住心底的哀思，對皺著臉號啕大哭的弘瞻道：「乖，弘瞻乖，額娘在這裡，不哭了啊！」

她不說還好，一說弘瞻哭得更傷心，差點將劉氏憋在眼底的淚水勾了起來。金姑見狀，趕緊命奶娘出去，以免被她發現異樣。

見沒有外人，劉氏憋了半天的淚終於落下，不過讓金姑安慰的是，她沒有再像剛才那樣大哭，只是抱緊弘瞻，在他的啼哭聲中道：「弘瞻，額娘知道你難過，額娘也跟你一樣難過，但是額娘是真的沒辦法。如今額娘只剩下你一個，你一定要好好的，千萬不要有事。」

她的話並沒有讓弘瞻停下啼哭，依然在聲嘶力竭地哭著，直至哭累了方才沉沉睡去；然即便在睡夢，也依然抽泣著，傷心無比。

金姑小聲道：「主子，把六阿哥給奴婢吧，您得抓緊時間請皇上去景仁宮那頭才好，否則一旦讓慧貴人事先有所準備，事情就不妙了。」

劉氏也曉得時機稍縱即逝，她已經付出了這麼多，絕不可以失敗。在將弘瞻交給奶娘抱著後，她便領著金姑與海棠去了養心殿。

且說舒穆祿氏那邊，在到了承乾宮後，發現凌若並不在宮裡，問了留在宮裡的莫兒，說是一早便去了謹嬪那裡。

舒穆祿氏頓時奇怪不已。明明是熹妃派人傳自己過來的，怎的臨到頭，她自己卻去別處，難道熹妃存心戲弄自己？

這般想著，舒穆祿氏再次問莫兒。「那妳可知熹妃召我過來所為何事？」

「召貴人過來？」莫兒一臉奇怪地看著舒穆祿氏。「貴人是不是弄岔了，娘娘並不曾傳召過貴人。」

這下子，舒穆祿氏更加奇怪了，凝聲道：「妳確定嗎？」

「是，奴婢今日一直在主子跟前服侍，未曾聽主子提起過關於貴人的隻言片語。」莫兒的回答很肯定，想了想又道：「除非是主子去了謹嬪娘娘那裡後派人傳的話，不知傳話的那人是水秀姑姑還是楊海公公？」

「都不是，那個傳話的太監，我並不曾見過。」說到此處，舒穆祿氏才想起自己之前一時大意，忘了問那個傳話太監的名字。

莫兒搖頭道：「那奴婢就真不知道了。」

離開承乾宮後，舒穆祿氏一直在思索這件事。若熹妃沒有傳召過自己，那之前的那個小太監是何人派來的？真是好生奇怪。

如柳也在想這件事，疑惑地道：「難道是有人故意與主子開玩笑？」

「不會。」舒穆祿氏搖頭道：「誰會開那麼無聊的玩笑。對了，如柳，待會兒妳去打聽一下，那個太監究竟是哪一宮的，只要找到他，自然就曉得是怎麼一回事」

如柳點頭答應，待扶舒穆祿氏回到水意軒後便出去了，四下打聽，均沒有關於那個小太監的消息，好像他根本不曾出現過一樣。
舒穆祿氏雖覺得此事蹊蹺，卻也想不出個頭緒來，只得暫時將之放在一邊，轉而對雨姍道：「我出去的時候，可有什麼人來過？」
「回主子的話，您走後不久，謙嬪便來看七阿哥了。奴婢按著主子的吩咐，一直跟在謙嬪左右。」雨姍有些心虛，事實上她曾經離開過一會兒。
不知為何，雨姍的話令舒穆祿氏心底浮起一絲不安，站起身子道：「扶我去看看七阿哥。」
兩人答應一聲，扶了舒穆祿氏來到東暖閣，這一次成嬤嬤沒有打盹，一看到舒穆祿氏進來，連忙屈膝行禮。
舒穆祿氏走過去，看到搖床中那張熟睡的小臉，徐徐出了一口氣。她現在別的不擔心，就怕弘旬會有什麼事。別人羨她平白多了一個阿哥在膝下，豈不知自弘旬來後，她一直提心吊膽，不曾睡過一個安枕覺，唯恐會有什麼事。
「七阿哥一直在睡覺嗎？」
成嬤嬤趕緊道：「回主子的話，自剛才謙嬪娘娘給七阿哥擦了身，又換了身衣裳後，七阿哥就睡得特別香，一直沒醒過。」
舒穆祿氏微微點頭，抬手輕輕撫了一下弘旬的臉龐，這一撫之下頓時發現問題，驚疑不定地收回手指，盯著自己的指尖遲遲未語。
如柳注意到她的異樣，忙問：「主子怎麼了？」

舒穆祿氏一言不發地拉過如柳的手按在弘旬臉上，在感覺到指尖傳來的溫度後，如柳露出驚訝之色。「咦，七阿哥的臉怎的這麼涼？奶娘，可是妳給七阿哥少穿了衣裳？」

「不會啊，七阿哥穿得跟平常一樣，而且今天天氣還比前些日子更熱呢。」奶娘這般說著，也伸手試了一下，果然發現弘旬的臉頰冷得跟冰一樣，這下子可是傻眼了，喃喃道：「怎麼……會這麼涼？不應該啊！」

舒穆祿氏臉色陰晴不定，不知在想什麼，站了一會兒後，她忽地將手伸進弘旬領口處，那裡同樣冰涼一片，沒有絲毫熱氣，再探其鼻翼，根本感覺不到任何氣息的出入。

沒有氣息……舒穆祿氏失魂落魄地站在那裡。這世上只有一種人不會呼吸，那就是死人！可是早上她來看弘旬時還好好的，怎麼會突然一下子……

若這事讓胤禛知道了……這個後果，即便是她也擔不起。不行，她一定要在胤禛知道之前，弄清楚弘旬的死因。

第一千零八十三章　失措

想到這裡，舒穆祿氏立刻將目光轉向成嬤嬤，厲聲道：「混帳東西！說，到底是怎麼一回事！七阿哥為何突然死了？」

此言一出，滿屋皆驚。成嬤嬤更是呆若木雞，不敢相信舒穆祿氏的話。七阿哥若死了，她這個奶娘絕不會有好下場。

她回過神來後，第一個反應就是去探弘旬的鼻息，但弘旬鼻下沒有任何氣息，渾身肌膚冰涼。

成嬤嬤愣愣地站在那裡，直至舒穆祿氏再一次喝問，方才驚醒過來，慌張地跪下磕頭，身子因為害怕而不住地發抖。「奴婢不知……貴人……貴人恕罪！」

舒穆祿氏此刻恨不得走上去搧成嬤嬤兩巴掌。「妳是七阿哥的奶娘，又一直是妳在看著七阿哥，如今七阿哥沒了，妳居然跟我說不知道，還想讓我恕妳的罪？給我老老實實把事情交代清楚，七阿哥到底為什麼會夭折？」

「奴婢真的不知道。」成嬤嬤害怕地哭了起來，一邊哭一邊道：「從之前主子來看過七阿哥後，奴婢就一直守著七阿哥，只除了謙嬪娘娘來的時候，她說七阿哥衣裳被口水濡溼了，讓奴婢去拿一套來之外，就再沒有離開過。」

被她一提，舒穆祿氏驟然想到劉氏。今日她來過，弘旬突然暴斃是否與她有關？想到這裡，舒穆祿氏連忙看向尚在發愣的雨姍。「謙嬪來的時候都做了些什麼？」

雨姍整個人跳了起來，帶著無盡的驚慌道：「謙嬪來了之後問了主子，知道主子去承乾宮後，就到暖閣中看七阿哥，然後七阿哥哭了一聲，謙嬪娘娘說七阿哥衣裳有些溼了，讓奶娘去拿套新衣裳來，隨後又說想給七阿哥擦身，讓奴婢去端盆溫水……」

說到後面，雨姍聲音裡已經帶了一絲哭腔與慌張，看到舒穆祿氏望著自己的目光驟然嚴厲起來，更加慌張了，搖手道：「奴婢本來不想去的，可謙嬪娘娘是主子，她一再要求，奴婢實在不敢違背，無奈之下，只得去了一下；不過奴婢動作很快，只是離開一會兒罷了。」

「住嘴！」舒穆祿氏忍無可忍地喝道：「妳將我的話當耳旁風是嗎？居然敢擅自離開七阿哥！謙嬪是主子不錯，但她是永壽宮的主子，怎麼也管不到我這水意軒來，妳若是執意不去，她能拿妳怎樣？藉機罰妳嗎？就算這樣，也自有我替妳解圍，妳怕什麼？」

在她疾言厲色的質問下，雨姍忍不住哭了起來，跪下泣道：「奴婢實在是不知道會這樣，若曉得事情這麼嚴重，就算謙嬪要打死奴婢，奴婢也絕不離開一步！」

舒穆祿氏揚起手重重一掌打在雨姍臉上，氣急敗壞地道：「妳！妳真是想氣死我！」

雨姍捂著臉在地上哀哀地哭著，不敢為自己辯解半句。她曉得自己這次闖大禍了，與後果相比，這一巴掌實在是微不足道。

如柳心疼地瞥了雨姍一眼，勸道：「主子息怒，事情都已經發生了，您再打雨姍也無用，還是先想想怎麼解決這件事吧。」

「解決？妳倒是告訴我，該怎麼解決？」舒穆祿氏此刻哪息得了怒。弘旬死了，就死在她宮裡，一旦傳揚出去，還不知會掀起什麼驚濤駭浪來，而自己，定然是首當其衝的那一個。

如柳被她問得說不出話來。

是啊，人都死了，還能有什麼解決辦法？

沉默許久，她想到一事，對雨姍與成嬤嬤道：「妳們兩人拿來東西後，發生了什麼事？」

雨姍瞅了舒穆祿氏一眼，看她臉色陰沉得可怕，又趕緊低下頭，囁嚅道：「我端了溫水來後，就看到謙嬪替七阿哥擦身換衣，七阿哥當時一直在睡，一直到謙嬪離開都沒有醒。」

成嬤嬤的話與雨姍一般無二，如柳仔細聽完後，皺眉道：「這麼說來，謙嬪走的時候，七阿哥還好好的？」

雨姍與成嬤嬤互看了一眼，有些不確定地道：「應該……應該是好好的。」

聽著她們的回答，舒穆祿氏氣不打一處來，怒喝道：「什麼叫應該是好好的，好就是好，不好就是不好！」

被她這麼一喝，雨姍又落下淚來，不過她也曉得現在舒穆祿氏心情很不好，趕緊抹了把淚道：「因為奴婢與奶娘都沒有探過七阿哥的鼻息，所以無法很肯定，但是謙嬪娘娘神色與動作均很自然，不像是有問題的樣子。」

「謙嬪是什麼人，她心裡有沒有事，哪是妳能看出來的。」舒穆祿氏斥得雨姍不敢抬頭後，用力呼了幾口氣，讓自己冷靜一些，可只要一看到弘旬冰涼的身子，好不容易攢下來的冷靜便化為烏有。

她煩躁地走了幾圈後道：「這個事情有兩種可能，一種是妳們拿東西來的時候，七阿哥已經被謙嬪害死了，但是謙嬪假裝無事；另一種就是在謙嬪走後，七阿哥突然暴斃，無人察覺。」

突然暴斃……如柳在一旁細細咀嚼著這四個字，此刻也就她還冷靜一些，可以仔細地思索事情。想了一會兒，她搖頭道：「就算是突然暴斃，應該也有徵兆，不可能睡著睡著人就沒了，而奶娘除了之前去拿衣裳之外，一直看著七阿哥，不可能沒發現。」

成嬤嬤跪在地上不敢說話，只是不住地點頭。

舒穆祿氏強迫自己從弘旬身上移開目光，好盡快冷靜下來。「照這麼說，妳是覺得謙嬪還在的時候，七阿哥就已經死了？」

「是，但是奴婢不明白，謙嬪就算要陷害主子，也沒必要害死自己的親生兒子，這實在是有些不合常理！」

第一千零八十四章　弘旬

舒穆祿氏冷聲道：「不是每個人都可以用常理來推斷，或許劉氏就是那麼一個冷血之人，連自己兒子的性命都可以拿來算計。」

如柳還是覺得有些不太可能，道：「那她可以偽裝得這麼好嗎？讓雨姍她們一點兒都看不出來？」

冷靜了片刻後，舒穆祿氏又被煩亂所包圍，痛苦地道：「我不知道，我現在什麼都不知道，也不想知道！」

雨姍在地上後悔地落著淚。若她之前態度堅決一點，也許事情不會變成這樣。都是她不好，是她害了主子，一旦追究下來，主子很可能會連性命都保不住。

「主子，您冷靜一些。」在勸撫了舒穆祿氏一句後，如柳想到一個之前被她們忽視的問題，那就是弘旬是怎麼死的。

不管是暴斃還是劉氏所害，弘旬身上肯定會留下痕跡，只要找到了這個痕跡，事情就會明朗許多。

她將這個問題一說，舒穆祿氏也回過神來，待要讓人將弘旬衣裳脫下仔細檢查時，外頭突然奔進來一個宮人，匆忙行了一禮道：「主子，皇上與謙嬪娘娘來了。」

「什麼！」舒穆祿氏驚呼一聲，沒想到胤禛會這時候過來。「妳說謙嬪也來了？」

宮女被她問得有些莫名其妙，點頭道：「是，謙嬪娘娘與皇上一道來的，正等著主子呢。」

「該死，不用問了，一定是劉氏所為！」若非劉氏蓄意為之，怎麼可能這邊弘旬剛死，那邊她就與皇上一道過來。這個女人，好惡毒！想到此處，舒穆祿氏臉龐一陣扭曲。

宮女從沒見過舒穆祿氏這個樣子，一時有些被嚇壞了，站在那裡不知該如何是好。還是如柳先反應過來，道：「行了，妳先出去，主子一會兒就來。」

在宮女下去後，如柳緊緊握住舒穆祿氏的手道：「主子，謙嬪擺明了不懷好意，您千萬不要衝動，只有冷靜下來，才可以度過此次難關。」

「我知道。」舒穆祿氏自牙縫中擠出這三個字，憤怒之餘又有些無力，搖頭道：「怕只怕再冷靜也難度此關，從那道將弘旬過繼給我的聖旨開始，她就已經在設局了，而現在，以犧牲一個兒子為代價，將我牢牢縛在網中不得掙脫。呵，也不曉得她在皇上面前說了多少好話，讓我這個根本沒有資格撫著阿哥的貴人撫養弘旬。」

聽著舒穆祿氏喪氣的言語，如柳再次加重手上的力道：「謙嬪有倚仗，主子何嘗沒有？只要主子這次能保住性命，很快便會東山再起。」

「保住性命……談何容易啊！」舒穆祿氏也曉得，只要自己不死，憑著用了那麼許久的藥，哪怕自己入了冷宮，也可以讓胤禛再想起自己。只是死去的弘旬到底是當朝阿哥，又那麼年幼，難保胤禛一怒之下不會要自己的性命。

「總之不到最後一刻，主子千萬不要放棄！」這般說著，如柳對尚跪在地上的雨姍道：「妳扶主子去見皇上，我再交代奶娘幾句。」

雨姍點頭，戰戰兢兢地走到舒穆祿氏身邊，輕喚了一聲：「主子。」

舒穆祿氏沒好氣地睨了她一眼，但到底沒再說什麼，扶著雨姍的手往外走去。

看到她現身，劉氏眸底有冷光掠過，面上卻是笑意融融地道：「姊姊來了，本宮剛剛在與皇上說姊姊將弘旬照顧得很好呢，剛才來看弘旬，他還對本宮笑了呢。這孩子因為早產兩月，身子不好，一天裡有大部分時間在睡覺，難得看到醒的時候，更不要說笑，說起來這還是第一次呢，本宮心裡實在歡喜。」

看著劉氏那張笑臉，舒穆祿氏恨不得將她撕得粉碎。親手害死自己的兒子，卻還在這裡惺惺作態，實在是讓人噁心。

胤禛未曾注意到舒穆祿氏的異樣，就著劉氏的話笑道：「是啊，所以拉著朕也來看。」說到此處，他道：「走吧，咱們一道看看弘旬去。」

不等胤禛起身，舒穆祿氏就跪下去，神色哀戚地道：「臣妾有罪，請皇上降罪。」

胤禛被她這突然的舉動弄得滿頭霧水，道：「好端端的說什麼請罪，快起來。」

「是啊，姊姊一向謙恭溫馴，怎會有罪，快快起身，否則跪壞了身子，可不讓人心疼嘛！」劉氏雖然口口聲聲喚姊姊，但口吻已經完全變了，變得高高在上。

「臣妾罪孽深重，不敢起身。」舒穆祿氏看也不看劉氏，只一味望著胤禛，那雙猶如秋水明媚的眼眸已是淚意盈盈。

胤禛大為憐惜，親自扶起她道：「告訴朕，到底出什麼事了？」

「回皇上的話，臣妾剛才去看七阿哥，發現他……他已經沒氣了。」說到後面，舒穆祿氏已是痛哭出聲，這哭聲裡一半是害怕，一半是為了博取胤禛的憐惜。

「什麼！」驟然聽到這個噩耗，胤禛為之色變，手上一緊，用力握著舒穆祿氏的胳膊，厲聲道：「妳說什麼，再說一遍！」

這一次，沒等舒穆祿氏回答，劉氏已經不顧儀態地奔出去，不一會兒，外頭傳來劉氏撕心裂肺的痛哭聲。

胤禛顧不得再追問舒穆祿氏，衣袍帶風地奔出去，待到了東暖閣，只見劉氏正抱著弘旬坐在地上痛哭，所有宮人都神色哀傷地跪在地上。

看到這一幕，胤禛腦海裡突然閃過許多年前，凌若抱著霽月跪在雪地裡的情景，與現在出奇的一致。那天他失去了一個可愛的女兒，而現在……他又要失去一個兒子嗎？

他已經失去了許多，弘暉、霽月、弘晟，難道現在連弘旬也要失去嗎？胤禛雙腿像是被灌了鉛，艱難地走著，短短幾步路，他卻像是走了很久，好不容易走到劉氏面前，艱難地道：「潤玉，弘旬……」

第一千零八十五章　驚聞

不等胤禛說完，劉氏的哭聲比剛才更尖利了幾分，就像是無數根鋼針在刺一樣，讓人有一種捂耳的衝動，但沒一個人敢這麼做，皆一聲不吭地跪在那裡。

劉氏抬起頭來，淚眼婆娑地道：「皇上，弘旬沒了，他沒了！」她想起自己親手掐死弘旬的情景，哭得更加傷心了。

胤禛蹲下身來，手慢慢撫上看起來就像是睡著了的弘旬，感覺到的除了冰涼還是冰涼。死了，弘旬真的死了！

下一刻，胤禛驟然站起身來，對剛剛走進來的舒穆祿氏咆哮：「為什麼會這樣！弘旬為什麼突然就沒了！」

面對胤禛的怒火，舒穆祿氏慌忙跪下，同樣淚流滿面地道：「臣妾不知道，臣妾剛剛一回來就發現七阿哥沒氣了，還沒來得及審問宮人，皇上與謙嬪娘娘就到了。」

她的話似乎觸怒了劉氏，尖聲道：「妳撒謊！弘旬就養在妳宮中，妳怎麼會不知道！是妳，一定是妳害死了弘旬，妳把我孩子還給我！還給我！」

說到後面，她整個人就像是瘋了一樣，往舒穆祿氏撲去，一手抱著弘旬，一手用力抓住舒穆祿氏的頭髮，將舒穆祿氏髮上的珠花簪子全扯了下來，一邊抓一邊哭號道：「為什麼？妳為什麼要這麼做！我有什麼地方對不起妳，妳要這樣待我的弘旬！」

雨姍努力想要拉開兩人，反而被劉氏手上的護甲抓破了臉，流出殷紅的血。

如柳則爬到胤禛跟前，用力地磕著頭道：「皇上，主子待七阿哥如珠如寶，日日都要看上好幾回，她怎麼會害七阿哥！求您明鑑，不要冤枉了主子。再說主子若要害七阿哥，大可以用別的辦法，何必這樣明目張膽。」見胤禛不理會，她只能繼續重複著那段話，然後不住磕頭，雨姍也跟著跪下來，一道哀求胤禛。

不知過了多久，胤禛的聲音終於在這混亂的暖閣中響起：「蘇培盛，去將謙嬪拉開。」

「嗻！」蘇培盛力氣比雨姍要大上許多，強行將劉氏拉開，而這個時候，舒穆祿氏的髮髻已經全被扯散，珠釵耳墜，東一個、西一個地掉在地上。

劉氏用力掙扎著，嘴裡道：「放開我！我要替弘旬報仇！」

看著劉氏懷裡生機全無的弘旬，胤禛眼底掠過濃濃的悲傷，走過去扶著劉氏的肩膀，道：「潤玉，妳先冷靜一些，事情還沒有弄清楚，妳這樣大吵大鬧根本無濟於事。」

「皇上，臣妾的弘旬死了！您要臣妾怎麼冷靜？」劉氏激動地大叫：「臣妾剛才來看弘旬的時候還好好的，她一來，弘旬就死了，一定是她害死了弘旬，一定是！」

「妳冷靜一些！」

在胤禛的一再喝止下，劉氏終於不再大吵大鬧，但那雙通紅的眼睛依然死死盯著舒穆祿氏，像是要吃人一般。

胤禛忍著心中的痛楚，喚過四喜道：「去，將熹妃請來。」

宮中出了這麼大的事，而凌若又是協理六宮之人，自然應該在場。四喜答應一聲，又小心地問：「皇上，要請皇后娘娘過來嗎？」

胤禛撫一撫額道：「皇后身子不好，不必擾她了，只將熹妃請過來就是。」

這話聽起來似乎是為皇后身子著想，不願她疲累，但四喜哪會不明白，胤禛根本是不待見皇后，所以哪怕出了這麼大的事，也不願知會她。

當四喜在咸福宮找到凌若的時候，已是急得滿頭大汗，匆忙地打了個千兒道：「娘娘，皇上請您即刻去水意軒。」

凌若與瓜爾佳氏驚訝地對視一眼，不解地道：「公公這個樣子，可是水意軒那邊出事了？」

四喜抹了把額頭的汗，想著凌若一去就會知道，遂喘著氣道：「是，七阿哥他……薨了！」

「什麼！」一聽這話，凌若與瓜爾佳氏霍然起身，臉上滿是不敢置信之色。

凌若定一定神道：「到底是怎麼一回事？」

四喜澀聲道：「奴才不便多說，娘娘去了就知道了。」

「好，本宮這就過去。」凌若待要邁步，手卻是被人抓住了，轉頭看去，正是瓜爾佳氏。

瓜爾佳氏一臉嚴肅地道：「我陪妳一道去。」

凌若點一點頭，與瓜爾佳氏快步往水意軒走去。

剛一踏進院子，便感覺到氣氛異常凝重，到了前廳，只見胤禛一臉陰沉地坐在正中，劉氏抱著一個小小的襁褓在一旁低低地抽泣，其他人都一聲不吭地跪在地上，包括髮髻散亂、衣衫不整的舒穆祿氏。

「臣妾參見皇上，皇上吉祥。」兩人忍著心中的驚異，屈膝行禮。

胤禛命她們起身後，道：「怎麼雲悅也來了？」

瓜爾佳氏連忙再次屈身道：「回皇上的話，熹妃娘娘之前在臣妾宮中，臣妾聽喜公公說水意軒這邊出事了，心裡頭有些擔心，便跟著一道過來，還望皇上恕罪。」

胤禛點點頭，沉聲道：「既是來了，便一道聽聽。」

「是。」瓜爾佳氏答應後，隨凌若在一旁坐下。

待她們坐定後，胤禛方揉一揉眉心道：「剛才朕與謙嬪來看弘旬，卻發現弘旬已經斷了氣……」

不等胤禛說完，劉氏已是痛哭著跪下道：「皇上，舒穆祿氏害死了臣妾的兒子，您一定要替臣妾做主！」

金姑扶住哭得渾身無力的劉氏，含淚道：「主子，皇上一定會替七阿哥討回公道的，您別太難過了。」

劉氏搖頭，死死抱著弘旬，痛哭流涕地道：「死的是本宮的兒子啊，妳教本宮如何不難過！」

胤禛痛苦地閉目，他心中的難過不比劉氏少，只是他身為皇帝，不可能像劉氏那樣藉著痛哭來發洩心中的傷痛，只能將所有難過與傷心嚥落腹中。

許久，他睜開眼道：「熹妃，妳處事向來公允，心思也細，這件事就由妳來審問，朕在一旁聽著。」他現在需要時間，令自己從弘旬的驟逝中冷靜下來。

第一千零八十六章　審問

「是。」凌若在椅中一欠身，將眸光轉向傷心不已的劉氏。「謙嬪說是慧貴人害死了七阿哥是嗎？」

「弘旬一直養在她這裡，除了她還會有誰！」說到此處，劉氏痛苦悲憤地盯著舒穆祿氏道：「為什麼，為什麼妳要這樣害弘旬，我已經將他過繼給妳了，他就是妳的兒子，妳怎麼忍心這麼做！」

「我沒有！」在凌若來了之後，舒穆祿氏終於說出了第一句話。「自從妳將弘旬送來這裡後，我一直仔細照料，視若親子，又怎會害他！」

「可現在弘旬死了，這是不爭的事實！」劉氏聲嘶力竭地大叫，隨後又望著襁褓中那張小小的臉，泣道：「妳看到了沒，現在不管我怎麼叫他，他都不會應了，若不是妳害的，妳告訴我，他為什麼突然會死？為什麼！」

凌若與瓜爾佳氏迅速交換一下眼神，曾懷疑過劉氏將弘旬過繼給舒穆祿氏的用意，可是她們皆未想到事情竟會發展到這步田地，實在是有些撲朔迷離。

「金姑，先扶妳家主子起來，以免著涼了。」

金姑答應一聲，在劉氏耳邊小聲勸了幾句，好不容易才將她勸起坐回椅中，但她仍是抽泣不止。

在劉氏安靜一些後，凌若轉向舒穆祿氏道：「慧貴人，妳說妳沒有害過七阿哥，那七阿哥為什麼會突然夭折？」

「臣妾真的不知道……」舒穆祿氏一邊落淚一邊道：「臣妾今日起來後不久，便有娘娘宮中的公公來傳話，說讓臣妾去承乾宮見娘娘。」在說這話的時候，舒穆祿氏透過矇矓的淚眼仔細留意凌若的神色。

「本宮？」凌若訝然問著，怎麼也想不到竟然會扯到自己身上，見舒穆祿氏肯定地點頭，覺得更加奇怪，搖頭道：「本宮並不曾傳過慧貴人啊。」

舒穆祿氏心中一沉。

之前從承乾宮回來的時候，她已經猜到這很可能是劉氏為了支開自己所使的計，也恨自己大意，明明不曾見過那個小太監，也未核實一下身分，以致劉氏有了可乘之機。

「回娘娘的話，可是奴婢與主子，千真萬確聽到來者說是承乾宮的奴才，奉娘娘旨意傳召主子前去。若有半句虛言，奴婢自甘受剮刑！」這時一定要讓熹妃與一直在聽審的皇上相信確實有這麼一個人，所以如柳下了狠心，連剮刑都說出口了。

劉氏抬起滿是淚痕的臉龐，冷笑道：「妳是舒穆祿氏的宮女，當然她說什麼是什麼，就算她睜著眼睛說瞎話，妳也一樣會應和。妳說有人來這裡傳過話，那妳倒是說來聽聽，究竟是娘娘身邊的哪一個宮人。」

如柳咬一咬牙道：「這個宮人奴婢以前從未見過。」

她話音剛落，劉氏便發出更譏諷的冷笑聲：「謊話連篇，依本宮說，根本就沒有這樣一個人出現過，是妳們主僕編出來的謊話！至於目的，無非就是為了給人一種假象，就是弘旬被害死的時候，妳並不在這水意軒中，只是妳怎麼也沒想到，皇上與本宮恰好會過來，使得妳連撒謊的時間都沒有。」說到此處，她咬牙切齒地盯著舒穆祿氏道：「舒穆祿氏，本宮到底有什麼地方對不起妳，妳要這樣害本宮的兒子！弘旬還那麼小，妳都可以下得了手，妳到底還是不是人！」

望著劉氏那張看似悲痛的臉，舒穆祿氏恨得想要殺人，但還是在心裡一遍遍告訴自己要冷靜，千萬不要衝動。

「臣妾若要假裝不在，大可以去遊園，何必要說這麼一個拙劣到隨時會被揭穿的謊言。」說罷，她轉向胤禛，淚意楚楚地道：「皇上，您是知道臣妾的，向來膽小，連一隻螞蟻都捨不得踩死，怎會有膽量去害人。再說七阿哥那麼可愛，臣妾一直對他疼愛有加，盼著他快些長大，喚臣妾一聲額娘，臣妾怎麼會那麼殘忍地去殺他。剛才臣妾一回到水意軒，便發現七阿哥沒有氣息了，臣妾的心像是被人生生撕成了兩半，痛得連呼吸都不能。那一刻，臣妾恨不能死的那人是臣妾啊！」

她很清楚，雖然這件事是熹妃在審問，但最終決定的權力還是在胤禛手裡。只要胤禛肯相信自己，哪怕是一點點，自己就會有一絲生機。

她這一番唱作俱佳的表演，確實令胤禛有些動容，卻沒有多言，只以目光示意凌若繼續問下去。

凌若微一點頭，凝聲道：「既然慧貴人說一回來就發現七阿哥沒氣息了，那可曾問過奶娘與照看的宮女？」

舒穆祿氏拭一拭淚道：「回娘娘的話，臣妾曾問過奶娘還有留在水意軒的雨姍，她們都說臣妾離去後不久，謙嬪曾來看過七阿哥。」

「是，本宮來過，但是本宮怎麼也想不到，那一見竟成了本宮與弘旬的永別。」劉氏的眼淚一直不曾停歇，雙眼哭得又紅又腫，讓人望之生憐。

「娘娘之前說我家主子是為了躲避殺害七阿哥的嫌疑才故意離開的，但娘娘來看七阿哥的時候，他還好端端的，不是嗎？這就證明主子並沒有害過七阿哥！」

如柳的伶牙俐齒令劉氏一怔，倒是沒想到會讓她抓到這麼一個破綻，好一會兒方道：「這句話該問妳們主僕才對，本宮如何曉得妳們到底是什麼時候害的，又是用什麼方法害的，本宮只知道，弘旬死了，是妳們害死她的！」

如柳曉得現在是關鍵時刻，一旦退讓，加諸在主子身上的懷疑就更多了，當即道：「可您根本沒有證據，奴婢是否也可以說是您來看七阿哥的時候害死了他？」

此話一出，胤禛臉色頓時為之大變。

瓜爾佳氏悄悄對凌若道：「看樣子，開始狗咬狗了。」
凌若點頭不語。
那廂劉氏已是悚然變色，顫著手指向如柳道：「妳……妳說什麼，再給本宮說一遍！」

第一千零八十七章　互相指責

如柳深吸一口氣，以比剛才更清晰的聲音道：「奴婢說，若主子有害死七阿哥的嫌疑，那謙嬪娘娘您同樣有！」

「妳……放肆！」劉氏憤然道：「七阿哥是本宮身上掉下來的肉，本宮怎會害他！妳這奴才竟敢在這裡胡言亂語冤枉本宮，著實該打！來人，把這奴才拖下去亂棍打死！」

「慢著。」凌若目光一閃，啟脣道：「謙嬪少安勿躁，一切等事情查清楚了之後再做定奪。」

「是。」劉氏雖然恨不得立刻杖殺如柳，省得她在這裡胡言亂語，但不敢當著胤禛與凌若的面太過放肆，只得強忍著心中的怒意，低頭不語。

見劉氏不說話，凌若轉過頭道：「如柳，謙嬪乃是七阿哥的生母，妳為何會疑她害死七阿哥？」

「回熹妃娘娘的話，奴婢並非無的放矢，在主子查問七阿哥為何會突然夭折的時候，奶娘與雨姍都提起過，謙嬪娘娘曾以換衣裳與擦身為由，將她們分別遣了出去，也就是說，當時就只有謙嬪娘娘與伺候她的金姑在裡面，而這段時間足以讓她害死七阿哥。若謙嬪娘娘心中無鬼，何必要故意差開她們？」說罷，她用力磕了個頭道：「娘娘，奶娘與雨姍皆在這裡，您若不信奴婢的話，可以親自問她們！」

劉氏憤怒地指著如柳道：「簡直是一派胡言，本宮是見七阿哥衣裳被口水濡溼了，所以才會吩咐她們下去拿乾淨的衣裳與溫水，怎的到了妳嘴裡，就成了本宮故意差開她們，再說本宮有什麼理由要害自己的親生兒子。」

「為了嫁禍臣妾。」舒穆祿氏面無表情地說出這句話。

慌亂在劉氏眼底一閃而逝，面上則痛心疾首地道：「舒穆祿氏，妳怎有臉說出這樣的話！我一直尊重妳、親近妳，將妳視作嫡親姊姊。生下弘瞻與弘旬後，更苦求皇上，將弘旬過繼給妳，也好兌現我曾答應過妳的話。我自問沒有一處對不起妳，可妳呢？妳不只害死弘旬，還說出這樣傷人的話來，妳到底有沒有良心啊！」

「沒良心的那個人是妳！」舒穆祿氏的表情比劉氏還要痛心。「不錯，妳以前是待我不錯，可那是在我不如妳之前，後來妳看到我深得皇上眷寵，就開始嫉妒，懷恨在心。妳不想我越過妳，不想我與妳平起平坐，所以設下這樣一個毒計，假意將七阿哥過繼給我，實際上是想趁我不備之時，害死七阿哥，然後將罪名嫁禍給我！如此一來，我就會以謀害皇嗣之名被打入冷宮，甚至死亡，再也威脅不到妳的地位。謙嬪娘娘，我說得對嗎？」

劉氏心中的驚駭非言語所能形容，除了弘旬先天不足，兩個月內必會夭折的事情之外，舒穆祿氏幾乎猜對了所有。在這種情況下，還能猜到大概，這個女人實在是太可怕了。而這，也更下定了劉氏要置舒穆祿氏於死地的決心。一旦讓這個女人尋到反撲的機會，自己將會很麻煩。

如此想著，她跪下啜泣道：「娘娘，您是做額娘的人，應該明白孩子對一個額娘來說意味著什麼，若是現在可以換得弘旬重生，臣妾就算犧牲性命也在所不惜。可是舒穆祿氏卻說臣妾害死自己的孩子嫁禍她，還說臣妾從一開始就不懷好意……」說到此處，她已是泣不成聲，像是受了極大的委屈，好一會兒方平靜些許，道：「臣妾不知道她怎會有這樣惡毒的想法，但如果真是臣妾害死了弘旬，試問臣妾現在又怎麼敢抱著弘旬？」

瓜爾佳氏輕皺著雙眉道：「這兩個人，一個比一個能說，也不知道哪個真，哪個假。與其聽她們在這裡互相指責，倒不如先檢查一下七阿哥，看是怎麼死的。」

瓜爾佳氏這話提醒了凌若，轉向胤禛道：「皇上，如今這一時半會兒也辨不出真假，不如先請太醫來查明七阿哥的死因。」

「也好。」胤禛點一點頭，對隨侍在側的四喜道：「去請齊太醫過來。」

「嗻！」四喜答應一聲，急急去太醫院將齊太醫請來。

齊太醫接過弘旬在椅中，解開他身上的襁褓細細檢查後，道：「回皇上與熹妃娘娘的話，七阿哥頸上有一道瘀痕，面色隱隱有幾分青紫，應是被人生生掐死的。」

他話音未落，劉氏已經一把抱過弘旬冰冷的小身子，哀哀地哭了起來，一邊哭一邊不住地喃喃道：「我可憐的孩子，是額娘害了你啊！」

正當胤禛面露傷懷之色時，齊太醫再次道：「不過微臣還發現一個奇怪的地方，就是在七阿哥身上，有幾處青紫的痕跡，應該是被人掐出來的。」

這話完全在胤禛等人的預料之外，連凌若也浮起驚疑之色。也就是說，弘旬在死之前曾被人虐待過。劉氏已經將孩子過繼給了舒穆祿氏，沒理由也沒機會再虐待弘旬，難道真是舒穆祿氏？

在最初的驚疑過後，胤禛盯著舒穆祿氏，痛聲道：「妳說妳對弘旬百般呵護，那妳告訴朕，他身上的瘀傷是怎麼來的？」

「臣妾不知道。」之前舒穆祿氏曾想過檢查弘旬的死因，但因為胤禛突然到來，以致未有時間查看，這些傷痕自然也沒看到。

如柳忽地膝行上前，磕頭道：「敢問太醫，七阿哥身上的傷痕是新是舊？」

「這個……」齊太醫回想了一下，道：「痕跡很新，應該不是舊傷。」

「也就是說，七阿哥身上只有新傷沒有舊傷？」在得到齊太醫肯定的點頭後，她再次對胤禛磕頭道：「皇上，七阿哥來水意軒也有一陣子了，若主子真存心要虐待七阿哥甚至害他，為何之前一直善意相待，直至今日才突然施以毒手，這根本不合情理！」

第一千零八十八章　辯護

「所有事放在妳主子身上皆不合情理，放在本宮身上就合情理了是吧？」

劉氏的斥責倏然在如柳耳邊響起，隨即她臉上更是重重挨了一巴掌。

「妳這個賤奴才，本宮與妳有何冤仇，妳要這樣害本宮！」

如柳捂著臉頰，倔強地道：「奴婢只是實話實說！若娘娘真未做過，又何必怕奴婢說，又或者說娘娘根本就是心虛？」

「好一個牙尖嘴利的丫頭！」劉氏怒斥一句，終是沒有再摑下去，以免自己「心虛」的罪名就坐實了，這是她絕不能接受的。

胤禛未理會她們的話，只是示意四喜抱過弘旬小小的身子，襁褓沒有完全裹好，很容易可以看到弘旬身上的青紫以及脖子上的紅印。

想到這個不足他手臂長的小人兒曾經受過許多苦楚，甚至被人生生掐死，他痛苦地閉上眼，腦海中閃過一個又一個夭折的孩子。

下一刻，他手掌重重拍在扶手上，在所有人都因為這聲重響而驚魂未定時，胤禛已是暴喝道：「說！到底是誰虐待害死了弘旬？」

舒穆祿氏流淚道：「皇上，臣妾一直視七阿哥如己出，對他關懷備至，臣妾怎會害他？再說七阿哥死了，對臣妾又有什麼好處？反而會讓臣妾陷於不利之地，不管怎麼說，都不合情理。請皇上還臣妾一個公道！」

「還妳公道，那誰來還我的兒子公道？」劉氏指著舒穆祿氏厲喝道：「妳不樂意看到皇上封我為嬪，所以將氣撒在弘旬身上，虐待他不說，還掐死了他，舒穆祿氏，妳簡直比毒蛇還要毒！」說到此處，她已是淚流滿面，垂首道：「皇上，您若不信臣妾的清白，可以問問奶娘她們，究竟臣妾離開的時候，弘旬是死是活。」

胤禛捏一捏鼻子，待要說話，凌若已是道：「皇上，還是讓臣妾來問吧，若臣妾有什麼疏漏，您再指出不遲。」

待胤禛點頭後，凌若瞥著奶娘成嬤嬤，嚴厲地道：「妳且說說謙嬪來時的具體情況，不許遺漏了半個字。」

成嬤嬤惶恐地磕了個頭道：「是，謙嬪在讓奴婢與雨姍去拿了衣裳與溫水來後，便給七阿哥擦身，一直到換好衣裳，七阿哥都沒有發出任何聲音。當時奴婢只以為七阿哥是睡得熟了，現在仔細想想，也許七阿哥已經沒氣了。其實奴婢當時已覺得七阿哥臉色有些不對，但想到謙嬪娘娘是生母，才未曾多想。」

這些話是剛才如柳教她說的，不求胤禛全部相信，只求盡量將疑點引往劉氏身上，如今才可以幫舒穆祿氏尋到生機。

成嬤嬤的話換來劉氏的譏笑。「妳的意思是說本宮一邊掐死了七阿哥，一邊還假裝若無其事地替七阿哥擦身換衣嗎？奶娘，妳也是生過孩子的人，妳若是本宮，妳可以做到這樣嗎？」

奶娘囁嚅著不敢回答，但劉氏並不準備就此放過她，抬高了聲音喝道：「說，可不可以？」

奶娘被嚇得不輕，遲疑許久，囁囁地道：「奴婢不可以。」

不等劉氏說話，舒穆祿氏已經搶過話道：「奶娘不可以，並不代表妳也不可以，妳這樣問奶娘，根本就不公平！」

「有何不公平？本宮是額娘，奶娘也同樣是做額娘的，她不可以，憑甚本宮就可以？」劉氏針鋒相對地道：「還是說慧貴人自己心狠，所以覺得別人也心狠？只可惜，本宮不是妳，做不到像妳這樣喪心病狂。」

說到此處，她朝凌若道：「娘娘，臣妾之前回去的時候，曾遇到過成嬪，當時還與她笑語了幾句，試問臣妾若真殺了弘旬，又怎有心情與成嬪說話，早就已經倉皇地逃回宮中去了，若娘娘不信，可以傳成嬪來此問話。」

不得不說，劉氏這番話合情合理，在常人思維中，任何一個剛殺了自己孩子的人，都不可能這樣若無其事，而這，恰恰是劉氏最大的掩護，任誰都不會想到，她竟可以這樣掩飾自己的情緒。

在徵得胤禛同意後，凌若命人去傳戴佳氏，待她到來後，命她仔細講述與劉氏遇到時的情景。

戴佳氏仔細回憶了一番後，道：「臣妾當時遊園回來，偶遇謙嬪，她與臣妾說剛剛去看過七阿哥，還說七阿哥對她笑了，很是可愛。」

凌若斂袖道：「那謙嬪當時有沒有露出慌張或是害怕的神色？」

直至現在，戴佳氏都不知道發生什麼事，更不明白為何要專門叫自己過來回答這些，但仍如實道：「臣妾並不覺得謙嬪有任何不宜的表情，更沒有害怕慌張之意，甚至看起來頗為高興。」

凌若微微點頭，在示意戴佳氏站到一旁後，斟酌片刻，又與瓜爾佳氏小聲交談幾句，方才抬頭對胤禛道：「皇上，事情審到這裡，再加上成嬪的證詞，臣妾以為謙嬪並沒有殺害七阿哥。」

聽到她的話，劉氏暗鬆一口氣，總算讓凌若信了自己；不過眼下最關鍵的還是胤禛的態度，只要他也相信，那麼舒穆祿氏就難逃此禍。

胤禛點點頭，目光落在舒穆祿氏身上，有說不出的痛心與震驚。「佳慧，真是妳所為嗎？」

「臣妾冤枉！臣妾真的是冤枉的！」舒穆祿氏伏在地上痛哭不已，心裡充滿害怕。她已經盡力了，可是這場局劉氏設得太好，又有身為弘旬親額娘的身分保護著，讓所有人都對劉氏深信不疑。

「皇上！」如柳不顧一切地道：「我家主子一向慈悲為懷，連螻蟻都不曾傷過一隻，她怎麼會害七阿哥？您千萬不要聽信奸人之語，冤枉了我家主子，否則您一定會後悔的！」

「大膽，竟敢如此與皇上說話！」蘇培盛斥責的話語剛落，便被胤禛抬手阻止。

「妳若想要朕相信妳家主子無辜，便拿出證據來。」

「奴婢拿不出。」在沮喪地回了一句後，如柳再次道：「可是奴婢知道主子本性善良，奴婢至今仍記得主子剛入宮為答應那會兒，被宮人繪秋百般欺凌，剋扣用度，冬天連塊炭都用不上，可主子什麼都沒說，更不曾追究過繪秋，甚至還寬容地許她去成嬪娘娘那裡！」

第一千零八十九章　雨姍

戴佳氏在旁邊聽了半晌，總算是大概明白了事情經過。她一直恨舒穆祿氏得寵，還害得她被胤禛訓斥罰抄宮規，如今聽得如柳的話，忍不住道：「皇上，臣妾有一事稟告。」

戴佳氏突然開口，令胤禛有些奇怪，道：「妳說。」

「皇上可還記得，曾在這裡處置過一個對慧貴人不敬的宮女，那個宮女就是繪秋。其實繪秋想要跟著臣妾時，慧貴人並非像如柳說的那樣寬容有加，恰恰相反，慧貴人一直想要處置繪秋，以報繪秋對她的不好。當日繪秋之所以會冒犯慧貴人，也是被慧貴人言語激怒，才會一時失言。臣妾當時本想稟明天聽，無奈慧貴人太過會演戲，令皇上對她深信不疑。」

這一記猛藥頓時讓本就處境不妙的舒穆祿氏更加危險，相較於急欲反駁戴佳氏的如柳，舒穆祿氏顯得沉靜許多，她什麼都沒有說，只是冷冷盯著戴佳氏。今日她若是死了便罷，否則，今日之仇，一定會討要回來！

戴佳氏被她盯得有些心虛，色厲內荏地道：「妳不必這樣看著本宮，本宮可不曾冤枉了妳！」

舒穆祿氏沒有理會她，緩緩將目光轉到胤禛身上，未語淚先落。「皇上心裡，是否已經認定臣妾是殺害七阿哥的凶手？」

「不是嗎？」胤禛有些悲哀地說著。不論凶手是誰，都不是他願見的。

看著胤禛的神色，舒穆祿氏一陣心涼。事到如今，她已經回天乏力了啊，唯一可以指望的，就是希望胤禛留她一條性命。

那廂，劉氏同樣淚流不止，跪在地上哀哀道：「皇上，如今真相已明瞭，請皇上賜死舒穆祿氏，還弘旬一個公道，讓他在天之靈可以安息。」

真的要處死舒穆祿氏嗎？望著那雙與納蘭湄兒相似的眼睛，想起這些日子以來，她陪伴在身邊的日子，胤禛心裡一陣陣難過。痛惜、不忍、失望，許許多多情緒交織在一起，令他不知該如何抉擇。

但他畢竟是皇帝，哪怕心裡對舒穆祿氏有諸多說不清、道不明的不捨，但弘旬的屍體就在眼前，他不可以讓弘旬枉死，而且這事必然要有一個了結。

他捏緊雙手，艱澀地道：「舒穆祿氏心性殘忍，將七阿哥虐待並掐死，罪無可恕，著……」

正當他要說出「著其自盡，即刻行刑」這幾個字時，耳邊突然傳來悲泣的聲音——

「皇上！皇上，不關主子的事，是奴婢，一切都是奴婢所為！」

當所有人將目光集中在說話之人身上時，舒穆祿氏訝然發現，這個人竟然是跪在最後面的雨姍。

雨姍一邊哭一邊爬上前，哀泣道：「皇上，當真不關主子的事，一切皆是奴婢所為，七阿哥也是奴婢害死的，與主子沒有任何關係。」

劉氏駭然大驚，沒想到在事情快要塵埃落定的時候，突然冒出一個雨姍來，將所有罪名都扛到身上。若真讓雨姍扛下這個罪名，那舒穆祿氏便可以死裡逃生，自己所做的一切就都白費了！

劉氏攔在雨姍跟前怒斥：「胡言亂語，妳一個小宮女與本宮有什麼化不了的過節，以致要害七阿哥來洩憤？依本宮看，妳根本就是想頂罪！」

雨姍整個人都在顫抖，任何一個人都可以看得出她很害怕，但是她卻強撐著道：「奴婢沒有，真的是奴婢所為。」

「還在胡言！」見她一直將事情攬在身上，劉氏越發憤怒，忍著一掌摑過去的衝動道：「皇上豈是妳可以隨意糊弄的！」

瓜爾佳氏微微搖頭，輕聲道：「今日這事，真可算是一波三折，也不曉得最後到底會是怎麼樣。」

舒穆祿氏已經清楚雨姍想要做什麼，她不忍心，但不忍心又能如何，去勸雨姍不要這樣嗎？那她就會死，她不能死，她要活著向這些害自己的人報仇，所以……對不起，雨姍。

如柳滿臉是淚。她剛才想過，若皇上真的要賜死主子，她就替主子擔下這死罪，沒想到卻是雨姍先一步站出來。

許久，胤禛終於開口：「潤玉妳先退開，聽她怎麼說。」

劉氏不敢違背胤禛的話，心不甘、情不願地退到一旁，不過雙眼仍死死盯著雨姍，隨時準備反駁。

雨姍顫聲道：「啟稟皇上，主子一直讓奴婢與奶娘管著七阿哥，奴婢心中不滿，說過好幾次，但主子始終不肯改主意，奴婢心裡有憤，就把氣撒在七阿哥身上，趁著奶娘不注意，偷偷掐七阿哥。剛才謙嬪娘娘責罵了奴婢幾句，奴婢一時氣不過，就在她走後，趁奶娘不注意偷偷掐七阿哥的脖子。奴婢本來只是想讓七阿哥吃點苦頭，沒想到太過用勁，掐死了七阿哥。」

要說出這些話，對雨姍來說無比艱難，因為一旦說出口，她就難逃死罪；可是她不說，不只主子會死，她與如柳都不會有好日子過。這件事是因她而起，若她能再仔細謹慎一點兒，就不會讓劉氏有可乘之機。

劉氏冷笑道：「這謊撒得可真動聽，跟真的一樣！」說到此處，聲音驟然一尖，指著雨姍的鼻子道：「妳區區一個宮女，哪會有這麼大的膽子，若真是這樣，為何剛才不說，非得等要定罪了，突然冒出來，分明不是實話！」

第一千零九十章 認罪

「奴婢害怕，奴婢不想死，所以一直不敢說出來，可眼見主子無辜受冤，奴婢想起素日裡主子待奴婢們的好，良心實在過意不去，所以才鼓起勇氣承認。」好不容易將這些話講完，雨姍哭著對胤禛道：「皇上，七阿哥當真是奴婢害死的，與主子無關，求您不要責怪主子，她什麼都不知道。」

聽著雨姍的話，舒穆祿氏心裡難過得像有刀在割一樣。這宮裡，雖然有許多的人，可只有如柳與雨姍是真正待她好，但她在做什麼？她眼睜睜看著雨姍為自己去死而什麼都不做。

不，她有做，她所做的……就是跌跌撞撞地爬起來，走到雨姍身前，然後狠狠地甩了她一巴掌，嘶聲質問：「為什麼？為什麼要害七阿哥，他還那樣小，妳怎麼可以這麼狠心！」

雨姍看到舒穆祿氏眼底的心痛。她曉得主子這麼做，只是想讓皇上相信害死七阿哥的那個人真的是她。

她痛苦地閉目，道：「對不起，主子對不起！奴婢不想害死七阿哥的，那只是一個意外！」

「意外！那妳虐待七阿哥是意外嗎？我是因為信任妳，才讓妳管七阿哥，沒想到妳竟做出這樣喪心病狂的事來，真是錯信了妳！」舒穆祿氏強迫自己說出這些言不由衷的話，隨後「撲通」一聲跪在胤禛面前，痛苦地道：「臣妾一直以為自己與這水意軒的人都是清白的，甚至誤以為是謙嬪娘娘害死七阿哥然後陷害臣妾。結果卻是……」她搖頭，以額觸地，痛聲道：「我不殺伯仁，伯仁卻因我而死。臣妾有罪，請皇上治罪！」

她自然不是真的想讓胤禛降罪，那不過是以退為進的說法罷了，只要令胤禛相信事情是雨姍所為，那麼她的性命一定可以保住，也意味著她可以東山再起。

劉氏唯恐胤禛會相信，忙不迭地道：「妳不必在這裡巧言令色，就算弘旬真是雨姍所殺，那也是受妳指使，否則就算借她一百個膽，也不敢動弘旬一根寒毛。」說罷，她又轉向胤禛道：「皇上，此事分明是舒穆祿氏所為，雨姍不過是她推出來的一隻替罪羊罷了。」

看著跪在地上的幾人，胤禛眸光複雜。從情感上說，他傾向於相信雨姍的話，認為舒穆祿氏不知此事，更不會做出這樣喪心病狂的事來；可理智又認為雨姍的話有許多不可信之處，她一個宮女做不出這種事。

一時間，實在有些難以決斷，在猶豫了一陣後，他朝凌若道：「熹妃，妳意下如何？」

看胤禛猶豫不決，凌若無聲地嘆了口氣。胤禛向來果決，遇到他決定不了的事，就只有一種可能，那就是他不願那個人死。凌若謹慎地望了舒穆祿氏一眼，不知為何，這個女人給她一種極危險的感覺，以往，只在那拉氏身上感到過。

正在這個時候，瓜爾佳氏的聲音忽地幽幽傳來——

「不要放過舒穆祿氏，這個女人很危險。」

凌若驚詫地微一點頭，在轉向胤禛時，已經想好了該說的話。「皇上還記得飄香嗎？」

「飄香？」胤禛對這個名字極為陌生，思索許久都沒有想起來。

倒是劉氏道：「熹妃娘娘說的可是以前溫氏身邊的宮人飄香？」

「不錯，當初溫如傾就是將玉觀音一事推到飄香身上，從而逃過一劫，使得她可以繼續害謙嬪。」見胤禛不語，她又道：「臣妾並非說雨姍就是替罪的那一個，只是她不過是個小宮女，為了些許怨氣去害七阿哥，甚至掐死他，似乎有些說不通。」

劉氏懸在半空中的心漸漸放了下來。有凌若這番話，雨姍想替舒穆祿氏替死的算盤便休想得逞。哪怕胤禛本意不想懲治舒穆祿氏，也不可能再包庇她。

舒穆祿氏的心情與劉氏恰恰相反，說不出的怨恨與憤怒，熹妃！竟然在這個時候落井下石，分明是存心要置她於死地！她究竟有什麼地方對不起這位高高在上的熹妃娘娘，要這麼害她！

很好，劉氏、成嬪、熹妃，一個個都很好，都迫不及待地想她死，可是她就算死，也要先將這些人全部拉下黃泉，否則死不瞑目！

舒穆祿氏的表情被淩若收入眼底，她知道這個女人此刻恨死了自己，但她必須要解決舒穆祿氏，否則以後的事情只會更多。

雨姍矢口否認：「奴婢沒有為任何人頂罪，主子也沒有害人！這件事當真是奴婢所為；奴婢當時並不是真的想殺七阿哥，實在是一時失手。再說奴婢若沒做，又何必認這樁要性命的事，奴婢又不是沒腦袋！皇上，主子真的是一個好人，您千萬不要冤枉了她。」

如柳亦痛哭道：「皇上，別人不清楚主子的品行，難道您也不清楚嗎？您現在要殺主子不過是一句話的事，可將來若您發現主子是無辜的，當真不會有任何後悔嗎？」

她們兩人的話像是錐子一樣狠狠扎進胤禛的心裡，讓他越發難以取捨。

劉氏在一旁哀哀道：「皇上，您不要聽信這兩個奴才的花言巧語，就算人是雨姍殺的，舒穆祿氏也一定是幕後主使者！若是不能將她治罪，臣妾死後有何面目去見弘旬。」

瓜爾佳氏小心地在淩若耳邊道：「皇上似乎很不願意殺舒穆祿氏。」

第一千零九十一章　決斷

昔日，佟佳梨落借腹生子，胤禛雖痛，卻不曾猶豫，果斷地將佟佳梨落趕出府去，讓她在貧困潦倒中結束一生，之後更是連提都不曾提起。

論容貌相似，佟佳梨落要勝過舒穆祿氏許多，何以……實在是令人費解。

凌若雖然心裡覺得奇怪，卻沒有表露在臉上，更不曾與劉氏一樣極力指證舒穆祿氏。有些話，說到某個程度便可以了，再多說，只會畫蛇添足。

「皇上！」舒穆祿氏突然含淚道：「請您殺了臣妾吧！」

眾人怔忡。之前還百般為自己開脫，怎的一下子又要請胤禛賜死？

舒穆祿氏很快便接下去道：「自臣妾入宮的那一刻起，臣妾的性命便是屬於皇上的，而臣妾的使命是為皇上排憂解難。若是臣妾活著，會令皇上煩惱不堪，那為何還要活著？」說到這裡，她深吸一口氣，伏下身去。「請皇上賜死臣妾，萬歲萬歲萬萬歲。」

瓜爾佳氏最先回過神來，小聲嘖道：「好一招以退為進，這下子皇上只怕更猶豫了。若兒，妳得勸皇上狠下心才行。」

凌若不動聲色地點點頭，仔細思索了言語，確定不會讓胤禛太過反感後，方才道：「皇上——」

凌若剛說了兩個字，胤禛便抬手道：「熹妃，這件事朕已經有所決斷，妳不必再多言。」

凌若有些驚訝，但答應一聲後便閉口不言。

胤禛在環顧眾人一眼後，沉聲道：「宮女雨姍虐待並殺害七阿哥，罪大惡極，著處以絞刑，其家人亦一併捉拿問罪。貴人舒穆祿氏雖未謀害七阿哥，但未曾好生管教宮人，以至於釀下大禍，同樣有罪，自即日起，褫奪舒穆祿氏貴人身分，廢為庶人，並自即日起幽閉水意軒，不得踏出一步！」

凌若在心裡暗自搖頭。胤禛終歸還是捨不得殺舒穆祿氏，僅僅是以管教不嚴之罪，廢除她的位分，連冷宮也不曾入。

劉氏目瞪口呆，下一刻，立刻激動地道：「皇上，殺弘旬的人根本就是舒穆祿氏，雨姍不過是替死鬼，您千萬不要中她們的計，放過真正該殺的人！」

她不甘心，不甘心自己做了這麼多，只是讓舒穆祿氏廢位、禁足。舒穆祿氏狐媚狡詐，一旦讓她逃脫性命，以後肯定會生出許多事來，說不定有朝一日還會起復。不行，她絕不容許這種事發生，一定要讓舒穆祿氏下地獄！

想到這裡，她抱過弘旬爬到胤禛腳下，抓著他的袍角痛哭道：「皇上，您看看弘旬，他還那麼幼小，卻被人剝奪了生存的權力，是舒穆祿氏殺了弘旬，您卻要放過她，您讓弘旬如何安息？您讓臣妾如何向弘旬交代？」

「謙嬪娘娘一口咬定是我家主子害死了七阿哥，難道說我家主子掐死七阿哥的時候您正好在旁邊，親眼看到嗎？若真是這樣，那奴婢倒是想問問，您當時為什麼不阻止，要坐視七阿哥被害死！」

劉氏一時難以接話，好一會兒方厲聲道：「胡言亂語，舒穆祿氏害死七阿哥的時候，本宮怎麼會在場？」

「既是不曾親眼所見，您又怎麼能這樣肯定？還是說您就是想藉機置我我家主子於死地！」

如柳張嘴說出驚世駭俗之語，令眾人為之色變，劉氏更是面色鐵青。

她今日千算萬算，算盡一切，就是遺漏了舒穆祿氏身邊竟有兩個這麼忠心的宮女，其中一個還如此能言善道，處處挑她的刺。

只見胤禛親自扶起劉氏，撫著弘旬那張永遠不會哭、不會笑的小臉，道：「潤玉，朕知道妳心裡難過，朕何嘗不是。但是雨姍已經認罪了，是她所為，佳慧並不知情；再者，佳慧害死弘旬又有何好處？別忘了，弘旬如今可是她的孩子，是她後半生的依靠，她沒必要跟自己過不去。再者，她若真是對妳不滿，想報復妳，大可以去害弘瞻不是嗎？」

見胤禛一味幫著舒穆祿氏說話，劉氏暗自惱恨，強按捺了怒氣道：「也許她曾想過害弘瞻，只是臣妾那裡一直有人看著，她尋不到機會下手罷了。」

「好了，別胡思亂想了，再說朕已經奪了佳慧貴人的位分，妳還想怎麼樣？」說到後面，胤禛已經有些不高興了。

我要她死！

這句話，劉氏終歸只敢在心裡想想，不敢當真說出口，又聽出胤禛話中的不悅，知道不能再胡攪蠻纏下去，遂委屈地道：「臣妾不是這個意思，只是——」

「不是就好。」胤禛沒有讓劉氏繼續下去，道：「朕會下旨追封弘旬為郡王，以郡王禮下葬。」

「多謝皇上。」劉氏無奈地謝恩。這並不是她想要的，但現在，卻是她唯一能從胤禛那裡要來的東西。

「好了，既然事情已經清楚了，那就各自散了吧，朕也要回養心殿批摺子。」胤禛撐著扶手站起身來，四喜見他身子有些搖晃，趕緊上前扶住。蘇培盛也要過來扶，卻被胤禛阻止：「你留在這裡監刑，隨後再來向朕稟告。」

隨著蘇培盛的答應，胤禛舉步離去。在他之後，凌若等人亦離去，劉氏是最後一個走的，離去時看著舒穆祿氏的眼神，充滿了不甘與怨恨。

待諸人都離開後，蘇培盛喚過兩個太監，指著伏地不起的雨姍道：「把她帶下去行刑！」

「公公且慢。」趕在他們將雨姍拖下去之前，舒穆祿氏扶著如柳，艱難地自地上爬起來道：「雨姍好歹是我宮裡的人，處決之前，我還有幾句話想問她，能否請公公行個方便？」

第一千零九十二章　臨別

舒穆祿氏一邊說著，一邊將手上的鐲子、戒指全摘下來塞到蘇培盛手裡，哀聲道：「求公公通融一下，這份恩情我會銘記在心。」

「這個……」蘇培盛看著手裡沉甸甸的金玉飾物，嘆了口氣道：「好吧，看在娘子以前對奴才照拂有加的分上，奴才晚些再進來，但是娘子也不要說太久，否則奴才會很難辦的。」

舒穆祿氏連忙道：「公公放心，我一定很快說完，絕不會讓你難辦。」

待蘇培盛領著那幾個太監出去後，舒穆祿氏迫不及待地來到雨姍面前，緩緩跪下，未語淚先落，好一會兒才泣聲道：「雨姍，對不起……」

「沒有，主子沒有對不起奴婢。」雨姍抬起滿是淚痕的臉龐，似哭似笑地道：「一切都是奴婢自願的，與主子沒有關係。」

聽著她的話，舒穆祿氏哭得越發凶了，一邊哭一邊道：「妳好傻，我何德何能，值得妳這樣用性命來維護，雨姍，今生今世我都還不了妳這份恩情。」

「主子不要哭了。」雨姍仔細地拭去舒穆祿氏臉上的淚，道：「如果奴婢不站出來，主子一定會死，而主子死了之後，奴婢與如柳同樣不會有好日子過，甚至也會死。謙嬪那麼心狠手辣，是不會讓奴婢們活在世上的。」

「可那也不應該讓妳去死，更不要說妳的家人。」舒穆祿氏搖頭，涕泣不止。

看著染溼了手指的淚水，雨姍搖頭道：「主子還不知道吧，奴婢的娘在前月裡生病過世了，剩下一個好賭的爹。呵，他是死是活，可不關奴婢的事，當初要不是他爛賭，娘不會連看病的錢都沒有。」

「妳寄出去的錢都被妳爹拿去賭光了？」如柳知道雨姍每個月領了月錢都會託人帶出去給家裡。

雨姍淒然一笑，雖然沒有說話，但她的表情已經說明一切。在如柳黯然的神色中，她道：「所以株連家人於我來說也沒有什麼大不了的，與如柳妳不一樣，與主子更不一樣。」

如柳搖頭，泣不成聲地道：「可我們得眼睜睜看著妳死！」

「總是要有人死的，不是我就是妳，再不然就是主子。現在這樣其實也不錯，至少，妳們兩個可以活著。何況，這一切都是我應得的，如果我聽主子的話，沒有離開七阿哥，謙嬪就不會有機可乘，七阿哥也不會死！」每每說到這個，雨姍都後悔不已。

「別說了，雨姍，不要再說了！」舒穆祿氏啞聲說著，淚落如雨。「是我這個做主子的沒用，連自己身邊的人都保護不了，還要妳替我頂罪。」

「奴婢從來沒怪過主子，只是恨謙嬪，她怎麼這麼狠心，為了陷害主子，連自己親生孩子都害，簡直禽獸不如！」說到這裡，她用力握緊舒穆祿氏的手腕，一字一句道：「主子，若有機會，您一定不要放過謙嬪這陰狠毒辣的小人！」

說到劉氏，舒穆祿氏雙目射出冷厲光芒，恨恨道：「妳放心，不只劉氏，剛才所有害過我的人，我都會記得，待將來，一個一個問她們討要回來。我想讓她們知道，沒人可以欺負我！」

「那就好。」雨姍露出放心的笑容。「奴婢相信主子是鳳凰，早晚有一天會浴火重生，然後讓所有人都匍匐在您腳下！」

「可是我現在只想救妳，雨姍。自我入宮以後，只有妳與如柳兩人是真心待我好，我不想妳死，不想啊！」舒穆祿氏用力地搖頭。

雨姍微微一笑，回頭看了眼再次走進來的蘇培盛等人，道：「主子也說了是奴婢與如柳，哪怕奴婢不在了，還有如柳陪在主子身邊，不會使主子孤立無援。」

如柳伏在那裡不住地哭泣，恨自己當時為什麼沒有早一點站出來，為什麼要讓雨姍頂下殺頭大罪。

雨姍看出她的心思，搖頭道：「如柳姊，不要自責了，往後主子就靠妳了。」

這個時候，蘇培盛已經走到近前，對舒穆祿氏道：「娘子，已經很久了，再耽擱下去，奴才吃罪不起！」說罷，他命身後的兩個太監將雨姍從地上拉起來。

舒穆祿氏慌亂地抓住他袖子道：「不要，蘇公公，您再等會兒，我……我還有幾句話沒與雨姍說，求您再等會兒。」

「奴才已經盡力了，娘子就算拖得了一時也拖不了一世。」蘇培盛從舒穆祿氏手中抽出衣袖，揚手道：「帶走！」

「主子，保重！」

這是雨姍被帶走時說的最後一句話，舒穆祿氏呆呆地看著雨姍離自己越來越遠，直至快要消失的時候，她突然爬起來，追上去大喊雨姍的名字。可是沒等她追上，雨姍便被帶離了水意軒，而院門也被重重關上，任她怎麼拍打都無濟於事。

就如胤禛之前吩咐的一樣，幽禁水意軒，非得皇命，舒穆祿氏這輩子都不可能踏出去。

「雨姍！」

不過是半天工夫，她的人生、她的命運就發生了天翻地覆的變化。

她不再是倍受皇恩的貴人，不再是七阿哥的養母，而是一個被廢除位分的庶人，甚至還要自己的宮女替死，以此來保住一條殘命。

舒穆祿氏不住搖頭痛哭，說不出一句完整的話來，恨意在心底慢慢積蓄。她要報仇！她要報復所有害過她的人……

第一千零九十三章　水火不容

劉氏在回到永壽宮後，立時將憋了一路的氣撒了出來。「該死的舒穆祿氏，到底給皇上灌了什麼迷湯，竟然讓皇上如此袒護她，實在是氣死本宮了！」

面對劉氏的怒火，金姑還是勸道：「其實皇上不一定是偏袒舒穆祿氏，畢竟那個雨姍一口咬定是她做的，說的理由也算過得去，皇上……」

「皇上怎樣？」劉氏怒瞪她一眼道：「當時熹妃將飄香都搬了出來，皇上會不明白嗎？根本就是有意饒舒穆祿氏一條性命。」說罷，她又忿忿地道：「我親手掐死了自己的兒子，結果呢？只是除掉一個無足輕重的丫頭，舒穆祿氏還好端端的活著，妳教我如何甘心！」

「奴婢知道主子不甘心，可這也是沒辦法的事，您沒看到皇上剛才已經不高興了嗎？奴婢敢說，您要是再跟皇上提這事，他一定會疑心您的。」

劉氏心煩地坐下道：「本宮何嘗不知，所以才未繼續說下去，可是現在這個結果，本宮真的是很不甘心。郡王不過是一份死後的哀榮，除了好聽一些之外，什麼用處都沒有，虛而不實。」

海棠將沏好的茶放到劉氏手邊，輕聲道：「其實主子可以換個角度去想，舒穆祿氏雖然活著，可是她成了庶人，又幽禁在水意軒中，只不過比死人多一口氣罷了，根本無法威脅到主子。」

「不，舒穆祿氏的事不會到此為止。」劉氏隨手揭開茶蓋，看著白霧裊裊升起。「尤其是在看到皇上待她的態度後，更加……唉，總之這次真是事倍功半了。」

「未必。」金姑忽地吐出這兩個字，待劉氏看過來後，她沉聲道：「雖然皇上饒了她一命，但咱們未必就奈何不了她。」

劉氏精神一振，忙追問：「什麼法子，妳快說出來。」

「主子莫忘了，舒穆祿氏如今已不是貴人，也就是說，她現在的地位就跟個宮女差不多，又或者比宮女還不如。在宮裡，死幾個宮女、太監從來就不是什麼新鮮事，皇上也不會為了一個庶人大動干戈。」

劉氏明白金姑的意思，低頭盯著護甲尖那一抹寒光，道：「妳是說，讓舒穆祿氏不聲不響地死去？」

金姑頷首道：「不錯，主子所在乎的，只是舒穆祿氏死與活，至於她怎麼死，那便是次要的事。」

對於金姑的建議，劉氏頗為意動，但還是擔心。「這樣做……只怕會讓皇上疑心到本宮頭上來，要是這樣，那可就得不償失了。」

「現在自然不能，必須要等皇上將這件事淡忘了才可動手。不過奴婢相信不會等太久，畢竟皇上坐擁三宮六院，又怎會專門記著一個舒穆祿氏。」

劉氏點頭，有些不忿地道：「除了舒穆祿氏，她身邊那個叫如柳的宮女也得一併除了，那個死丫頭仗著自己牙尖嘴利就敢和本宮頂嘴，簡直就是不知死活。」

劉氏想要除了舒穆祿氏，永絕後患；舒穆祿氏則想要東山再起，找劉氏報仇。彼此之間已是水火不相容。

至於凌若，她與瓜爾佳氏相攜回到承乾宮。彼時正值春光最盛，院裡兩株櫻花樹開得如火如荼，不時有粉嫩的花瓣從樹梢落下，令宮院平添一份夢幻般的美麗。

瓜爾佳氏貪看這櫻花美景，站在院中不願離去。凌若乾脆讓人將茶端到院中的石桌上，然後拿幾個織錦軟墊放在石凳上。待凌若坐下，見瓜爾佳氏仍站在那裡，不由得笑道：「這宮裡，又不是沒有櫻花樹，怎的姊姊好像特別喜歡這兩棵樹？」

瓜爾佳氏回過神來，笑一笑，走到凌若身邊坐下道：「櫻花樹雖然處處皆有，卻只有妳這兩棵是從潛邸中移植過來的，每每看到，我都會想起在潛邸的日子，總覺得特別懷念。」

「姊姊若喜歡，我明兒個便叫人移到妳那裡去。」對於瓜爾佳氏，凌若向來沒有任何保留。

「不必，我想看隨時可以來妳這裡，沒必要如此興師動眾；再說，樹移去我那邊，未必可以像現在一樣開得這般好，我可不願看到這兩棵樹枯死。」在拒絕了凌若的好意後，瓜爾佳氏端起茶抿了一口道：「好了，說回正題吧，七阿哥一事妳到底怎麼看？可別告訴我，妳真相信是雨姍殺了七阿哥。」

凌若伸手，接了一片飄下來的櫻花瓣，淡然道：「我說過，今日的雨姍就像是昔日的飄香，為了一椿自己根本不曾做過的事而丟了性命。」

「我也如此認為，可惜皇上不相信。」在說這句話時，瓜爾佳氏有些無可奈何。「原本，這次是除掉舒穆祿氏最好的時機。」

「皇上未必是不相信，但是一來雨姍已經認罪；二來，劉氏說舒穆祿氏害七阿哥的理由並不是太站得住腳。」說到此處，一縷疑色染上凌若眉宇。「舒穆祿氏不是一個沒腦子的人，她就算再恨劉氏，也不會拿七阿哥出氣。皇上子嗣不多，對於剛出生的二位阿哥看得尤為重要，加害七阿哥等於是往自己脖子上套繩索，更不要說七阿哥名義上已經是她的孩子了。害他，弊大於利。」

「我倒是也有這感覺，可若不是雨姍，不是舒穆祿氏，那還會有誰呢？」在凝思了一陣子後，瓜爾佳氏臉上漸漸浮現鄭重之色，捧在手裡的茶也不喝了。過了一會兒方才慢慢道：「我在想，會不會真如舒穆祿氏所說，是劉氏掐死了七阿哥。」

凌若心中並非沒有浮現過這個念頭，只是很快便被她否決了。她也是做額娘的人，知道孩子對於母親來說意味著什麼，她可以為了弘曆連性命也不要。

第一千零九十四章 猜測

瓜爾佳氏睨了凌若一眼，漫然道：「我知道妳在想什麼，我也清楚，妳絕不會傷害弘曆，但劉氏不是妳。」

「我知道，但是那兩個孩子是她拚著性命生下來的，她沒道理要殺他們，而且成嬪說，她遇到劉氏的時候，劉氏神色很鎮定，沒有任何異常，怎麼瞧都不像是剛殺了自己孩子的人。」

「劉氏沒道理殺七阿哥，就像她沒道理將七阿哥送給舒穆祿氏一樣。」瓜爾佳氏從凌若掌中取過那片櫻花瓣，將其撕成兩半，然後道：「皇上不清楚，妳我卻是知道的。劉氏與舒穆祿氏貌合神離、互相戒備，根本沒有一點兒真心可言。在這種情況下，她將自己千辛萬苦生下來的七阿哥給舒穆祿氏，根本不合情理。」

凌若仔細思索一番她的話後，搖頭道：「就算姊姊說得在理，可是用一個孩子去換取舒穆祿氏的性命，這代價未免太大了一些。若七阿哥可以平安長大，她所得的，遠不只現在這些。」

「這一點我也不明白，又覺得劉氏害七阿哥的可能性最大。」這般說著，瓜爾佳氏連連搖頭道：「唉，這件事真可謂是撲朔迷離，讓人捉摸不透。還有，若七阿哥真是劉氏殺的，那劉氏這個人就太可怕了。殺了親生兒子，還可以若無其事地去將皇上請來，然後對著皇上作戲，真是想想都毛骨悚然。而且……死於親娘之手，對於七阿哥來說也太殘忍了。」

「希望不是吧。」凌若搖搖頭，不曉得該說什麼好。

倒是瓜爾佳氏道：「還有一件事我要提醒妳，舒穆祿氏雖然如今被廢為庶人，又幽禁在水意軒中，但我覺得她不會善罷干休，這個女人是因皇后而得幸於皇上，可最後她卻能撇開皇后，獨占君恩，可見她手段不淺，野心亦不小，指不定會想什麼歪門左道的法子起復呢。」

凌若倒沒有她那麼許多的擔心，甚為肯定地道：「皇上是一個說一不二的人，他既然處置了舒穆祿氏，就不會再違背自己的話，這一點姊姊大可放心。」

瓜爾佳氏輕嘆一口氣道：「若換了以前，我也會與妳這般想，可現在……皇上是如何寵幸舒穆祿氏的，妳也看到，這可是從未有過的事，也不像皇上平素的行事，讓我頗為不解。」

凌若心裡也有這樣的疑惑，點頭道：「姊姊放心，我會注意那邊的。」

弘旬被害，雨姍被處以絞刑，舒穆祿氏褫奪位分、幽禁水意軒的事傳遍後宮，每一個聽到的人都大吃一驚，連那拉氏也不例外。

當這些事從小寧子嘴裡說出來時，那拉氏停下了逗弄鸚鵡的動作，側頭道：「你可有打聽清楚，確實沒有誤傳嗎？」

「奴才仔細打聽過，千真萬確，聽說皇上已經決定追封七阿哥為郡王，即日下葬。」小寧子信誓旦旦地說著。「當時除了皇上與謙嬪之外，還有熹妃、謹嬪、成嬪這三人在，這些事就是她們身邊的人傳出來的。」

那拉氏面色一冷，肅聲道：「她們幾個都在？」

小寧子知道她因為什麼而冷了面色，小心地道：「是，奴才聽說皇上當時特意命人去傳了熹妃，讓她審問此事。而熹妃當時正好和謹嬪在一道，便一起過來了。至於成嬪，則是湊巧遇過謙嬪，所以皇上傳她去作證。」

那拉氏抬手撫著鸚鵡身上五彩斑斕的羽毛，鸚鵡似很享受這樣的撫摸，將嘴伸到那拉氏手邊蹭了蹭，但下一刻，一根羽毛便被那隻手生生拔了下來，痛得鸚鵡上竄下跳，尖叫不止。

小寧子見狀，趕緊命人將鸚鵡帶下去，以免觸怒那拉氏。

握著那根羽毛，那拉氏咬牙道：「宮裡出了那麼大的事，皇上第一個想到的就是熹妃那個賤人，本宮身為正宮皇后，皇上卻連知會本宮一聲的意思都沒有！」

小寧子忙勸道：「主子息怒，皇上也許只是一時忘了而已。」

「忘了？」那拉氏冷冷瞥了小寧子一眼，在後者低頭時道：「是不是忘了，你比本宮更清楚，皇上現在真徹底將本宮當成擺設了！」

小寧子擔心地看著那拉氏，剛要勸，那拉氏已經深吸一口氣道：「放心，本宮沒事，皇上待本宮無情也不是一天、兩天的事了，以前還會因為弘暉的事尊重本宮幾分，如今在熹妃的挑撥下卻是徹底沒有了。」

小寧子附和：「熹妃倚仗的無非是一個四阿哥，只要四阿哥一死，熹妃自然無勢可依，到時又怎會是主子的敵手。主子只需要再忍耐一段時間便好了，到時候，一切大權都會回到您的手上，就像以前一樣，讓所有人都知道，誰才是真正的後宮之主。」

「不錯，那一天很快便會到來！」那拉氏鬆手，任由那根顏色鮮豔的羽毛輕飄飄落在地上。

小寧子忍不住問：「主子，七阿哥那件事，真是雨姍做的嗎？」

「你這麼問，也就是不信了。」那拉氏回身在椅中坐下，望著小寧子道：「說吧，你懷疑什麼？」

小寧子躬了身子道：「奴才也不是懷疑什麼，只覺得像雨姍這樣的宮女，不會有那麼大的膽子，若說是舒穆祿氏指使她倒還有幾分可信，可這樣做，對舒穆祿氏並無好處啊。要說報復謙嬪，大可以用其他法子，這樣直接實在有些說不通。」

「說不通的事還多著呢，你要記著，既然皇上如此判了，那就要打從心底認為事情就是這樣。」那拉氏撫過自己精心描繪過的眉眼。「不過本宮覺得，舒穆祿氏這樣的下場還遠遠不夠，小寧子你說呢？」

小寧子當然不會蠢笨得跟舒穆祿氏唱反調，當下道：「舒穆祿氏背棄主子對她的提攜、厚待，其罪過就是千刀萬剮也不為過。」

第一千零九十五章　厲害

「千刀萬剮就不必了，只要她死便可。」那拉氏眼眸微瞇，濃密的睫毛投下鴉青色的陰影。

「奴才這就去設法安排。」

小寧子話音剛落，那拉氏便皺眉道：「本宮何時說過要你去動手了？」

小寧子不解地道：「可主子剛才不是說……」

「本宮想她死，但本宮從來沒有說過要自己動手。不管真相是什麼，本宮相信謙嬪此刻都恨不得舒穆祿氏死，你所要做的，就是激起謙嬪的怒火，最好讓她不顧一切地動手，如此才好讓皇上知道她是一個什麼樣的人。」

小寧子會過意來，討好地道：「主子神機妙算，實在令奴才佩服至極。」

「記著，凡事只要是自己動手，就算是落了下乘，一定要學會借力打力，如此才不會扯到自己身上來，且還可以坐山觀虎鬥。」

「主子教誨，奴才一定銘記於心，誓死不忘。」

聽著小寧子略顯浮誇的言語，那拉氏揮揮手道：「行了，扶本宮去內殿歇會兒，不曉得是否今日起來得早了，頭又開始有些疼了。」

小寧子剛要答應，外頭忽地傳來杜鵑的聲音：「主子，二阿哥來了。」

那拉氏撫一撫額，振起幾分精神道：「讓他進來吧。」

弘時走了進來，拍袖行禮道：「兒臣給皇額娘請安，皇額娘吉祥。」

那拉氏慈藹道：「起來吧，今日怎麼這麼好，來給本宮請安，不需要忙禮部的差事嗎？」

弘時恭謹地道：「這段時間沒什麼大事，禮部清閒得很，兒臣見今日天氣不錯，便想著來給皇額娘請宮，然後扶皇額娘去御花園裡走走。」

「難為你有這份孝心，不過禮部很快便會忙了。」

那拉氏的話令弘時感到奇怪不已。「皇額娘這是何意？」

那拉氏輕嘆一聲道：「唉，左右這事你很快便會知道，本宮便先告訴你吧。七阿哥他剛剛夭折了。」

「七弟夭折了？」驟聞這個消息，弘時驚得站起來，迭聲道：「他不是才過了滿月沒多久嗎？怎麼一下子就……」

「都說小孩子三災五難，真是一點都不假。」在將弘旬的事大致說了一遍後，那拉氏突然盯著弘時不說話，令他好生奇怪。

「皇額娘看兒臣做什麼？可是兒臣哪裡髒了？」

那拉氏搖一搖頭，溫和地道：「沒有，本宮只是想起你小的時候，那時候，你也差點沒命。」

「皇額娘是說那次天花嗎？」待那拉氏點頭後，弘時感激地道：「那次若非皇額娘悉心照顧，兒臣或許已經不在這個世上了。」

那拉氏連忙阻止道：「哎，不許說這麼不吉利的話，不管以前怎樣，總之你現在好端端的，一點事情都沒有。」

弘時笑著，見那拉氏一直在撫額，遂問：「皇額娘的頭疼病可是又犯了？」

小寧子插嘴道：「啟稟二阿哥，主子剛才就在說頭疼，原本是想去內殿歇息的，可聽說二阿哥來了，主子不忍二阿哥空走一趟，便強忍了頭疼見二阿哥。」

「哪裡來這麼多話，還不住嘴！」

弘時愧疚地道：「都是兒臣不好，擾了皇額娘歇息。」

「沒有這回事，本宮看到你來，不知道有多高興，而且現在已經不怎麼疼了，就是有些不舒服罷了。」

那拉氏話音剛落，弘時便起身道：「那兒臣替皇額娘揉揉。」

那拉氏連連擺手道：「這種事自有小寧子做，要你動什麼手，儘管坐著就是。」

弘時這回卻是犯起了倔，執意道：「小寧子揉的與兒臣豈能一樣，除非皇額娘嫌棄兒臣不如小寧子按得那麼好。」

那拉氏看了他半晌，無奈地笑道：「你這性子一來，可是連本宮都勸你不動。也罷，不過你要是手瘦了，就不要再揉了。」

「是。」弘時答應一聲，走到那拉氏身後，伸手在她額角輕柔地按著，一邊按一邊道：「皇額娘，兒臣已經與八叔聯繫好，只要弘曆一出宮，他就會讓那些大臣上奏讓弘曆在戶部任差。只是……」

「只是什麼？」那拉氏閉著眼睛問道。弘時的揉按手法雖然沒有小寧子那麼熟稔，卻也還算可以。

弘時猶豫了一下道：「只是兒臣記得，弘曆要到八月才滿十六歲，咱們六月便提開府建牙的事是否太早了一些？」

那拉氏微微一笑，睜開幽深如潭的眼眸道：「對於別的阿哥來說，或許是早，但是對於四阿哥來說絕對不會，你知道為什麼嗎？」

弘時茫然搖頭，道：「兒臣不知，請皇額娘明示。」

「很簡單，因為他是弘曆，是皇上看中的四阿哥，所以讓他早一點出宮開府正合了皇上的心意，皇上一定不會拒絕。」那拉氏胸有成竹地道：「而且若由你提出這件事，皇上甚至還會對你改觀，認為你對弘曆有兄弟之情，不再如冰嬉比試那樣針鋒相對。」說到冰嬉比試，那拉氏忍不住嘆了口氣道：「那場比試，本宮與你都太過求勝心切，以致忽略了皇上真正的心意，到最後第一沒得到，更失了皇上心意。」

弘時奇怪地問：「皇阿瑪的心意？」

「不錯，你皇阿瑪想看到你與弘曆兄弟和睦、手足情深。」那拉氏話音未落，便聽得弘時冷哼出聲，當即拉下弘時的手道：「本宮曉得你不願聽到這八個字，本宮同樣不想，但這就是你皇阿瑪要的，哪怕心裡再不樂意，裝也要裝出來。」

弘時不悅地道：「要兒臣裝得與弘曆要好，太過強人所難，兒臣實在做不到。」

「那你就想這樣一輩子不遭你皇阿瑪待見，然後看著弘曆登上大位？」見弘時低頭不說話，她再度嘆了口氣道：「自從你皇阿瑪在冰嬉比試中看出你對弘曆的針對之心後，他待你就有所疏遠，態度也冷冰冰的。你仔細想一想，從那之後，你皇阿瑪可有專門召你入宮過？」

第一千零九十六章　假意

弘時無言以對，好一會兒才強硬地道：「那是因為弘曆在皇阿瑪面前挑撥離間。」

「不錯，可若一直由著下去，吃虧的人只會是你。就算咱們除掉了弘曆，但是你別忘了還有弘晝、弘瞻，甚至以後還會有其他阿哥，也許他們現在威脅不到你，但十年後、二十年後呢？誰也不曉得皇上何時會駕崩，所以一定要從現在開始讓皇上認定你是弘曆之外最適合的繼承人。」那拉氏頓一頓，語重心長地拍著弘時的手道：「成大事者，必須要忍別人所不能忍，更要能屈能伸。」

許久，弘時才低低道：「兒臣知道了，那麼請皇額娘告訴兒臣，現在該怎麼做？」

那拉氏滿意地點點頭。「很簡單，從現在開始，就盡量幫著弘曆說話，讓皇上認為你與以前不一樣了，不再處處爭搶。而且這樣做還有一個好處，就是將來不管弘曆出了什麼事，都疑心不到你身上。」

弘時點點頭，道：「其實咱們不必非要等到六月，現在提也是一樣的。」

「現在提自也可以，只要與廉親王那邊銜接好，別出了岔子就行。」那拉氏又叮嚀：「記住，從現在開始，你對弘曆一定不要有任何針對，待他能有多好就有多好，權當是可憐一個將死之人。」

弘時一一應下後方才離開，在經過上書房時，意外看到弘曆迎面走來，在弘曆身後還跟著兩個年紀相仿的人。待得走近一些後，弘時認出那兩人，乃是之前在冰嬉比試裡害得他功虧一簣的兆惠與阿桂。

看到他們兩個，弘時就氣不打一處來，不過他記得那拉氏所說的話，沒有將不悅之色露在面上，而是笑著喚了聲「四弟」。

對於弘時的笑臉，弘曆一下子有些不習慣。印象中，這位二哥一直是不待見自己的，尤其是冰嬉比試後，有時候自己叫他，他明明聽見了也裝作未聞，怎的這會兒又主動打招呼，還如此親切，真是奇怪。

不過弘曆還是迎上去，客氣地道：「見過二哥，二哥可是來給皇額娘請安？」

「是啊，有陣子沒入宮了，趁著今日得空便過來請安。」如此說著，弘時將目光往弘曆身後一瞄，對低著頭的兆惠兩人道：「我認得你們，是兆惠與阿桂是嗎？」

見被弘時認了出來，兩人只得低頭見禮。「見過二阿哥，二阿哥吉祥。」

弘時親手扶起兩人道：「不必多禮，這段時間我沒來上書房，不曉得你們已經入宮伴讀，如此，可還習慣？」

兩人原以為弘時會對他們冷嘲熱諷，甚至故意挑刺，沒想到竟這般客氣，一時不知該如何回答。還是兆惠先反應過來，恭敬地道：「謝二阿哥關心，一切都好，朱師父博學淵源，我等能夠隨他學習，實在獲益良多。」

弘時一臉欣慰地點頭。「如此就好，我就怕你們初來宮禁，不習慣這裡的諸多規矩，往後若有什麼事，儘管與我或者四弟說。」不得不說，弘時此刻看起來還是頗有幾分儒雅之意的，不像以前那般急躁。

站了一會兒，見他們幾個拘束著不說話，他知趣地道：「看樣子我在這裡，你們都不知道說什麼了，罷了，我先走了。」

「恭送二阿哥。」兆惠連忙拉著阿桂低頭欠身，待得弘時走遠後，方才直起身子，眸中露出深深的疑惑。

阿桂更是直接道：「四阿哥，剛才那個真的是二阿哥嗎？怎麼我覺得好像是換了個人似的？」

弘曆失笑道：「當然是二哥，不過他今日這個態度我也覺得很奇怪，以前可不是這樣的。也許是他想明白了，覺得兄弟之間沒必要針鋒相對。」

「又或許他只是在演戲。」兆惠望著弘時離去的方向，冷冷道：「都說江山易改，本性難移，一個人的性子哪是朝夕之間就會改的。」

弘曆並不認同他的說法，道：「你是否想得太多了些？二阿哥要演戲也是在皇阿瑪面前演，在我面前演什麼？又沒好處。」

「我也只是猜測罷了，真相如何，只有他自己心裡清楚，總之四阿哥您還是小心為妙。」這些日子的相處，已經令彼此頗為熟悉，兆惠曉得這位四阿哥是個真性情的人，所以說話沒有太多遮掩。

弘曆還待再說幾句，阿桂已經不耐煩地道：「好了，你們兩個就別再說二阿哥了，還是趕緊幫我想想，那什麼八股文該怎麼寫。朱師傅明知道我最討厭這些，還故意讓我寫一篇八股文，分明是有意為難，我還寧願繞著皇宮奔上十圈。」

兆惠當頭一桶冷水潑下來。「可惜朱師傅沒興趣，你還是老老實實按要求寫吧。」

阿桂也不生氣，涎臉道：「四阿哥，兆惠，我知道你們文采好，要不你們幫我寫一篇？」

弘曆聽得連連搖頭。「阿桂，朱師傅也是為你好，希望你有所長進，你別辜負了朱師傅一片好意。再說我們兩個的行文筆風朱師傅一看就知，如何能為你代寫。」

「可是我真的不會啊！」阿桂哭喪著臉道：「我現在一想到什麼起股、束股，就頭大無比，提筆如有千斤重，如何寫得出來啊，還是等著明日直接挨板子吧。」

「你這人！」弘曆終是不忍阿桂受罰，道：「罷了，我就再幫你一把。你晚些回去，先到承乾宮，我教你該怎麼寫，不過你自己也要動些腦筋。」

阿桂連忙點頭，隨後又眼巴巴地看著兆惠。兆惠沒好氣地道：「行了，不用這樣看我，四阿哥都幫你了，我能置身事外嗎？一道去承乾宮就是了。」
這下子阿桂可是高興了，裝模作樣地朝兩人揖了一禮道：「學生多謝二位老師授業解惑之恩。」
弘曆被他弄得哭笑不得，虛踢一腳道：「別在那裡咬文嚼字了，快走吧，天色可是不早了。」

第一千零九十七章　心煩意亂

他們到承乾宮的時候，凌若還在院中與瓜爾佳氏說話，見他們進來，聲音一斂，轉而道：「怎麼你們一道過來了？」

弘曆抬起頭道：「回額娘的話，朱師傅給阿桂留了一篇八股文，阿桂不知怎麼寫，所以讓兒臣與兆惠指點他一下，兒臣便帶他們過來了，不曉得謹姨娘也在，若是不方便，兒臣這就帶他們出去。」

凌若點點頭道：「無妨，你帶他們去你書房就是。」

正當弘曆準備下去時，她忽地道：「弘曆，待會兒換件素色的衣袍。」

弘曆一怔，下意識地道：「額娘，可是出什麼事了？」印象中，只有宮裡死人的時候才需要換素色衣衫，譬如弘晟那時。

凌若猶豫了一下，低聲道：「七阿哥剛剛夭折了。」

弘曆驚呼一聲，他與這個剛出生沒多久的弟弟雖然沒有什麼感情，但驟聽到弘旬夭折的消息還是頗為震驚，隨後又急急問：「額娘，七弟因何事而夭折？」

這一次凌若沒有回答他，只是道：「這個你不需要多問，總之記得換一件素色的衣衫就是了。」

弘曆雖然滿腹疑問，但沒有追問，答應一聲，領著同樣餘驚未消的兆惠與阿桂下去。

待他們走遠後，瓜爾佳氏輕輕問：「為什麼不告訴弘曆真相？」

凌若嘆了一口氣道：「這種事對於弘曆來說太過殘忍可怕，我實在不願與他說。」

「可是妳不說，不代表這件事就沒有發生。弘曆不是普通人家的孩子，他是皇阿哥，妳在給予他天家身分的同時，也該告訴他天家的殘忍。一味保護，對於弘曆來說可不是什麼好事。也許他以後遇到的事會比現在還要殘忍可怕。」瓜爾佳氏頓一頓，道：「我記得弘曆今年就要滿十六歲了，他在妳羽翼下已待不了多久了。」

凌若點頭。「我知道了，會尋機會與他說的。不過我真是有些擔心弘曆以後要走的路太過崎嶇艱難。」

「這是他的命，也是妳的命。」瓜爾佳氏抬頭看著滿樹的櫻花，那樣絢美絕麗，徐徐道：「其實可以擔心，未嘗不是一種福氣，像我便是想羨也羨不來。」

「姊姊……」

凌若剛說了兩個字，瓜爾佳氏便收回目光，笑道：「行了，我沒事，不過是隨便感慨一句罷了，別想太多。」

凌若點點頭，不過眸中的擔憂之意卻不曾消失。她曉得，膝下空虛一直是瓜爾佳氏心中的痛，只是瓜爾佳氏一直掩飾得很好，甚少在人前表露罷了。

雍正四年的春天，因為弘旬的死而染上一層悲意，在其下葬那日，劉氏痛哭不已，幾欲昏厥，之後更是日日誦經，不只是想超度弘旬，更想洗清自己害死親兒的罪孽。

在這段時間裡，永壽宮的人經常聽到舒穆祿氏每日在水意軒中大罵劉氏的傳言，據說其言語之汙穢，令人不敢細聽。

劉氏本就惱恨舒穆祿氏未死，如今聽得她在禁足中還敢侮罵自己，更是氣惱萬分；不過她是個沉得住氣的，曉得眼下還不是時候，哪怕心裡再恨，也咬牙暗忍。

另一邊，胤禛在廢了舒穆祿氏位分並幽禁之後，便準備徹底忘了這個人。

對於他這位九五至尊來說，要忘記一個女人，並非什麼難事，可這一次卻出乎意料，腦海裡時不時會蹦出舒穆祿氏的影子，甚至連在上朝時也不例外，有時候更會想起他們纏綿時的情景，這在以前是從未有過的事；而且越想忘記，浮現在腦海中的情景便越清晰，思緒根本由不得他控制。

這種強烈入骨的思念，令胤禛愕然，他不明白這是怎麼了，除了湄兒與凌若以外，他再沒有這樣惦念過一個人，哪怕是像極了湄兒的佟佳梨落，也是說趕出府就趕出府了，沒有絲毫猶豫，事後也沒有過多的想起。

可是現在……難道他對舒穆祿氏動了真情嗎？所以之前才會一次次的傳召留夜，所以現在才會思念不停？

「皇上！皇上！」

四喜的聲音將胤禛從沉思中驚醒，定一定神道：「什麼事？」

四喜已經不只一次看到胤禛走神了，雖然感到奇怪，卻不敢多問，只是恭謹地道：「回皇上的話，敬事房的白公公正等在外頭，皇上可要傳他進來翻牌子？」

「不必了。」胤禛對此根本沒有心情，一口回絕，在四喜準備出去的時候，他站起身來，有些煩躁地道：「去承乾宮。」

「嗻。」四喜答應一聲，快步來到門邊將宮門打開。

正捧著牌子的白桂一看到殿門打開，以是胤禛傳召自己，待要進去，忽然看到胤禛大步走出來，連忙伏身跪倒，口呼萬歲。

胤禛看也不看跪在地上的白桂，大步離開，倒是四喜停下來小聲道：「退下吧，皇上要去承乾宮。」

「是。」白桂有些可惜地看了一眼擺在最中間的那塊綠頭牌。

謙嬪身邊的金姑可是塞了許多銀子給他，讓他將謙嬪的牌子放在最顯眼處，無奈皇上連著幾日都不翻牌子，他也沒辦法。

胤禛在出了養心殿後便一路往承乾宮行去，如今雖已是四月的天，但晚風吹在臉上還是有些許涼意。

到承乾宮的時候，凌若正在與宮人說話，看到胤禛出現，連忙起身施禮。「皇上怎麼這時候過來了，也不讓人事先通傳一聲。」

明明吹了一路的涼風，胤禛的心卻依然煩亂不止，勉強一笑道：「朕突然想見妳便過來了。」

凌若雖然注意到胤禛的異常，卻不曾多想，而是關切地道：「皇上可曾用過晚膳，若是沒有的話，臣妾讓人備膳。」

「不必了，朕不想吃。」這般說著，他拉過凌若道：「陪朕去看星空吧。」

凌若輕應一聲，由著他將自己拉到院中，然後仰頭看著星斗滿天的夜空。

以前每次一道看星空時，胤禛總會告訴凌若，這顆是什麼星，那顆是什麼星，可今夜他卻異常沉默，連一句話都沒有，還是凌若先打破了沉默。

「可惜今日不是十五，看不到滿月。」

等了一會兒，始終不見胤禛回答，凌若轉首睇視著胤禛的側臉，道：「皇上可是有心事？」

「沒有。」胤禛生硬地回答。他怎麼可以讓凌若知道，自己此刻正瘋狂地想念著舒穆祿氏，甚至於每一顆星子落在眼中，都化成舒穆祿氏的面容。

第一千零九十八章　景仁宮

「皇上，您到底怎麼了？」

面對凌若的追問，胤禛煩躁地低下頭道：「朕都已經說沒事了，為什麼還要問？」

凌若愕然，而更愕然的事還在後面，只見胤禛拂袖道：「朕還有事，改日再來看妳。」說罷便大步離開，四喜趕緊跟著離去。

一臉不解的凌若，好一會兒方回過神來。「皇上到底是怎麼了，就是七阿哥出事那會兒，本宮也沒見皇上煩躁成這個樣子。」

水秀走上來道：「會不會是皇上又想起七阿哥了？畢竟這件事才過去不久。」

「或許吧。」凌若低聲說了一句，然眸中始終透著疑惑，剛才的舉止實在不像平日的胤禛。

胤禛在離開承乾宮後，本欲直接回養心殿，哪知走到半路，卻神使鬼差地轉了個方向。四喜雖覺得奇怪，卻不敢多問，只一路緊跟，一直到胤禛停下腳步，方才看清他們來的地方，竟然是景仁宮。

住在這景仁宮裡的，除了早已失寵的成嬪與寧貴人之外，便只有已經被廢為庶人、幽禁水意軒的舒穆祿氏，皇上來這裡做什麼？

守在景仁宮外的小太監眼尖地看到了胤禛，三步併作兩步地跑上來打千。「奴才給皇上請安，皇上吉祥！」

小太監等了一會兒，始終不見胤禛叫起，不由得偷偷瞅了胤禛一眼，小聲道：「不知皇上是要去成嬪娘娘那裡，還是寧貴人那裡，奴才好進去通報一聲。」

「不必了。」胤禛深深地看了一眼，轉身離去。

就在他走後不久，一個年長的宮女走了出來，問那小太監道：「我剛才在裡頭似乎聽到你喚了一聲皇上，皇上來了嗎？」

「嗯，不過剛才又走了。」

那宮女愣了一下，旋即又道：「那皇上可有說什麼？」

小太監搖搖頭，一臉奇怪地道：「沒有，皇上什麼也沒說。奴才曾問皇上是要去看成嬪娘娘還是寧貴人，可是皇上掉頭就走。」

這個宮女是戴佳氏身邊的，名喚彩霞，回去依言一說，戴佳氏頓時急了。「皇上難得才來這景仁宮一趟，怎麼說走就走了？彩霞，快扶本宮出去。」

彩霞趕緊道：「主子，皇上已經走遠了，就算現在出去，也見不到皇上人影了。」

「走了？」戴佳氏失魂落魄地重複著彩霞的話，喃喃道：「皇上都已經來了，為何又走了呢？就算進來坐一會兒也好。」

「主子您別難過了，就算皇上這次不來，下次也總會來的。」

彩霞話音剛落，戴佳氏便用力甩開她的手，同時臉上多了一絲戾氣。「本宮知道了，皇上根本不是來看本宮或者寧貴人的，而是舒穆祿氏！不過她已經被廢位、幽禁，所以皇上才會離開。」

彩霞雖然也覺得這個猜測頗有可能，但眼見戴佳氏怒不可遏，又哪敢說實話，只能好言勸道：「主子別胡猜了，也許皇上早就已經忘了舒穆祿氏這個人，連名字也不記得……」

「不可能！」戴佳氏激動地打斷她的話。「若不是為了舒穆祿氏，皇上怎麼會突然過來，又連門都不入便走了？該死的，這個舒穆祿氏到底有什麼好，將皇上迷得團團轉，明明是她掐死了七阿哥，皇上都捨不得殺她！」

說到後面，戴佳氏整個面孔都扭曲了。對於一個失寵的女人來說，最恨的就是看到別人得寵，尤其那個人還曾害得她被胤禛斥責。

「主子，皇上已經廢她為庶人了，她再也不可能踏出水意軒，您實在不必再為她生氣，那不值得。」

彩霞的苦勸終於讓戴佳氏漸漸平靜下來，但胸口那團怒火卻怎麼也熄不掉。「彩霞，舒穆祿氏被廢後，她身邊的宮人都去哪兒了？」

彩霞心中奇怪，還是答：「聽說其他宮人都去內務府重新安排了，唯獨那個叫如柳的宮女，自願陪舒穆祿氏幽禁在水意軒中，說什麼也不願離去。」

一縷冷笑在戴佳氏脣邊浮現，她當然曉得如柳，印象還很深。

如柳牙尖嘴利，能說會道，與之前死的雨姍一樣，是舒穆祿氏身邊最得力的宮人。她道：「去，將如柳帶來，就說本宮不願看她陪著廢人幽禁一生，所以幫她尋了個好出路。」

彩霞有些猶豫地道：「主子，水意軒已經被幽閉，奴婢現在過去，豈非抗旨？」

戴佳氏睨了她一眼道：「妳害怕了？」

彩霞巧言道：「奴婢賤命一條，有什麼好怕的，頂多就是去了這條性命而已，奴婢是怕連累了主子。」

「行了，別在這裡說好聽的。妳仔細想想舒穆祿氏現在是什麼身分，庶人如何還有資格使喚宮人，本宮讓妳去將如柳帶出來，也是遵旨行事罷了，何來抗旨。」

戴佳氏的話令彩霞豁然開朗，笑著欠身道：「奴婢明白了，奴婢這就過去。」

「慢著。」戴佳氏陰惻惻地笑道：「舒穆祿氏與那個宮女感情很好，一定捨不得妳帶她走，會來追妳，若是妳能引她離開水意軒，那就最好不過了。」

「主子是說……」望著戴佳氏那張在燭光下有些猙獰的臉龐，彩霞漸漸會過意來，脫口道：「要引舒穆祿氏抗旨？」

戴佳氏點頭道：「不錯，只要她抗旨踏出水意軒，那麼就算不死也會脫層皮。」能在後宮中生存的女人，又怎會沒有幾分心計。

「奴婢明白，一定會盡力引舒穆祿氏犯錯。」如此答應後，彩霞叫上幾個太監，執了一盞宮燈來到水意軒前。

第一千零九十九章　活下去

屋裡頭，如柳正捧著一碗冷飯勸舒穆祿氏吃一些，桌上還擺著一碗鹹菜。對於曾經享慣了錦衣玉食的舒穆祿氏來說，這樣的膳食簡直與豬食無異，所以只動了兩筷便沒胃口了。

「主子，奴婢知道您吃不下這些，但現在咱們只有這些能吃，您就將就一下吧。」

舒穆祿氏輕咳一聲道：「如柳，我真的沒胃口，放著吧，等餓了我自然會吃。」

「主子，您這樣下去不行的。」如柳一邊撫著她胸口一邊道：「您看才沒幾天，您便咳起來了，萬一生起病來可怎生是好，奴婢就算想給您請太醫也出不去啊。」

舒穆祿氏再次咳了幾聲，苦笑道：「呵，就算妳能出去，那些太醫也不會來，我說得對不對？」

如柳沉默，好一會兒才道：「奴婢相信一切都會好起來的，所以主子您千萬不要放棄，更不要作踐自己。」

舒穆祿氏望了她好半天，終於伸手接過冰涼的碗，輕聲道：「看妳這樣子，我若不吃，只怕會一直說下去。好了，我吃，不過飯太冷了，妳幫我去倒杯熱茶來。對了，熱茶還有嗎？」

見舒穆祿氏肯吃飯，如柳高興地道：「有，之前送來的熱水，奴婢一直用錦衣裹得牢牢的呢，奴婢這就給您倒去。」

如柳正要去倒水，門驟然被人推開，彩霞帶著幾個太監闖了進來。

見來人不是胤禛，舒穆祿氏臉上閃過一絲失望，隨即戒備地道：「你們來這裡做什麼？」

彩霞不懷好意地笑道：「舒穆祿氏，妳已經被廢為庶人，不該再有宮人伺候，所以我奉主子之命，將如柳帶走，另外安排差事。」

一聽到這話，舒穆祿氏連忙將碗一放，起身將如柳拉到身後，大聲道：「不行！如柳自願留在這裡，你們無權帶她走！」

「有權無權，可不是妳說了算的。」彩霞冷笑一聲，朝身後那幾個太監一揮手，道：「去，把如柳帶過來。」

「住手！住手！」看到朝自己走來的太監，舒穆祿氏一邊後退一邊尖聲道：「我不許你們帶走如柳，不許！」

她身邊只剩下如柳了，若連如柳也不在，就只有她一個人孤零零地待在這裡，身邊連個說話的人也沒有。這樣的日子，她只是想想便覺得自己會發瘋。

「舒穆祿氏，妳現在已經不是貴人了，由不得妳說不許。」彩霞冷笑一聲，再次道：「趕緊將如柳帶過來，主子那邊還等著覆命呢！」

那幾個太監不敢再怠慢，快步過去，粗魯地將舒穆祿氏推到一邊，然後拖了掙扎不止的如柳往外走。

「不要，放開我，主子！主子！」如柳努力地掙扎，但她不過是一個弱女子，如何比得過那幾個身強力壯的太監，被強行拖離。

「如柳！」舒穆祿氏從地上爬起來想要去追，卻被彩霞攔住。

彩霞譏笑道：「舒穆祿氏，妳省省吧，成嬪娘娘的意思不是妳一個庶人可以違抗的，乖乖待在這裡，或許還可以苟延殘喘一陣子，否則當心連命都沒有了。」

舒穆祿氏急得眼淚都掉了下來，不假思索地跪在彩霞面前，拉著她的衣裳急切地道：「姑姑，我求求妳，妳不要帶走如柳，我身邊只剩下她一個人了，只要妳放了如柳，妳要我做什麼我都答應妳。」

「真的嗎？」彩霞臉上露出怪異的笑容，微彎了身子道：「那我要妳扮狗叫，妳肯嗎？」

「我肯！」舒穆祿氏知道彩霞是在藉機羞辱自己，但她已經顧不得許多了，趴在地上「汪汪」地叫著，一邊叫，一邊眼淚不住地滴落在地。

看到昔日盛寵的舒穆祿氏跪在自己腳下裝狗叫，彩霞心裡是說不出的痛快，不過仍是道：「太輕了，我聽不到。」

「汪！汪！」舒穆祿氏什麼也沒說，只是用更大的聲音叫著。

如柳看到這一幕，心痛不已，哭叫：「主子，不要叫了，不要再叫了！」

舒穆祿氏沒有理會如柳的話，叫了好幾聲後，方才抬起臉，滿懷期待地道：「姑姑，這樣可以了嗎？」

「還算可以，不過……」彩霞笑道：「帶不帶如柳走，可不是我說了算的，所以如柳，我還是要奉命帶走。」

舒穆祿氏明白過來，憤然站起身道：「妳耍我！」

彩霞拍著舒穆祿氏的臉，一字一句道：「就是耍妳又怎麼樣，妳現在能奈我何？別忘了妳已經不是慧貴人了，而是一個等死的庶人！」說罷，她不再理會舒穆祿氏，轉身對等在院中的幾個太監道：「咱們走吧，可別讓主子等急了。」

彩霞是故意這麼說的，刺激得越深，舒穆祿氏就越有可能失去理智追出水意軒。

「如柳！」舒穆祿氏果然不顧一切地追上來。

正當彩霞暗自高興時，如柳突然大叫：「主子，不要再追了！您忘了嗎？您現在是不可以踏出水意軒的，快回去！而且您就算出來了，也救不了奴婢！」

如柳的哭嚷聲猶如一柄錘子狠狠擊在舒穆祿氏的頭頂，令她不由自主地停下腳步，站在那裡。踏出這一步，很可能會要了她的命；但是不踏出去，如柳便會被帶走，也許就像雨姍一樣，以後再也見不到了。她該怎麼辦？怎麼辦？

「臭丫頭，誰教妳多嘴的！」計畫被如柳破壞，彩霞氣不打一處來，走過去狠狠甩了如柳幾個巴掌。她下手極重，當即令如柳流下兩道鼻血。

如柳甩甩有些發暈的頭，慘然一笑，對站在那裡猶豫不決的舒穆祿氏努力搖頭，示意她千萬不要走出來。

見到如柳被打了之後還一直朝自己搖頭，舒穆祿氏失聲痛哭，身子慢慢滑倒在地，一邊哭一邊道：「如柳，我對不起妳，對不起！」

彩霞等了半天始終沒見舒穆祿氏追出來，曉得她不會中計，氣呼呼地離開，留下在院門處哭個不停的舒穆祿氏。

許久，舒穆祿氏停止哭泣，扶著門慢慢站起來，然後走回屋中。那裡已經沒有如柳了，只有一碗冷飯與些許鹹菜靜靜地擺在那裡。

舒穆祿氏一言不發地端起冷飯，一口一口地將它吃進嘴裡，直至將所有飯菜吃完，才放下碗筷。

她要活下去，一定要活下去！只有活著才可以東山再起，才可以將如柳找回來！

成嬪，妳若敢殺如柳，來日，我一定親手殺妳為如柳報仇！

第一千一百章 詢問

成嬪得知彩霞沒有將舒穆祿氏引出水意軒後，有些失望，不過得知彩霞逼舒穆祿氏學狗叫後心情又好了一些，道：「可惜本宮未能親眼看到她學狗叫的樣子。」

彩霞討好地道：「舒穆祿氏就在這景仁宮中，主子還怕沒機會見到嗎？」

「說得也是。」戴佳氏放下喝了幾口的參湯，瞥了一眼被押跪在地上的如柳，揮手道：「帶下去關著，待明兒個天亮後，安排她去做淨軍。」

戴佳氏怎麼也想不到，她為了羞辱如柳而做的安排，卻令劉氏提心吊膽。她當初派去水意軒傳話、將舒穆祿氏支開的那個小太監，就是從淨軍中找來的，萬一讓如柳看到，然後捅到胤禛面前，她麻煩可就大了。

劉氏思來想去，除了滅口之外，再沒有其他辦法。原本殺了如柳是最直接的法子，但劉氏不敢確定胤禛是否已將舒穆祿氏拋諸腦後，若是沒有的話，萬一……劉氏不敢想下去，她好不容易才擁有現在的地位，絕對不容有失！

在劉氏的安排下，那個小太監在半夜打掃的時候，被扔進了糞坑之中，直至第二日才被發現。發現他的人只當他是不小心掉進去溺死了，根本沒有往深處想。如柳雖然發現小太監就是當初假傳熹妃旨意的那人，但人都死了，什麼都沒用了。

在宮裡，一個低賤小太監的死從來都掀不起什麼風浪，這一次也不例外，甚至連一點浪花都沒有。

四月十九的午後，凌若帶著水秀與莫兒來到養心殿，四喜守在門口，看到凌若過來，忙迎上來見禮。

凌若頷首道：「喜公公，麻煩你替本宮通稟一聲，看皇上現在是否有空見本宮。」

自那一夜之後，胤禛便不曾去過承乾宮，而凌若每一次來，往往說不了幾句話，胤禛便說自己很忙，命凌若先行離去，而且經常露出不耐煩之色，與以前相比，簡直就像是變了個人似的。

四喜為難地搓著手。凌若見狀，溫聲道：「喜公公有什麼話直說就是。」

四喜重重嘆了口氣道：「不瞞娘娘，皇上一下朝回來，就吩咐奴才，說今日誰來都不見，哪怕是娘娘……也一樣。」

凌若吃驚地問：「最近朝上可有什麼事令皇上心煩？」

四喜搖頭道：「沒有，最近朝上並未有大事發生，一切都與以前一樣，可皇上看著就是心情不好。」

莫兒在一旁插嘴：「這就奇怪了，朝上無事，後宮也無事，皇上還有什麼好心煩的，甚至於連咱們主子都不見，這在以前可是從未有過的。」

四喜左右瞅了一眼，小聲道：「奴才也覺得奇怪，不怕與娘娘說句實話，皇上最近脾氣也差了，奴才與蘇培盛均被訓過許多次。」

凌若點一點頭，道：「喜公公，你是皇上身邊的人，難道真的一點都不知道皇上為何會如此嗎？」

「這個，奴才……」四喜剛想說不知道，忽地想起一事來，一下子收住了聲音。

凌若盯著四喜道：「喜公公可是想到了什麼？」

四喜回過神來，連忙搖頭道：「沒，沒什麼。」不等凌若說話，他又道：「對了，奴才記起皇上等會兒要喝燕窩，奴才得去御膳房看看燉好了沒有，恕奴才先行告退。」說罷匆匆離去，連千也忘了打。

待四喜走遠後，水秀道：「主子，看喜公公這樣子分明是有事瞞著您。」

凌若看著四喜匆忙離去的背影，漠然道：「本宮知道，但是他不肯說，本宮也拿他沒辦法。回宮吧。」

水秀點點頭，在扶著凌若回去的路上，忍不住道：「前幾次皇上好歹還見見主子，現在是直接連見也不見了，虧得主子一直那麼擔心皇上，怕他心裡憋著事，真不曉得皇上心裡頭在想什麼。」

凌若側目了她一眼，似笑非笑地道：「妳這是在埋怨皇上嗎？」

水秀鼓著腮幫子，有些不情願地道：「奴婢可不敢，只是替主子覺得不值。」

「沒什麼好不值得，誰都有不高興的時候，熬過這段時間就好了。」見水秀還是那副模樣，凌若伸手在她頰上戳了一下，笑道：「看妳這樣子，倒是比本宮還不高興。行了，別想那麼多了，待會兒請彤貴人過來下棋解悶。」

「是。」水秀揉了揉臉頰，道：「要是剛才喜公公肯說出來，咱們就不用在這裡瞎猜了。」

不論是凌若還是水秀，都沒有注意到莫兒在後面默默聽著她們的話。她趁著凌若不注意，又偷偷溜出來，回到養心殿。

四喜剛好從裡面出來，看到莫兒，不由得愣了一下。「妳怎麼又回來了，熹妃娘娘呢？」

莫兒望著他道：「娘娘不在，是我自己來的，我有事要問你。」

四喜左右瞥了一眼，趁著四下無人，將莫兒拉到角落裡。他們之間的事除了凌若等人外，並不為人所知，以免惹禍上身。「怎麼了，有什麼事要專門在這個時候問我，妳知道我正在當差。」

莫兒開門見山地道：「我問你，你剛才是不是有事瞞著我家主子？」

四喜有些不自在地別過目光。「我何時瞞過熹妃娘娘了，妳別瞎說。」

「若是瞎說，你為何不敢看我？」莫兒繞到他目光所在的地方，追問：「主子待你一向不薄，你為何就是不肯說。」見四喜始終不肯回答，她有些氣結地道：「我在問你話啊，你為什麼不出聲？」

四喜被她追問得不知怎麼回答才好，許久方道：「總之我真的什麼都不知道，妳不要再問了。」

莫兒沒想到自己問了這麼久，他居然就是這樣一個答案，氣得扭頭就走，走了幾步停下來，怒不可遏地道：「你那麼喜歡藏著話不說，那以後都不要再來與我說話。」

第一千一百零一章　跟蹤

四喜急了起來，趕緊上去一把拉住莫兒，低聲道：「妳好端端的說什麼氣話。」

莫兒用力甩開他的手，道：「我才沒有說氣話呢，總之你現在不說，以後也不要再說了。」

見她真的生氣，四喜無奈地道：「行了、行了，算我怕了妳了，我告訴妳就是。」

莫兒立刻豎起耳朵，而四喜則是嘆著氣道：「其實我也不知道皇上心情不好的原因是否與此有關，但是皇上最近每夜都會去景仁宮附近。」

「去景仁宮？」莫兒重複著這四個字，不解地道：「去那裡做什麼？看成嬪嗎？」

四喜搖頭糾正她。「不是去景仁宮，而是在那附近，站一會兒便走。若是想見成嬪，直接進去就是了，何必在宮外徘徊呢。」見莫兒還是不明白，四喜壓低了聲音道：「妳好好想想，景仁宮有什麼人是不方便見的。」

莫兒睜大眼睛，結結巴巴地道：「你該不會是說，皇上去景仁宮附近是為了見……見舒穆祿氏吧？」

她一時激動，忘了壓低聲音，嚇得四喜顧不得避嫌，趕緊捂住她的嘴，以免被附近的宮人聽到。「噓！小聲點，這事除了我與蘇培盛外，妳可是第一個知道的。」

莫兒努力嚥了口唾沫，拉下他的手，小聲道：「你……你是說皇上對舒穆祿氏餘情難了？」

四喜攤了攤手道：「除了這個解釋，我真想不出別的了。我記得以前熹妃娘娘失蹤時，皇上也是這般喜怒不定。」

莫兒不高興地道：「你別把舒穆祿氏與我家主子扯為一談，她就是一個狐媚子，何德何能可以與我家主子並論。」

「事實如此，妳再不高興也沒辦法。也正因為如此，我才不願在熹妃娘娘面前提及，以免她傷心。」

莫兒沉默了一會兒道：「那你說皇上有朝一日會不會復了舒穆祿氏的位分？」

「皇上的心思，我一個做奴才的怎麼可能猜得到，不過未必沒有這個可能。」說到這裡，四喜看到蘇培盛過來，忙道：「妳快回去吧，否則熹妃娘娘看不到妳該擔心了。」

莫兒也知道自己不可以久留，應了一聲後快步離去，一直在思索四喜那些話的她沒有發現自己身後多了條尾巴。

在快到承乾宮的時候，她意外看到水秀。「咦，姑姑妳怎麼在這裡，不用伺候主子嗎？」

水秀正要說話，忽地看到莫兒身後不遠處有什麼閃了一下，可再仔細看時又沒有了。她未多想，將注意力放回莫兒身上，指著她的額頭道：「妳還好意思說，剛才主子要問妳事，我找了一圈都沒看到妳人影。問了看守宮門的小太監，說妳剛進來就又出去了，我怕妳出去闖禍，便緊趕著來找妳了。」

莫兒拉了水秀的手笑道：「看姑姑說的，又不是剛進宮那會兒，哪會闖什麼禍。」

水秀沒好氣地睨了她一眼，道：「那妳快告訴我，剛才去哪裡了？」

莫兒笑容一滯。「等進去後再說吧。」

水秀笑著搖頭，與莫兒一道往承乾宮走去，走了幾步後，水秀眼角餘光再次看到有什麼閃了一下。這次她上了心，藉著與莫兒說話的機會，悄悄將頭往後面轉了些許，竟然被她發現莫兒身後有人跟蹤，雖然沒看清樣子，但看到一角衣裳，青灰色，應該是個太監。至於剛才那兩次閃光，水秀猜測應該是他身上什麼東西反射到陽光所致。奇怪，會是什麼人跟蹤莫兒？

莫兒看水秀放慢腳步，有些奇怪地道：「姑姑，怎麼走得這麼慢？還有，妳在看什麼？」

水秀連忙收回目光，掩飾地笑道：「沒什麼，快走吧，主子還在等妳回話呢。」

進了承乾宮後，水秀與莫兒來到正殿，凌若正在喝茶，莫兒行了個禮後，道：「主子，您尋奴婢嗎？」

凌若點頭道：「本來想問妳些事，不過現在已經沒事了。倒是妳，這麼許久的工夫，去哪裡了？」

莫兒有些慌張地低頭絞著手指道：「沒有，奴婢剛才隨意去走走。」

「當真？」凌若雖然是在問莫兒，但根本就是肯定的語氣。莫兒是她一手調教出來的，又怎麼可能瞞得過她。

莫兒仍在那裡死撐。「自然是真的，奴婢怎麼會騙主子呢！」

凌若不置可否地點點頭。「嗯，不過為什麼水秀剛才說妳去見了四喜呢？」

「啊？」莫兒吃驚地抬起頭，脫口道：「姑姑怎麼可能知道，這件事奴婢跟誰都沒說過。」

見凌若好整以暇地看著自己，莫兒猛地反應過來。不對啊，自進來後，水秀姑姑除了請安之外，就再沒說過一句話，哪有告訴過主子什麼。

凌若將茶盞往桌上一放，道：「現在可以說了嗎？」剛才找不著莫兒的時候，她就猜測莫兒是否回養心殿去問四喜了，如今看到莫兒吞吞吐吐的樣子，更加懷疑。

莫兒囁囁地道：「主子都已經猜到了，奴婢哪還能不說。不錯，奴婢剛才是去找了四喜。」

聽到這裡，凌若往前傾了傾身子，有些急切地道：「那妳可曾問出什麼？四喜是否知道皇上心情不好的原因？」

莫兒與四喜的關係她很清楚，四喜不便與自己說的，很可能會私下告訴莫兒。

「是知道一些，不過未必準確。」莫兒猶豫片刻，咬牙道：「四喜說皇上這段時間常在景仁宮附近逗留，他猜測皇上是想見舒穆祿氏，但又不方便相見；也因為如此，皇上這段時間的脾氣開始變得怪異難測。」

第一千一百零二章　緣盡

凌若臉色一變，她尚未說話，水秀已經搖頭道：「這怎麼可能，皇上已經親口廢了舒穆祿氏的位分，並且幽禁水意軒中，怎麼可能再去見她。」

莫兒低著頭道：「我也不想相信，可除了這個理由，四喜說他實在想不到其他。」

「可是，舒穆祿氏她……她有什麼好處，值得皇上這樣思念？」水秀怎麼也想不通其中緣由。

「妳不是皇上，又如何曉得她的好處。」

凌若靠著椅背，沉沉道：「四喜一直陪在皇上身邊，他的猜測應該不會錯。其實早在七阿哥那件事上，本宮就看出皇上有意對舒穆祿氏容情，哪怕沒有雨姍站出來，皇上也未必真會處死她。」

水秀氣呼呼地道：「依奴婢說，舒穆祿氏一定是給皇上灌了迷湯，要不然怎會這樣。」

「也許是皇上對她動了真情呢？」凌若低頭看著自己雙手，纖細的十指正在微微發抖。

水秀激動地道：「不可能！舒穆祿氏入宮才多長時間，就算再怎麼得寵，皇上也不會對她動真情！」

莫兒在一旁小聲插嘴道：「或許真有可能。」

「妳說什麼？」水秀不悅地瞪了她一眼。「主子陪在皇上身邊多少年，又付出了多少，這才換來皇上真心以待，她算什麼東西。」

「不許沒規沒矩的，什麼東西不東西的。」斥了水秀一句後，凌若轉而道：「莫兒，妳還知道一些什麼？」

莫兒躊躇著道：「之前四喜說起的時候，說皇上現在這個樣子，就跟之前主子失蹤下落不明時差不多。」

凌若靜靜地坐在椅中，好一會兒方道：「本宮明白了。」

看到凌若這個樣子，莫兒擔心地道：「主子，就算皇上真有些喜歡舒穆祿氏，那也遠不能與您相提並論，您千萬不要太難過。」

「沒什麼好難過的，皇上坐擁三宮六院，怎可能只喜歡本宮一人。」話雖如此，但凌若眸中卻漸有淚光浮現，到最後更是化成淚滴落在手背。

水秀剛想勸，凌若已經閉目將剩餘的眼淚逼回去，道：「本宮沒事，妳們兩個不用擔心。」

水秀曉得凌若不願多說，無奈地道：「是，不過主子，皇上現在這個樣子，指不定什麼時候會復了舒穆祿氏的位分，七阿哥那件事上，主子幾乎可以說與她翻臉，她一旦起復，肯定會來找主子的麻煩，咱們還是要早做準備才好。」

凌若點點頭，轉而問：「謙嬪那邊有什麼動靜？」

水秀依言答：「回主子的話，一切皆與平常一樣，並無什麼異常。倒是成嬪那邊前些日子將如柳從舒穆祿氏身邊帶走，如今發配她在淨軍中做事。」

凌若思索片刻道：「劉氏死了一個兒子，不會那麼輕易善罷干休的。當日在水意軒，本宮看出她對於舒穆祿氏留得性命一事很不甘心，眼下不動手，應該是還在等機會。不過再等下去，只怕什麼機會都沒有了，她應該明白，舒穆祿氏若是起復，第一個要報復的人就是她。」接著又凝眉，道：「水秀，妳設法將這件事傳到劉氏耳中，並且要傳得嚴重一些，讓劉氏覺得皇上很快便會復舒穆祿氏的位分，只要劉氏感覺到威脅，就一定會不顧一切地下手。」

「是，奴婢這就下去安排。」待要離去，水秀忽地想起一事來，道：「主子，剛才奴婢在宮外遇到莫兒的時候，發現她身後有人跟蹤。」

莫兒輕「咦」一聲，奇怪地道：「姑姑說有人跟蹤我？這怎麼可能，會不會是恰好有人走在我後面，姑姑妳誤會了？」

「我沒有誤會，之前我走得那麼慢，就是因為發現有人鬼鬼祟祟地跟在妳後面。」水秀朝秀眉深蹙的凌若道：「主子，奴婢不曾看到跟蹤者的面目，不過看樣子應該是個太監。只是莫兒不過是一個小宮女罷了，跟蹤她做什麼？」

凌若起身慢慢走到門口，望著綺麗唯美的櫻花樹道：「莫兒是宮女不假，但妳忘了她剛才是見了誰嗎？四喜啊。若讓人知道她與四喜的關係，一狀告到皇上面前，會有什麼後果，不需要本宮說，妳們也該明白。」

一聽這話，莫兒頓時慌了神。

「萬一被發現了，那該怎麼辦？主子說過皇上不喜歡宮人私自交好，尤其四喜還是皇上身邊的人，皇上知道了一定會龍顏大怒，到時候……到時候……」莫兒越說越害怕，整個身子都顫抖了起來。「不只奴婢與四喜有事，連主子都會被牽連的。」

凌若轉過身，注視著因害怕而面色慘白的莫兒，抬手撫過莫兒冰涼的臉頰。「看來妳我主僕的緣分，要盡於今日了。」

與此同時，之前偷偷跟蹤莫兒的小太監已經悄悄回到坤寧宮，剛進宮門，便看到杜鵑捧著一盆水出來，忙迎上去道：「姑姑，妳可知道寧公公在哪裡？」

杜鵑瞥了他一眼，似笑非笑地道：「怎麼，海子你又想討好寧公公了？」

小太監摸了摸腦袋道：「姑姑說笑了，是寧公公之前讓我去辦的事情有點眉目了，所以趕著過來跟寧公公稟報。」

杜鵑知道海子在替小寧子辦事，如今聽得海子說起，好奇地道：「神神祕祕的，究竟是什麼？趁著現在有空，先說給我聽聽。」

海子為難地道：「姑姑，寧公公交代過，這件事除了他之外，誰都不許說呢，妳就別讓小的難做了。」

第一千一百零三章 制約

杜鵑沒好氣地道：「主子午睡剛起，寧公公正在裡頭服侍主子呢，你在這裡等著吧。」

海子應了一聲，在原地等了小半個時辰後，終於看到小寧子，趕緊迎上去附在他耳邊細細說著話。

小寧子臉上泛起一抹喜色，搓手道：「讓你跟了這麼久，總算沒有白費工夫，很好。」

海子諂笑道：「多謝公公誇獎。其實要小的說，全虧公公神機妙算，看出喜公公與熹妃身邊的莫兒關係不對勁，讓奴才去跟蹤，這才發現原來他們私自交好。小的對公公的敬仰之情，猶如江水滔滔，無止無盡。」

小寧子曉得海子是在趁機奉迎自己，不過聽著還是挺高興，待他說完後，方才道：「行了，你的功勞咱家會記在心裡，以後少不得你的好處。」

「是，多謝公公。」海子說那麼多，無非就是為了小寧子這句話。如今坤寧宮上上下下誰不知道寧公公最得主子歡心，只要討好了他就等於討好了主子，有數之不盡的好處。他別在腰間的那塊水晶配飾，就是當初寧公公隨手賞的。

待海子下去後，小寧子快步回到內殿。那拉氏正坐在貴妃榻上，拿著一柄玉輪輕輕按著臉頰。

太醫說過，此法可以保持肌膚光滑，減少皺紋，是以那拉氏每日都會按上三、四次。

看到小寧子進來，那拉氏抬一抬眼，有些慵懶地道：「怎麼了，可是有事要向本宮稟報？」

小寧子上前接過玉輪，一邊替她按著臉頰一邊道：「啟稟主子，海子剛才來告訴奴才，說看到熹妃身邊的莫兒單獨去找喜公公，還在養心殿外拉拉扯扯，舉止親暱，瞧著絕非尋常關係。」

那拉氏神色一正。「哦？你是說他們私下有苟且，可有證據？」

「這個暫時沒有，不過海子聽到一些他們的對話，足以證明他們之間的關係。」說著，小寧子伏在那拉氏耳邊，將海子所聽到的話細敘與那拉氏聽。

他不說尚好，一說之下，那拉氏整張臉都變了顏色，失聲道：「你說什麼？皇上對舒穆祿氏餘情未了，常去景仁宮附近？」

「是，海子聽到的確實如此。」不等那拉氏說話，他又道：「其實這件事對於主子來說，並非什麼壞事，甚至對主子還有利，所以主子大可以不必擔心。」

「你所謂的有利，無非是她與四喜的關係，但是一來，本宮未必就可以憑這一點扳倒熹妃；二來，舒穆祿氏起復，對本宮來說，實在是一個很大的麻煩。」說到這裡，那拉氏有些心煩，示意小寧子將臉上的玉輪拿開。

小寧子收了玉輪後道：「其實主子何不換個角度去想？真正該擔心舒穆祿氏起復的，應該是熹妃、謙嬪還有成嬪她們幾個才是。舒穆祿氏之所以被廢，可是拜這三人所賜，您說她心裡會不恨嗎？至於主子，您當時根本就未出現過，舒穆祿氏就算對您不滿，也會將您排她們幾人之後。這樣一來，就給了主子很多除去她的機會了，不是嗎？」

那拉氏目光一閃，盯著小寧子的眼睛緩緩道：「你是說借舒穆祿氏之手，除去熹妃她們幾個，並且趁著這個機會，蒐集證據，然後將舒穆祿氏一併剷除。」

小寧子打了個千兒道：「主子英明。這樣一來，舒穆祿氏對主子不只不是一個威脅，反而會變成一顆極好用的棋子。」

那拉氏被他說得意動，但仍有一絲擔心在裡頭。「皇上對她有情，不只在七阿哥一事上放她一馬，如今還念念不忘，就怕到時候，本宮呈上了舒穆祿氏害人的證據，皇上也會像之前一樣，對她手下留情，到時候，一切就都白費了。」

「恕奴才直言，七阿哥一事，其實有許多不合情理之處，又有雨姍主動替罪皇上才會放過舒穆祿氏；一旦有確鑿的證據證明舒穆祿氏害人，皇上一定會秉公辦理。」見那拉氏始終眉頭不展，他再次道：「退一步講，就算皇上真想包庇，咱們也有辦法讓她死。」

那拉氏一聽，眉頭皺得更緊了。「你讓本宮親自動手？」

「自然不是，奴才的意思是說主子可以將她害人的事傳出宮去，一路傳到熹妃、謙嬪乃至成嬪家人耳中。這幾位的家族在朝中都有些影響力，可以上奏直達天聽，一旦他們知道自己家族的娘娘被人所害，一定會憤而上疏，請求皇上嚴懲凶手，到時候迫於朝堂上的壓力，皇上一定會處死舒穆祿氏，她怎麼都活不了。」

小寧子的話令那拉氏眉頭漸漸舒展，待他說完時，已無一絲皺痕，之後更是點頭讚道：「這一會兒工夫，居然可以想到利用朝堂來制約後宮，連本宮也沒想到，小寧子，本宮真是沒白疼你。」

「雖然後宮不許過問朝堂的事，但事實上，朝堂、後宮一向都是聯繫在一起的，只看怎麼用。」說到此處，小寧子又討好地道：「其實這種小計策，主子哪會想不到，不過是給奴才一個機會先說出來罷了。」

對於他的恭維，那拉氏一笑置之，起身走到長窗前，撫著沉香木窗柄道：「既然舒穆祿氏可以為本宮所用，那本宮就幫她一把，讓她早日脫困，也可以讓本宮早日看到好戲。如今日日看著熹妃與劉氏在本宮面前蹦躂，實在是礙眼。」

小寧子眼珠一轉，試探著道：「主子是想借四喜與莫兒的事，順道替舒穆祿氏求情？」

「你明白就好。」這般說著，那拉氏將手遞給小寧子道：「扶本宮去養心殿，這種事宜早不宜遲。」說罷，她有些不放心地道：「對了，海子跟蹤莫兒的事，可曾被人發現？」

第一千一百零四章　挑言

「主子放心，海子每次跟蹤的時候都很小心，並未讓人瞧見。」

聽著小寧子肯定的話語，那拉氏放下心來，一路往養心殿行去。

養心殿外，四喜正與蘇培盛說話，看到那拉氏遠遠走來，頓時愣了一下，不明白這位自回宮之後就一直幽居在坤寧宮中、甚少出來的皇后娘娘怎麼突然來了。不過奇怪歸奇怪，他還是與蘇培盛迎上去打千請安，待他們直起身後，那拉氏問：「皇上在裡頭嗎？」

蘇培盛恭敬地道：「回皇后娘娘的話，皇上在殿內，只是早前皇上已經吩咐了，今兒個誰都不見。」

那拉氏眉頭一皺，側目瞥了小寧子一眼，後者會意地對蘇培盛與四喜道：「二位公公，娘娘有很重要的事要見皇上，請您代為通傳一聲，看皇上能否稍加通融。」

那拉氏也適時地道：「不錯，若是皇上當真不見，那本宮離開就是。」

蘇培盛頗為猶豫，進去通報很可能會被胤禛責罵，但若不去，那拉氏面上又交代不過去，實在是令人為難。

四喜不忍見那拉氏空跑一趟，遂道：「那就請娘娘稍候，奴才進去為您通報。」

「有勞喜公公了。」那拉氏深深地看了四喜一眼，眸中帶著幽涼的笑意。

四喜作夢也想不到，那拉氏這一次根本是來送他下地獄的。

待四喜再次出來，小寧子忙問：「喜公公，如何，皇上肯見我家主子嗎？」

四喜點點頭道：「皇上請娘娘進去，不過皇上心情不甚好，娘娘見駕的時候當心一些。」

那拉氏微一點頭道：「多謝公公提醒。」

在小寧子的攙扶下，那拉氏踏進了略有些幽暗的養心殿，她朝坐在御案後面的胤禛屈膝施禮。「臣妾叩見皇上，皇上萬歲萬歲萬萬歲。」

正拿著朱筆在批改摺子的胤禛抬起頭來，透著些許不耐的聲音從那張薄唇中逸出。「皇后，妳說有要事見朕，究竟是何事？」

那拉氏低頭看著自己的腳尖道：「回皇上的話，臣妾剛才在坤寧宮中聽到宮人三五成群聚在一起議論事情，一時好奇，便走過去聽聽，沒想到竟聽見他們在議論皇上。」

「那些宮人好大的膽子，居然敢私下議論朕！」胤禛不悅地斥了一句後，又道：「那皇后可曾聽清楚他們在議論朕什麼？」

那拉氏故作猶豫地道：「是，他們說皇上……皇上……」

胤禛等了半晌，見她始終沒有說下去，催促道：「皇后，到底在議論朕什麼事，說！」

那拉氏忽地一提裙襬，跪在地上，滿面惶恐地道：「臣妾聽到他們在說皇上經常深夜至景仁宮看望舒穆祿氏，說皇上雖然廢舒穆祿氏為庶人，並且幽禁了她，卻自己去看她，廢等於沒廢，禁等於沒——」

「夠了！」胤禛厲聲打斷那拉氏的話，此刻他的臉色已經變得極為難看，額上青筋暴跳，同時手裡傳出「喀嚓」輕響，待得他鬆開手掌時，朱筆已經斷成兩截。

「皇上息怒。」那拉氏故作惶恐地道：「臣妾剛才就是怕您生氣所以才不敢說，就連剛才，臣妾也是想了很久才決定來見皇上。」

胤禛深吸一口氣，勉強將怒火壓在胸口，道：「行了，妳不必說這些。朕問妳，都有哪些人在傳這些根本是子虛烏有的事情？」

那拉氏小心地抬了頭道：「回皇上的話，坤寧宮大部分宮人都在傳，而他們也是從別人口中聽到的，所以臣妾斗膽猜測，應該宮裡許多人都在……」

胤禛猛然將斷成兩截的朱筆甩在案上，發出極大的聲音，將那拉氏嚇了一大跳。

「豈有此理！簡直就是豈有此理！」胤禛走下御案在殿中來回踱圈，一邊走一邊反反覆覆說著那句話。不知過了多久，他忽地停下腳步，逭視著那拉氏道：「那他們可有提起過，這話是誰先傳出來的？」

那拉氏正等著他問這一句，點頭道：「有，說是有人湊巧聽到皇上身邊的四喜在與莫兒說此事。」

「四喜？莫兒？」胤禛臉色鐵青地重複著這兩個名字。他當然知道莫兒是凌若身邊的宮人，只是不明白他們兩個為何會扯在一起。

不過他在景仁宮外逗留的事情只有一直跟在身邊的四喜與蘇培盛知道，能傳出去的，也確實只有他們兩個。

可是四喜一向嘴牢，曉得什麼該說、什麼不該說，怎麼這次會這樣管不住自己的嘴，而且還跑去與莫兒說，實在是令人奇怪。

那拉氏瞅了胤禛一眼，小聲道：「皇上，臣妾還聽說一件事，不知當講不當講？」

胤禛不耐煩地道：「有什麼話儘管說！」

那拉氏應了一聲，說出令胤禛再次詫異的話：「臣妾聽說四喜與莫兒私下交好，甚至暗中結為菜戶。也許就是這個原因，四喜才會與莫兒說那些事吧。」

胤禛臉色連變，沉默了一會兒，忽地大聲喝道：「四喜，給朕滾進來！」

四喜惶恐地打著千兒道：「皇上有何吩咐？」

胤禛直接問：「朕問你，你是不是與莫兒說過朕去景仁宮的事？」

四喜大吃一驚，一時不知該怎麼回答。他這個樣子，無疑令胤禛更加確認了那拉氏的話，用力一腳將四喜踹倒在地，怒罵：「該死的奴才！朕一向待你不薄，你居然敢背叛朕，還與莫兒私下交好，結為菜戶！你眼裡還有朕嗎？」

被胤禛踹了一腳，四喜總算回過神來，複雜地看了一眼同跪在地上的那拉氏，忍著身上的痛，雙手雙腳地爬過去道：「奴才冤枉，奴才什麼都沒做過！」

第一千一百零五章　驟變

四喜很清楚，現在絕對不能承認，否則不只自己死路一條，莫兒也同樣，甚至連熹妃也會遭殃。

看到他，胤禛氣不打一處來，再次踹了一腳，厲聲罵道：「還在撒謊，若不是你，還會有誰？再說都有人親眼看到你與莫兒說這些，還有假不成！」

「奴才真的冤枉啊！」四喜跪在地上不住磕頭，被踹痛的地方，他連揉都不敢揉一下。

正當胤禛準備再罵的時候，那拉氏道：「皇上，只有四喜一人也問不出什麼來，不如將莫兒傳來一道對質。另外，莫兒是熹妃身邊的人，乾脆請熹妃也過來一趟。」

胤禛正在氣頭上，想也不想便道：「也好，立刻讓蘇培盛去傳熹妃與莫兒！」

在等凌若她們過來的時候，胤禛又問了四喜幾遍，但四喜都一口否認，不管能否騙得過，至少拖得一刻是一刻。

在日影開始西斜的時候，蘇培盛在外頭叩門道：「皇上，熹妃娘娘與莫兒來了，可否現在讓她們進來？」

「進來！」胤禛拂袖回到御案後坐下。

蘇培盛小心翼翼地推門進來，在他身後跟著凌若與莫兒。正當蘇培盛準備離開，胤禛忽地道：「你留著，朕有話問你。」

蘇培盛雖然不曉得剛才殿內發生了什麼，但看胤禛臉色，還有跪在地上的四喜，也曉得事情不太妙，所以一聽自己要留下來，便暗自叫苦，但也只能依言照做，小心翼翼地站在一旁。

凌若不動聲色地掃了那拉氏一眼，然後神色自若地朝胤禛行禮道：「不知皇上如此著急將臣妾與莫兒召來，所為何事？」

胤禛閉一閉目，盡量平靜地道：「熹妃，皇后說她曾聽宮人說，四喜與莫兒暗中交好，甚至結為菜戶。莫兒是妳的宮女，朕想問妳，到底有沒有這回事？」

凌若還沒說話，莫兒已經面無血色地跪下來，連連搖頭。「皇上，奴婢與喜公公什麼事都沒有，您千萬不要誤會。」

那拉氏望著莫兒道：「若是真沒什麼，妳為何這麼害怕，分明就是心中有鬼，看來那傳言是真的。」

「皇后娘娘這麼快就下定論，未免太過武斷了一些。」凌若的目光自那拉氏身上掃過，然後停在面色陰沉的胤禛身上，輕聲道：「皇上，莫兒是臣妾身邊的人，臣妾很清楚，絕對沒有皇后娘娘所說的那些事。」

「是嗎？」那拉氏眸底漫過一絲冷意。「若真沒什麼關係，四喜為何要將皇上的事偷偷告訴莫兒，分明就是關係匪淺。」

凌若故作不解地道：「臣妾怎麼越聽越糊塗，四喜告訴莫兒什麼了？」

見她到了這個時候還在裝傻，那拉氏冷聲道：「這話，熹妃該去問莫兒才是，她是最清楚的。」

不等有人發問，莫兒伏在地上顫聲道：「奴婢什麼都不知道。」

那拉氏沒想到她們這麼嘴硬，一時不知該如何是好，想要挑明又怕惹胤禛不喜。她正為難之時，胤禛開口：「莫兒，朕問妳，四喜是否與妳說過，朕最近經常去景仁宮，還見過庶人舒穆祿氏？」

莫兒身子一顫，不敢抬頭，小聲道：「喜公公一向待皇上忠心耿耿，他怎會與別人說皇上的事。再說奴婢與喜公公並不熟，他無端與奴婢說這些做什麼？」

聽到她嘴硬，那拉氏神色一冷道：「莫兒，皇上面前，休要詭辯。本宮親耳聽到許多人說妳與四喜拉拉扯扯，行為不檢，難道他們都是冤枉你們嗎？還有，若不是四喜與妳說皇上的事，從而被人聽到了傳揚出去，又會是誰？難道是蘇培盛嗎？還是說再扯出一個不相干的人來？」

聽到那拉氏提到自己的名字，蘇培盛趕緊跪下為自己辯解：「皇上，奴才可什麼都沒跟人說過，您一定要相信奴才！」
胤禛沒有理會蘇培盛，只盯著凌若，看她怎麼解釋。
凌若不慌不忙地道：「皇上，臣妾知道對食是宮中的禁忌，雖然曾替三福與翡翠求過恩典，但不會以為從此便可以隨意讓宮人對食，尤其是臣妾身邊的人，更是三令五申，絕不許有任何越軌。」
那拉氏在一旁道：「熹妃說了這麼多，卻未曾解釋為何會有那樣的傳言。」
「宮裡人多眼雜，偶爾有人看到了皇上的行蹤，從而傳揚出去，並不是什麼不可能的事。至於莫兒，臣妾有辦法證明她與喜公公之前沒有任何瓜葛。」
那拉氏忍著嗤笑，道：「不知熹妃想要怎麼證明？」
凌若沒有理會她，而是對胤禛道：「皇上，早在前陣子，莫兒便求臣妾，說她年紀漸長，想早些出宮嫁人，以免將來孤苦，臣妾憐惜她，便應允了她的要求。就在剛才，臣妾還讓人去知會內務府，明日便放莫兒出宮。試問莫兒若真與喜公公有私情，又怎會提出這樣的要求呢？」
凌若這一番話大出那拉氏意料，胤禛也同樣吃驚，稍稍緩和了聲音道：「此話當真？」
凌若一臉懇切地道：「臣妾如何敢騙皇上，若皇上仍不相信，大可傳內務府總管前來一問；甚至臣妾還讓他們準備一套民間嫁衣，好讓莫兒將來出嫁時穿。」
迎著凌若那雙坦然真摯的眼眸，胤禛點頭道：「不必去問了，朕相信熹妃的話。」

在相信莫兒與四喜沒有私情的同時，胤禛心裡同樣也接受了凌若之前的說詞，認為是有宮人看到他去景仁宮，然後傳了消息出去。

那拉氏感覺到胤禛態度的轉變，不禁發急，凝思片刻，她道：「皇上，臣妾以為事情太過巧合，這邊剛聽說四喜與莫兒有染，熹妃便立刻說要讓莫兒離宮，倒像是故意為之。」

胤禛盯著那拉氏道：「那依皇后的意思，什麼才不是巧合？」

那拉氏聽出胤禛話中的不悅，低頭道：「臣妾不敢，臣妾只是怕有人隻手遮天，蒙蔽天聽。」

第一千一百零六章　請求

胤禛薄唇微彎，露出一抹令那拉氏不安的笑容。「之前皇后說四喜與莫兒可疑，朕傳了他們來這裡問話，連熹妃也一併傳來了，結果熹妃說莫兒已經準備出宮，皇后又說她蒙蔽天聽，是否非要熹妃承認莫兒與四喜有私情，皇后才滿意、才不會認為他們蒙蔽天聽？」

那拉氏聞言，大為惶恐。「臣妾……」

「行了，朕不想再聽妳說下去，回妳的坤寧宮去，以後無事少在朕跟前出現。朕每日裡要忙的事情已經夠多了，妳還非要出來攪和，是嫌朕不夠忙嗎？」

面對胤禛的疾言厲色，那拉氏心中大駭，慌忙跪了下來。

今日她來，本是為了將鈕祜祿氏拖下水，結果鈕祜祿氏安然無恙，反倒是自己被胤禛訓斥，實在是始料未及。

胤禛冷哼一聲，也不叫起，轉而對蘇培盛與四喜道：「你們兩個給朕好好去查查，究竟是誰在造謠生事，一旦查到，嚴懲不貸。另外告訴那些亂嚼舌根子的宮人閉嘴，否則一律杖斃。」

「是，奴才遵旨。」兩人齊聲答應，四喜更是暗暗鬆了口氣，剛才真是命懸一線。不過，他心裡也奇怪，好端端的，莫兒怎會說要出宮，難道她真想嫁人了？

一想到這個，四喜心裡就有說不出的苦澀。不過這樣也好，能找一個真正的夫君疼她、愛她，總好過與自己假鳳虛凰，空耗一生。

說了這麼多，再加上之前情緒又激動過，胤禛有些疲憊地道：「都下去吧，朕乏了。」

「是，臣妾告退。」凌若知趣地欠身行禮。這一次能夠幫莫兒與四喜度過難關，她已經很滿足了。若非水秀細心，發現有人跟蹤莫兒，令她猜到可能有人對莫兒不利，甚至會借莫兒拉自己下水，焉能及早做好安排，使得皇后不只沒占到便宜，還被胤禛一頓訓斥。

就在凌若準備離開的時候，尚跪在地上的那拉氏忽地開口：「皇上，臣妾還有一句話要說。」

胤禛撫著額頭，看也不看她。「朕不想聽妳說，退下！」

「只要皇上肯聽完臣妾這一句，臣妾立刻便退下。」那拉氏這一次態度異常堅決，甚至不惜違抗胤禛的話。

胤禛這段時間本就喜怒不定，眼見那拉氏不遵自己吩咐，越發生氣，一掌拍在紫檀案桌上，咬牙切齒地道：「朕叫妳退下，妳沒聽懂嗎？」

看著胤禛有些猙獰的表情，那拉氏心底一顫，但還是堅持地道：「請皇上聽臣妾一言！」說罷，她伏身磕頭。

「妳！」胤禛尚是頭一次看到那拉氏如此拂自己的意，怒底在眼底不斷凝聚，死死盯著那拉氏，許久方道：「好，妳說，不過在妳說完之後，還是不是皇后，朕不保證！」

胤禛言下之意，就是可能會廢后。雖然他一直不喜那拉氏，卻從不曾說出這麼嚴重的話，可想而知，他的怒氣已經升到了某種程度。

那拉氏明白，自己此刻就像是在薄冰上行走，底下是冰冷幽暗的深湖，只要一個不好，就會掉下去，而且以後都爬不上來。

為了一句話，失去自己最珍貴的后位值得嗎？

答案自然是不值得，可是若這句話她有九成把握，不只不會失去后位，還會重新得到胤禛的重視，那麼就值得她去賭一把。

她知道鈕祜祿氏就站在後面，等著看胤禛摘落自己的后冠，不過那只能是鈕祜祿氏自己的幻想。后位只能是屬於她的，誰都搶不走！

在一片寂靜後，那拉氏清晰地說出她醞釀了許久的話：「請皇上復舒穆祿氏貴人之位！」

凌若扶著莫兒的手倏然一緊，不敢置信地看著靜靜跪在地上的那拉氏，作夢也想不到，那拉氏執意要說的，竟然是這句話。

明明舒穆祿氏與那拉氏已幾近翻臉，為何那拉氏會再次幫她說話？這根本不合那拉氏的為人；而且舒穆祿氏那樣得寵，那拉氏不可能沒察覺到危險……

同樣吃驚的還有胤禛，怔怔地看著那拉氏，好半天方擠出幾個字來：「為什麼？」

那拉氏雖然沒有抬頭，看不到胤禛的表情，卻從他的聲音裡聽出端倪，知道自己這一把賭對了，趕緊將準備好的說詞說出來：「啟稟皇上，七阿哥一事其實很明白，是雨姍不滿，將氣撒在七阿哥身上，從而害死了七阿哥。此事錯在雨姍，該死的那個也是雨姍，與舒穆祿氏並沒有太大關係，頂多只是一個御下不嚴的罪名。但是臣妾以為，御下不嚴恰恰是舒穆祿氏的優點。」

聽到此處，凌若忍不住開口：「臣妾從不知道原來御下不嚴也是一個優點。」

那拉氏抬起頭，迎向胤禛的雙目，懇切地道：「御下不嚴是因為舒穆祿氏心地善良，待下人寬容，將宮人視若親人一般看待。可是舒穆祿氏不知道，那些人並非都與她一樣善良，就像她不知道雨姍那麼惡毒。一切皆是因善心而起，所以臣妾認為舒穆祿氏並不該被幽禁一生；再說，就算她真有什麼錯，這麼多天的幽禁也差不多了，還請皇上看在她並非有心犯錯的分上，恕她無罪。」

雖然凌若不知道那拉氏這麼做是出於何目的，但很明顯舒穆祿氏一旦起復，對自己而言，有百害而無一利。

是以，不等胤禛說話，她便道：「請恕臣妾不能同意娘娘的話，七阿哥的事其實一直都未明確，是否雨姍所殺同樣未明確；而且不管怎樣，舒穆祿氏都應該負上責任，皇上如今留她一條性命已經是法外開恩，如何還能再恕她。」

「不是雨姍所殺，難道是舒穆祿氏所殺嗎？」那拉氏搖頭道：「本宮實在不明白，熹妃為何一直要將舒穆祿氏想得這般壞。人性本善，本宮相信舒穆祿氏是一個善良之人。」

聽著她這些言不由衷的話，凌若簡直要笑出來。或許七阿哥不是舒穆祿氏殺的，但要說舒穆祿氏善良，恕她真的無法認同。

第一千一百零七章　起復

不等凌若說話，那拉氏再次對胤禛道：「請皇上念在舒穆祿氏本性善良的分上，復其位分！」

凌若連忙跟著道：「皇上，臣妾以為七阿哥一事都已經過去了，實在沒必要再提起。何況舒穆祿氏究竟是何心思，唯有她自己最清楚，皇后娘娘不過是揣測罷了。再說，一旦復了舒穆祿氏的位分，皇上豈非自食其言？」

那拉氏搖頭道：「熹妃錯了，皇上並不是食言，而是寬宏大量，仁慈為懷。」不等凌若說話，她又道：「倒是熹妃的態度讓本宮很奇怪，妳自聽到本宮請復舒穆祿氏位分之後，一直百般阻撓，不願皇上復其位分，究竟是何居心？」

見那拉氏不著痕跡地將事情扯到自己身上，凌若知道不能再與她爭執，抬頭看著一言不發的胤禛，憂聲道：「皇上，臣妾並無皇后所說的什麼居心，臣妾只是不願讓這件事再困擾皇上而已。再者，不論怎樣，舒穆祿氏都是犯了錯，皇上饒她一命已經是格外開恩，又怎可再恕其無罪。」

那拉氏同樣望著胤禛，不過她眸中並沒有太多擔心。從剛才胤禛問那句「為什麼」的時候，她就知道，胤禛對舒穆祿氏餘情未了，只是他當時親口廢了舒穆祿氏的位分，又將其幽禁在水意軒中，實在拉不下臉去見舒穆祿氏；而且那樣一來，他那些話就會變成兒戲。

但是現在不同，現在自己給了他這麼好一個臺階，他一定會趁勢下來，就算鈕祜祿氏再怎麼阻撓也是沒用的，甚至還會令胤禛反感。

呵，真是想不到，舒穆祿氏竟然有這麼大的魅力，那麼多天過去了還令皇上念念不忘，此次若能起復，其勢一定極猛。鈕祜祿氏就是感覺到了這一點才會阻撓，不過註定是徒勞無功。

許久，胤禛終於開口，而隨著他的話，凌若的心慢慢涼了下來，只聽他道：「皇后之言，確有幾分道理。殺人者已經伏法，舒穆祿氏並無什麼大錯，唯一的錯，就是沒發現底下人的心思，太過信任她們。」

見胤禛這般說，那拉氏心中竊喜，表面上卻是一派憐憫之色。「是，所以臣妾思來想去，最終還是決定來向皇上求情，希望皇上可以寬恕舒穆祿氏的無心之失。臣妾聽聞自被幽禁後，她的用度連一個宮女都不如，實在是令人難過。」

「皇上，七阿哥之死，舒穆祿氏有著不可推卸的責任，貿然恕其罪，只怕難以服眾，尤其是謙嬪那邊……」

「行了，這件事朕心裡有數。」胤禛抬手阻止凌若繼續說下去，隔了一會兒，他忽地喚道：「蘇培盛。」

蘇培盛趕緊垂首答應。「奴才在。」

胤禛將目光轉向面色發白的凌若，眸底掠過一絲掙扎，良久，他移開目光道：「傳朕旨意，復舒穆祿氏位分，解其禁足，仍舊居住在水意軒中。」

儘管已經猜到幾分，但真從胤禛嘴裡說出時，凌若還是忍不住心涼。他終歸是……捨不下舒穆祿氏。

那拉氏忍著心裡的喜意，伏身磕頭。「臣妾代慧貴人謝皇上恩典。」

胤禛點點頭，在示意他們退下時，忽地道：「熹妃，妳留下，朕有話與妳說。」

待其他人離開後，胤禛起身走到一言不發的凌若身前，盯著她道：「妳在生朕的氣？」

凌若低著頭道：「臣妾不敢。」

胤禛不置可否地點點頭，道：「不敢，也就是說心底是氣的，對嗎？」

等了一會兒，始終不見凌若說話，他嘆了口氣道：「其實皇后的話並沒有什麼錯，殺人者是雨姍，與舒穆祿氏並無關係，她是被牽連的。」

凌若抬頭迎著他的目光道：「皇上就這麼相信舒穆祿氏是無辜的？」

「朕知道妳在想什麼。」胤禛輕嘆一聲，道：「妳一直覺得雨姍就像昔日的飄香那樣，是被人推出來頂罪的。可妳是否想過，殺了弘旬，對佳慧沒有半點好處，甚至會招來殺身之禍，她何必要這麼做？」
凌若負氣地別過頭道：「臣妾不是舒穆祿氏，回答不了皇上。」
胤禛強行扳過她的身子，道：「若兒，妳應該明白，不是回答不了，而是根本不可能。正因為如此，朕才會同意皇后的話，復了舒穆祿氏的位分。」
在四目相對中，凌若神色愴然地道：「是啊，皇上都已經傳旨復了舒穆祿氏的位分，又何必再與臣妾說那麼許多。難道臣妾說不同意，皇上便將旨意收回嗎？」
胤禛有些不悅地道：「若兒，朕與妳說了許多，怎的妳還是不明白。佳慧沒有害弘旬，她的錯只在於沒有管束好下人，以致釀下大禍，幽禁她這些日子做懲罰，也差不多夠了。」
凌若深吸一口氣，沒有再與胤禛爭論，後退一步道：「是，臣妾明白了，那麼臣妾現在是否可以告退？」
胤禛怎會聽不出凌若是在敷衍自己，他張了張口，終是沒說下去，揮手示意凌若退下。待得整個養心殿只剩下他一人時，胤禛用力抹了把臉，怔怔地看著緊閉的朱門，不知在想什麼。
天色已暗，連最後一絲餘暉也消失不見，由於來時未曾執燈，只能藉由設在兩邊的銅絲路燈看清底下的路。
凌若走得很快，花盆底鞋踩在地上傳來「登登」的疾響，在夜色裡聽來格外明顯。莫兒知道主子心情不好，不敢多言，只一路緊緊扶著她，以免她摔倒。

好不容易回到承乾宮，等在那裡的水秀等人都圍了上來，看到莫兒安然無恙後，皆鬆了一口氣，不過很快便發現不對了。因為凌若從進來後，臉色就一直很難看。

「莫兒，皇上傳妳與主子前去，可是為了妳與喜公公的事？」水秀小聲地問著莫兒，在看到莫兒點頭後，她不解地道：「既然妳現在平安回來，就表示咱們之前定下的計畫成功了，怎的主子會是這副模樣？」

第一千一百零八章　利益

莫兒搖頭道：「姑姑有所不知，我的事雖然解決了，但卻出了更加嚴重的事。」

水秀連忙問：「什麼事？」

正當莫兒猶豫著不知該不該說出來的時候，凌若冷冷道：「皇上剛剛復了舒穆祿氏的位分，自今夜起，你們便該再稱她一聲慧貴人了。」

「什麼？怎麼會這樣？」水秀失聲驚呼。不只是她，楊海與水月等人均是驚容滿面，不敢置信。

凌若目光微轉，落在手邊的茶盞上，想要端起，雙手卻無力得很，怎麼也端不起，更送不到脣邊。「今日皇后為舒穆祿氏求情，認為她是無辜受冤，請皇上復其位分，皇上也答應了，這個時候蘇培盛應該已經在水意軒傳旨了。」

楊海不可思議地道：「皇后她怎會突然替舒穆祿氏求情？」

水秀猜測道：「難道皇后與舒穆祿氏根本沒有撕破臉，一切都是假的？是騙咱們的？」

「應該是真的撕破了臉。」

凌若的話令諸人越發不解。

既然是這樣，皇后為什麼還要替舒穆祿氏求情，難道她就不怕舒穆祿氏起復後會威脅到她嗎？

凌若閉一閉目道：「在皇后看來，最有威脅的那個人是本宮，而放舒穆祿氏出來，可以制約本宮，甚至可以讓本宮與她兩敗俱傷，她自然樂得這麼做。」

「那皇上呢，就那麼同意了？」水秀難以置信地道：「當初是皇上自己將舒穆祿氏廢為庶人並且幽禁的，這才幾日工夫，皇上便將自己說過的話全收回來了。都說君無戲言，怎的這一次，皇上說話做事比戲言還要戲言。」

莫兒在一旁道：「姑姑，妳當時不在沒聽到，皇上替舒穆祿氏說了許多的好話，一直在替她開脫，實在是氣人。依我看，若是主子當時再說下去，只怕皇上會反過來怪主子。」

水秀聽得越發生氣。「皇上……皇上怎麼會變得這樣，難道他真被那個狐媚子迷了心竅嗎？」

「水秀！」凌若輕斥道：「越說越沒規矩了，什麼迷了心竅，什麼狐媚子，這些話若是讓人聽去了，妳可知會是什麼樣的後果？妳是嫌本宮還不夠煩是嗎？」

水秀低頭道：「奴婢不敢，奴婢只是看不過眼。她一無家世，二無容貌，靠的無非是一些見不得人的手段罷了。」

「看不過也得忍著！」凌若好不容易捧起茶盞，手卻一直在顫抖，濺了不少茶水在手背上，雖然水秀很快替她拭去，還是留下了一點紅印。「皇后將她視為對付本宮的棋子，在今後很長一段時間，都會護著舒穆祿氏不讓她出事。」

楊海思索著道：「主子，舒穆祿氏應該猜得到皇后幫她是不懷好意，再加上之前又曾撕破臉過，應該不會再與皇后合作了吧？」

「在這宮裡頭，沒有永遠的敵人，也沒有永遠的朋友，只有兩個字，『利益』。只要是對自身有益的，就算是不共戴天的仇人一樣可以化敵為友。不過究竟有幾分真、幾分假就又是另外一回事了。」凌若頓一頓，繼續道：「本宮、謙嬪、成嬪應該是舒穆祿氏此刻最恨的三人，反倒是皇后當時不曾到場，與她沒有什麼衝突，且這一次又幫她脫困。所以舒穆祿氏就算知道皇后不懷好意，也會暫時與之聯手。如此一來，便可以成為雙贏之局，一個復仇，一個重得聖心，有百害而無一利。」

楊海會意地道：「奴才明白了，不過若是需要對付的敵人沒有了，皇后就會立刻調轉槍頭對付舒穆祿氏，舒穆祿氏應該也是同樣的打算。」

「正是這個道理。」說到這裡，凌若輕輕嘆了口氣。「好不容易太平了幾天的後宮，很快又要起風浪了。」

水月輕哼一聲道：「就算舒穆祿氏再有手段，想要對付主子還是痴心妄想，宮裡頭誰不曉得主子是最得聖心的，連皇后都奈何主子不得，更何況是她。」

「最得聖心……」凌若愴然一笑，帶著幾分悲涼道：「若本宮真的最得聖心，今日皇后就不會得償所願了，皇上更不會深夜在景仁宮外徘徊。剛才莫兒說皇上一直在替舒穆祿氏開脫，其實並不對，應該說皇上是在替自己開脫才是。」

凌若起身端著茶盞走到門口，從這裡，可以清晰看到夜色中的院子還有那兩株櫻花樹。

樹每年都會開出同樣的花朵，但是人呢？也許早就變了，只是她一直沒發現罷了。

「皇上很想見舒穆祿氏，所以不斷用那些話說服自己、說服本宮，認定舒穆祿氏是無辜的、是被冤枉的。」

莫兒還聽得迷糊時，水秀已經回過味來，脫口道：「也就是說，七阿哥究竟是不是舒穆祿氏害的不要緊，只要皇上認為她是無辜的，那就是無辜的。」

風，無聲襲來，吹起凌若頰邊的珠玉，有悅耳的聲音在這夜色中響起：「不錯，皇后更是看明白了這一點，所以才投其所好。」

莫兒總算明白過來，憤憤不平地道：「虧得奴婢以前認為皇上是一個英明聖主，現在看來，根本就是對錯不分，糊塗至極。」

「不許胡說！」凌若轉頭斥道：「皇上也是人，也有七情六欲，不可能什麼事都不錯，什麼事都對。好了，先不說這件事了，過了今夜，妳就離宮吧，到時候妳先尋個客棧住下，待本宮尋機會與四喜說清楚後，妳再搬過去。」

莫兒聞言，屈膝跪下道：「主子待奴婢的大恩大德，奴婢這輩子都不會忘記。奴婢無以為報，唯有以後為主子供奉長生牌，乞求上天保佑主子與四阿哥平平安安，無災無難。」

凌若親手扶起她道：「妳好好與四喜過日子，就是對本宮最好的報答，只可惜本宮與妳，以後沒什麼機會再見了。」

第一千一百零九章　矛盾

莫兒嗚咽著道：「奴婢捨不得主子。」雖然她與凌若處的日子並不算很久，但凌若卻是這輩子對她影響最深的人，驟然分離，難免不捨。

「傻丫頭，天下沒有不散的筵席，妳還真準備賴在本宮身邊一輩子啊。」說著，她拭去莫兒臉上的淚，道：「好了，不哭了，將來妳與四喜成親，本宮一定讓水秀去喝你們的喜酒。」

莫兒知道自己再不捨也必須出宮，繼續留下來只會給主子添麻煩；尤其現在主子要應付舒穆祿氏與皇后，更是不容有失。

待得用過晚膳後，凌若命他們退下，自己一個人拿著白玉酒壺與酒杯來到院中，慢慢在石凳上坐下，然後斟滿酒，慢慢飲著。

在第二次倒滿酒杯時，凌若聽得身後有腳步聲，頭也不回地道：「本宮說過，想一個人靜一靜，退下！」

腳步聲為之一頓，隨即再次響起，而且越來越近。見來人不聽自己吩咐，凌若心下不悅，將酒杯往桌上一放，轉過身來道：「本宮叫你退下，沒聽到嗎？」

餘音未散，凌若已經看清來人的模樣，頓時整個人都愣住了，連禮也忘了行。

「怎麼，那麼不願意看到朕嗎？剛來便讓朕離開？」來者正是胤禛。夜色下，他緩緩向凌若走來，袍角被晚風捲起在空中舞動，猶如踏夜而來的神王。

凌若回過神來，連忙屈膝行禮，隨後道：「臣妾以為是水秀他們，沒想到會是皇上，請皇上恕罪。」

「不知者不怪。」這般說著，胤禛走到石桌前，端起凌若剛剛放在桌上的杯盞，聞了一下後，有些驚訝地道：「妳在喝酒？」

凌若垂目道：「是，臣妾無事，便小酌一番。」

胤禛盯著她道：「究竟是無事小酌，還是因為心裡不痛快。」

「皇上想多了，臣妾……」凌若剛說到一半，身子便被人緊緊抱住，耳邊更傳來胤禛的聲音。

「朕沒有想多，剛才在養心殿的時候，朕就知道妳在生朕的氣，氣朕復舒穆祿氏的位分。」

靜默許久，凌若輕聲道：「皇上是天子，想復誰的位分就復誰的位分，臣妾不過是一介嬪妃，如何有資格生皇上的氣。」

「不是，在朕心裡，妳與潤玉她們不一樣，沒有人可以與妳相比。」隨著這話，胤禛擁著凌若的手再次收緊幾分，似要將她融入身體中一般。

剛才蘇培盛來告訴他，說已經去水意軒傳過旨，問他是否要召見舒穆祿氏。胤禛本欲答應，忽地想起凌若，想起她離去時那抹掩飾不住的難過，心一下子就慌了起來。

為什麼心慌，他不知道，他只知此刻最想見的人是凌若，所以他來了承乾宮。

凌若諷刺地笑笑道：「別人或許不行，但慧貴人一定可以，是嗎？」

「不是！妳與佳慧不一樣，朕……」胤禛想說後宮諸女之中，唯凌若一人是他真心相待之人，可話到嘴邊，又遲疑了。

若凌若是他唯一真心相待之人，那舒穆祿氏呢，她又算什麼？若不愛，自己為何會這般瘋狂地想念她，無數次想進景仁宮見她，更連凌若也冷落了。

所以，當那拉氏說舒穆祿氏無辜，並且懇請他復舒穆祿氏位分的時候，他心裡其實是歡喜的，因為終於有理由恕舒穆祿氏了，不需要再將壓抑得那麼辛苦。可事後，又覺得哪裡不對勁，更理不清楚自己對舒穆祿氏是一種什麼樣的感情。

胤禛想了很久，都沒有答案，只能道：「朕不知道該怎麼說，但朕很清楚，妳才是最值得朕珍視的那個人，不論是佳慧還是其他人，都沒有辦法取代妳在朕心目中的地位。所以若兒，不要再生朕的氣好嗎？」

凌若能夠感覺到胤禛初時的矛盾與後面的肯定，雖然氣胤禛對舒穆祿氏的迷戀，但胤禛這一次來是專程向她解釋甚至懇求的，若非極其重視她，以他的身分斷不會做到這個地步。

何況，聖旨已下，她就算再不高興，舒穆祿氏起復也已成定局，繼續與胤禛鬧下去，吃虧的只能是自己。與其如此，倒不如另外再想辦法。

如此想著，凌若嘆一口氣，抬手環住胤禛的腰道：「只要皇上心裡有臣妾，臣妾便沒有什麼好生氣的。」

胤禛心中一喜，但還是有些不放心地道：「當真？」

他這個樣子令凌若為之一笑，道：「自然是真的，否則臣妾不是欺君了嗎？」

在得到凌若肯定的答覆後，胤禛歡喜不已，輕啄了一下凌若的臉頰，道：「只要妳不生氣就好，朕剛才很怕妳以後都不願理朕了。」

凌若促狹地道：「皇上也有害怕的時候嗎？」

「是啊，朕最害怕妳生氣了，不知這個答案，熹妃娘娘可還滿意？」如此玩笑了一句後，胤禛拉著凌若的手坐下，抬頭看了看繁星點點的夜空，感慨道：「朕已經很久沒有與妳這樣靜下來看星空了。」說罷，他握著凌若的手道：「若兒，朕以後一定會多抽時間陪妳。」

凌若沒有說話，只是將頭靠在胤禛肩膀上，與他一道靜靜欣賞著上蒼賜予人世間的美景……

同樣的夜色下，舒穆祿氏坐在銅鏡前，拿起眉筆細細描著雙眉，將之勾勒得又細又彎；然後是唇、眼、面頰，每一處皆描繪得仔細無比。在這樣的描繪下，她的容貌也漸漸變得精緻動人。

在她旁邊擺著一套粉彩繡玉蘭花的旗裝，化完妝後，她褪下身上素白的衣裳，將那套旗裝慢慢穿好，待一切收拾妥當，鏡中的女子已經與剛才判若兩人，變得華貴雍容。

她的手慢慢撫過臉頰，唇角漸漸勾起一絲冷笑。慧貴人，呵呵，她終於又是慧貴人，可以走出這裡，去報復所有害過自己的人，並且得回自己應有的東西。

劉氏、鈕祜祿氏、戴佳氏，這三個人欠她的，她會一一討要回來。

舒穆祿氏站在窗前，看著月亮漸漸西沉，然後又親眼看著旭日初升，在天色大亮後，她踏出了水意軒，往景仁宮的正殿行去。

第一千一百一十章 心虛

戴佳氏剛剛起身，正在梳妝，門突然被人用力推開，一個小太監匆匆奔了進來。

戴佳氏轉頭瞪了小太監一眼，斥道：「誰許你進來的，沒規矩的東西。」

「主子息怒。」小太監滿面惶恐地道：「奴才趕著來向主子稟報大事！」

戴佳氏回過頭，取過白玉梳，對鏡仔細梳著自己耳邊那幾根碎髮，涼聲道：「說，什麼事？」

小太監嚥了口唾沫道：「回主子的話，奴才剛剛聽說，昨夜裡皇上命蘇公公前去水意軒傳旨，復舒穆祿氏位分！」

「什麼！」戴佳氏大驚失色，手一鬆，白玉梳頓時掉落在地上，她看也沒看一眼，起身盯著小太監，厲聲道：「你打聽清楚沒有，真有此事？」

「回主子的話，千真萬確，奴才還問過守門的宮人，蘇公公昨晚確實來過。」

小太監話音剛落，戴佳氏便用力一拍梳妝檯，厲聲道：「這麼大的事，為什麼昨夜沒人向本宮稟報？」

見她發怒，小太監連忙跪下，小聲道：「昨夜……主子早早就睡了，再加上守門的宮人並不知道蘇公公過來的用意，所以便沒有驚擾主子。」

「沒用的混帳東西！」戴佳氏怒罵一聲，道：「傳本宮的話，將昨夜守門的兩人重責五十大板。」

「嗻！」小太監忙不迭地下去，然不一會兒他又進來，這一次面色有些僵硬，小聲道：「主子，舒……慧貴人在外求見。」

戴佳氏面色一白，不自在地道：「就說本宮沒空，讓她……」她話還未說完，一個清脆的聲音便已響起。

「娘娘是沒空見臣妾，還是心虛不敢見臣妾？」

戴佳氏緊緊盯著虛掩的宮門，透過縫隙，隱約可以看到一道人影站在外面。不等她說話，一隻白到近乎透明的手推開宮門，令淺金色的陽光可以毫無阻擋地照入殿中；與此同時，一雙踩著花盆底鞋的腳穩穩跨過門檻、踏入殿中。

隨著這個人的出現，戴佳氏眼皮狂跳不止，雙手亦緊張地絞在一起。

舒穆祿氏進來後，朝戴佳氏欠身道：「臣妾見過成嬪娘娘，娘娘萬福。」

戴佳氏腳步往後微微一退，色厲內荏地道：「妳……誰許妳進來的？」

舒穆祿氏微微一笑，輕言道：「娘娘怎麼了，臣妾來給您請安，您不高興嗎？

這段時間臣妾可是對娘娘想念得緊，一直盼能再見您。」

雖然舒穆祿氏一直在笑，戴佳氏卻很緊張。「那妳現在已經見過了，本宮還有事，無暇與妳多說。」

舒穆祿氏故作難過地道：「臣妾剛來，娘娘怎麼就急著趕人？另外，皇上恕臣妾無罪，並復臣妾貴人之位，娘娘難道不為臣妾高興嗎？還是說……」她目光在戴佳氏臉上打了個圈兒，曼聲道：「還是說，讓臣妾說中了，娘娘心虛不敢見臣妾？」

戴佳氏別過臉道：「胡言亂語，當初七阿哥被妳宮中的雨姍害死，妳冤枉謙嬪，本宮如實為嫌嬪作證，有什麼好心虛的！」

舒穆祿氏點點頭道：「是，那件事娘娘確實沒什麼好心虛的，但後面的事呢，不會這麼快就忘了吧。」

戴佳氏嘴硬地道：「本宮不知道妳在說什麼。」

舒穆祿氏也不生氣，笑笑道：「娘娘不記得了不要緊，臣妾可是一直牢牢記著呢。臣妾被廢為庶人後，只有如柳陪著，可是娘娘看不慣臣妾身為庶人還有人服侍，所以讓您身後這位彩霞姑姑強行將如柳帶走，還戲弄臣妾，讓臣妾跪在地上扮狗叫。呵，臣妾這輩子，還從來沒有學過狗叫，不知道原來學起來那麼好玩。」

她每逼進一步，戴佳氏便往後退一步，直到背抵到牆壁，無處可退時，不得不停下。看著舒穆祿氏離自己越來越近，看著紅唇下森白的牙齒一張一合，看著她說出令自己心驚肉跳的話。

舒穆祿氏每走近一步，對她來說都是一種折磨，好不容易鼓起勇氣道：「妳身為庶人，本就不該再留宮女，本宮不過是按宮規辦事罷了，並無任何不妥之處。」

舒穆祿氏目光一轉，冷聲道：「姑姑妳這是要去哪裡？」

正躡手躡腳往外走的彩霞渾身一顫，不情願地停下腳步，勉強笑道：「貴人說了這麼久的話，想必口渴了，奴婢去替您沏盞茶來潤潤嗓子。」

舒穆祿氏好整以暇地道：「這樣啊，我還以為姑姑又想讓我扮狗叫呢。」

彩霞一聽，慌張跪下道：「奴婢該死，一時糊塗得罪了貴人，請貴人大人大量，饒過奴婢。」

舒穆祿氏輕笑道：「姑姑說的是哪裡話，我當時是庶人，姑姑怎樣教訓我都是理所當然的，我怎麼會怪姑姑呢？不過我現在很想聽姑姑學狗叫，姑姑不如叫幾聲來聽聽？」

彩霞雖然是一個奴才，但在這景仁宮中也算是有頭有臉的，現在讓她學狗叫，無疑是當眾扒她的臉皮，她怎麼肯答應？她低著頭不說話，想要讓舒穆祿氏自己覺得無趣放棄。

一巴掌毫無預兆地打在彩霞臉上，一下子將她打懵了，然更令她發懵的事情還在後面，舒穆祿氏一掌接一掌，毫不停頓地打她。

不知過了多久，彩霞終於回過神來，緊緊捂著臉頰，尖叫：「娘娘救奴婢！救奴婢！」

戴佳氏沒想到舒穆祿氏這麼大膽，不由得愣在那裡，直到彩霞大叫救命方才回過神來，又氣又怒地道：「慧貴人妳好大的膽子，居然敢打本宮的奴才，他們就算再有不是，也自有本宮管教，何時輪到妳動手？」

舒穆祿氏停下手，而彩霞趁著這個機會，趕緊跑到戴佳氏身後，唯恐再被打。

第一千一百一十一章　狗叫

戴佳氏看到舒穆祿氏因自己的喝斥而停下動作，以為她怕了自己，底氣比剛才更足了幾分。「皇上雖說復了妳的位分，但妳始終只是一個貴人，在本宮面前放肆，就是以下犯上。本宮若將此事告訴皇上，會有什麼後果，妳應該很清楚。」

舒穆祿氏不置可否地點點頭。「不錯，鬧到皇上面前，臣妾確實免不了以下犯上這四個字，但是娘娘呢？」

戴佳氏覺得奇怪地道：「本宮？本宮怎樣？」

舒穆祿氏微微一笑，道：「臣妾被廢為庶人時，娘娘遣身邊的宮女將如柳帶走不說，還故意羞辱臣妾，讓臣妾跪在地上扮狗叫。您說這話傳到皇上耳中，皇上會怎麼想？最後是怪臣妾還是怪娘娘呢？」

戴佳氏面色微白，她怎麼把這一點給忘了。

「那妳想怎樣？」說出這樣的話，無疑意味著戴佳氏示弱了，向一個貴人示弱無疑是憋屈不甘的，但她沒有別的辦法。

舒穆祿氏一欠身，漫然道：「臣妾不想怎樣，只想聽這奴才學幾聲狗叫而已。」聽得她這話，戴佳氏連一絲猶豫也沒有，轉頭對躲在身後的彩霞喝道：「沒聽到慧貴人的話嗎？還不學狗叫給慧貴人聽。」

自家主子都開了口，彩霞無可奈何之下，只得「汪汪」叫了幾聲。

舒穆祿氏冷笑一聲道：「狗哪有站著叫的道理。」不等彩霞說話，她眸光一抬，對戴佳氏道：「娘娘，看來您的奴才不太聽話呢，連屈一下膝蓋都不肯。」

看著舒穆祿氏那張礙眼至極的臉，戴佳氏恨不得上前撕爛了，可她終歸沒那個膽子，憋著一肚子氣對彩霞喝道：「跪下，重新再叫！」

對於彩霞，她也是惱恨的。若當初彩霞直接帶了如柳離開，沒有羞辱舒穆祿氏，現在也不會引來舒穆祿氏的報復，真是成事不足，敗事有餘。

戴佳氏一味埋怨彩霞，卻忘了當初是她派彩霞去的，更忘了她曾因為彩霞對舒穆祿氏的羞辱而多麼痛快高興。

彩霞委屈地跪下學狗叫，然舒穆祿氏對此依然不滿意，不斷地讓她叫大聲一些，再大聲一些，直到彩霞嗓子叫啞了還讓她繼續學。

面對殿內不斷傳來的狗叫聲，外頭那些奴才都好奇得不得了。

「汪！汪！」彩霞已經不記得自己究竟叫了多少聲，嗓子就像是在冒煙一樣，又澀又痛。勉強又叫了幾聲後，她啞聲道：「貴人，奴婢實在叫不動了。」

舒穆祿氏漠然看著她。「既然能說得了話，就表示還叫得動，繼續叫，我還沒聽夠呢。又或者我拿根鞭子來抽妳叫，就跟那些真正的狗一樣？」

「不要，奴婢叫，奴婢叫！」彩霞現在對她充滿了懼意，曉得這個看似柔弱的女人是何等可怕。自家主子此刻就在一旁站著，卻一個字也不敢說，她毫不懷疑只要自己說一個「不」字，舒穆祿氏就會拿鞭子來抽她。

彩霞忍著嗓中的痛意又開始叫了起來，舒穆祿氏靜靜地聽著，直至她啞得實在發不出聲音也沒有叫停的意思。最後還是戴佳氏看不過眼道：「慧貴人聽了這麼久，也該聽厭了吧？」

舒穆祿氏撫著袖上的玉蘭花圖案，輕笑道：「既然娘娘說厭，那就厭了吧，始終娘娘才是這景仁宮的主子。」目光一轉，落在不住喘氣的彩霞身上。「行了，起來吧。」

彩霞已經發不出聲，只能磕頭作謝，戰戰兢兢地站起身來站到戴佳氏身後，看也不敢看舒穆祿氏一眼。

戴佳氏實在不願看到舒穆祿氏，沒好氣地道：「慧貴人若是無事了的話，就請回吧，本宮還有事。」

舒穆祿氏不在意地笑笑。「臣妾今日來，還有一事想問娘娘。當日娘娘帶走了如柳，不知她現在在哪裡，臣妾很是想念她。」

戴佳氏目光閃爍，不自然地道：「本宮將如柳交給內務府，至於他們是怎麼安排的，本宮就不知道了。」

舒穆祿氏懷疑地道：「當真？」

「自然不知，難道本宮還會騙妳不成，妳要尋如柳，去內務府問就是了。」戴佳氏已經領教過舒穆祿氏的手段，知道這個女人不好惹，若直接告訴她，自己將如柳發配到淨軍去，不知會使出什麼手段來，自然是推給內務府更好些；雖說舒穆祿氏事後還是會知道這一切是自己安排，但好歹先將眼前這關過了。

舒穆祿氏儘管心中仍有懷疑，但也不好硬逼，道：「既如此，那臣妾就不打擾娘娘了。」

正當戴佳氏鬆一口氣的時候，舒穆祿氏的聲音再一次傳來——

「吃齋唸佛雖未必能換來一生平安，但總好過不自量力去爭奪一些本不屬於自己的東西，或許一個不小心就會招來殺身之禍。」

戴佳氏面色一白，緊緊盯著舒穆祿氏道：「妳這是什麼意思？」

舒穆祿氏漫然一笑道：「臣妾能有什麼意思，不過是隨口說說罷了。臣妾該告退了，改日再來向娘娘請安。」說罷，她欠一欠身，離開正殿。

看著那個施施然離去的身影，戴佳氏氣得渾身發抖，轉身撒氣地甩了彩霞一巴掌，厲喝：「要不是妳這沒用的東西，本宮哪會受她這許多的氣，該死！」

「主子……息怒。」彩霞艱難地說出這兩個字，聲音沙啞得像有刀片刮過鐵鍋一樣。

戴佳氏冷哼一聲，面帶隱憂地望著舒穆祿氏離開的方向。

舒穆祿氏這一去，早晚會知道是自己將如柳發配到淨軍那裡，到時候她肯定會再次來找自己的麻煩，指不定比現在更瘋狂。

不行，她不可以就這麼坐以待斃，必須得想個辦法自保才行。

第一千一百一十二章 如柳去向

苦思片刻，終於讓戴佳氏想出一條路來。論恩寵，自己根本無法與舒穆祿氏相提並論，如此一來，胤禛那邊是不用想了。她唯一的人選就是與舒穆祿氏有過節的人，首當其衝的自然是劉氏。

想到這裡，戴佳氏手一伸道：「扶本宮去永壽宮。」

彩霞的手剛觸及戴佳氏，耳邊忽地響起冷喝聲：「看妳這鬼樣子，出去簡直就是丟本宮的臉，給本宮好好待在這裡。小和子，你過來扶本宮。」

小和子就是剛才向戴佳氏報信的小太監，聽到這話，趕緊扶了戴佳氏往永壽宮行去，留下彩霞一人在殿中。

舒穆祿氏在出了景仁宮後便往內務府行去。因聖旨尚未傳來，一路上不時有宮人好奇地打量她，不明白被廢的人怎會堂而皇之地出現在水意軒以外的地方。

對於這一切，舒穆祿氏視而不見，待到了內務府，她隨意喚過一個小太監道：「讓錢莫多來見我。」

從圓明園回來後，錢莫多便升任內務府總管，原來的總管因年紀老邁已經出宮回家鄉去了。

小太監認出了舒穆祿氏，雖然他不知道舒穆祿氏為何會出現在內務府，但也是個乖覺之人，答應一聲，便進去尋錢莫多了。

趁著等候的工夫，舒穆祿氏隨意打量著內務府，這裡還是與以前一樣，忙忙碌碌，每時每刻都有人在出入。

不一會兒，錢莫多急急走了出來。他可不是底下那些小太監，早在天剛亮的時候就已收到消息，曉得胤禛昨夜裡已經下旨復舒穆祿氏貴人之位。

在離著幾步遠的地方，錢莫多笑容滿面地打千跪了下去。「奴才恭喜慧貴人，賀喜慧貴人，慧貴人大喜！」

舒穆祿氏收回目光，微笑道：「錢總管已經知道了？」

「如此大喜的事，奴才哪能不知道，慧貴人苦盡甘來，奴才不知有多為您歡喜。」錢莫多盡揀著好聽的說。能夠從一介庶人起復為貴人，不管當中有什麼樣的緣由，有一點是不可否認的，就是慧貴人在皇上心中有著非同尋常的分量。只憑這一點，就足夠他畢恭畢敬的了。

「多謝錢總管，起來吧。」舒穆祿氏一直在微笑，不過也僅止於微笑，並沒有太多的表情。

錢莫多起身後，瞅了舒穆祿氏一眼，小聲道：「貴人此來，可是為了水意軒的宮人？其實剛才奴才已經在為貴人挑適合的宮人了，待會兒就給貴人送去。還有，送去水意軒的花木也在準備了，午後便可送到。」

舒穆祿氏客氣地道：「勞公公費心了。其實我今日來，是想跟公公打聽一個人，就是之前在我身邊伺候的如柳。成嬪娘娘說將她交給內務府安排了，不知現在何處，我想讓她繼續回來伺候我，還請公公成全。」

「貴人說哪裡的話，這是奴才應該做的。不過如柳姑娘去了哪裡，並非奴才安排，得詢問一下方知，還請貴人先進來坐一會兒。」

「也好。」說罷，舒穆祿氏抬步入內，錢莫多親自扶了她坐下。

在命人去沏茶之後，錢莫多找來專門負責安置宮人的太監詢問。那是一個年約三旬的太監，長得細眉細眼，進來後向錢莫多行了個禮道：「總管，您尋小的？」

錢莫多點頭道：「我問你，之前伺候慧貴人的如柳姑娘，被安排去了哪裡？」

一聽這話，那太監神色立時有些不自在，偷偷瞥了坐在那裡的舒穆祿氏一眼，在錢莫多耳邊悄悄說了一句。

錢莫多頓時為之色變，脫口道：「什麼？為何安排她去……」想起舒穆祿氏就在旁邊，趕緊壓低了聲音：「為什麼要安排她去淨軍，你怎麼做事的？」

那太監無奈地道：「總管，不關小的事，成嬪娘娘派人送來的時候，特意交代了要送她去淨軍那裡，小的不敢不從啊。」
聽到這裡，錢莫多心下稍安。既然是成嬪指名如此，就與他們內務府沒有太多關係，慧貴人要怪也怪不到他們頭上。
舒穆祿氏問：「如何，錢總管，問清楚了嗎？」
錢莫多趕緊走到她面前道：「回貴人的話，問清楚了，如柳姑娘她現在……在淨軍之中。」
舒穆祿氏將茶盞重重放在小桌上，冷聲道：「為什麼要讓如柳去做淨軍，她犯了什麼錯？」
錢莫多慌忙道：「貴人息怒，並不是奴才或內務府的任何一個人讓如柳姑娘去淨軍的，是成嬪娘娘的意思，奴才們只是奉命行事；也怪奴才沒問清楚，否則就算是得罪成嬪娘娘，奴才也絕不會讓如柳姑娘去做這種低賤的差事。」
能坐到今日這個位置，錢莫多自然有幾分能耐，心裡更是跟明鏡一樣。成嬪是娘娘不假，可早已失寵；相反的，舒穆祿氏可以由庶人起復，在皇上心中絕對占有一席之地。
所以，就算不能討好她，也絕不可以得罪了。
成嬪，又是她！
怪不得剛才吞吞吐吐，神色那麼奇怪，原來她將如柳發配去了淨軍，實在是可恨至極！不過幸好，如柳還活著，哪怕是在做最低賤的活，可至少還活著。至於成嬪欠自己的，以後自己會一點點討要回來，就像今日一樣。

想到這裡，舒穆祿氏起身道：「能否請錢總管帶我去淨軍居住的地方？」

錢莫多連忙垂身道：「能為貴人帶路是奴才的榮幸，只是那地方骯髒惡臭，貴人如何好去，還是讓奴才派人去將如柳姑娘請來吧。」

第一千一百一十三章　重逢

「不，我要親自去。」

舒穆祿氏的態度異常堅決，無奈之下，錢莫多只得為其領路。

淨軍的住處在西夾牆附近，從內務府過去倒是不遠，很快便到了。西夾牆那裡立著一排淨房，人還沒靠近，便已聞到一股臭味。錢莫多下意識地舉袖掩了一下，同時悄悄回頭看了一眼舒穆祿氏，見她沒有任何異色，方才放心地繼續往前走。

每一處淨房皆有淨軍守在一邊，隨時負責打掃。因為這些人常年接觸汙穢之物，所以身上總是帶著一股臭味，怎麼都洗不掉，也因為如此，沒有人肯與他們往來。

這裡有這麼多淨軍與舊屋子，錢莫多也不曉得如柳住在哪間，遂道：「貴人請在此稍候，容奴才先過去問問。」

待舒穆祿氏點頭後，錢莫多上前幾步，喚過一個小太監，忍著臭味問：「你們這裡可有一個叫如柳的宮女？」

那個小太監識得錢莫多，怎麼也想不到他這個身分的大太監會來問自己事，一時惶恐無比，又怕身上的味道衝撞了錢莫多，隔著老遠躬身道：「回公公的話，確實有一個叫如柳的，前月裡剛來。」

一聽有如柳的消息，錢莫多不禁高興起來，彷彿連充斥在鼻端的臭味也淡了許多，放下袖子道：「那她人呢？」

小太監指著其中一處淨房道：「公公請看，守在那裡的人就是如柳。」

在揮手示意他離去後，錢莫多回到舒穆祿氏身前，將剛才那話複述了一遍，隨後道：「奴才這就將如柳姑娘請來。」

「不必了。」舒穆祿氏匆忙說一句，便朝錢莫多所指的方向快步走去，錢莫多急忙跟在她後面。

如柳與平常一樣，低頭垂目站在淨房旁邊，在她手邊還擺著打掃的工具。對於無處不在的臭味，她彷彿未聞，只是安靜地站著。

不論是多麼臭的地方，只要待得久了，就會麻木得聞不出來，就像她一樣。初來時，她每天聞著這個味兒，噁心欲嘔，吃不下東西，短短幾天就瘦了一圈，還大病一場，躺在床上幾天下不了地。

虧得她命大，閻羅王沒收走，剛有些緩過來，就被逼著去打掃淨房。那一天，她蹲在淨房裡，大哭一場，哭過後，將淨房一間間收拾乾淨。

從那以後，她開始變得麻木，哪怕是在淨房旁邊也照樣吃得下飯菜，而目光也在這日復一日的淨軍生活中變得呆滯。她不敢想、不敢思，因為那會讓她發狂，失去繼續活下去的勇氣。不過偶爾，她會想起被禁在水意軒裡的主子，想起無辜而死的雨姍……

「如柳。」

許是想得太過入神，她竟然聽到了主子的聲音。呵，主子被囚禁在水意軒中，怎麼可能會出現在這裡？

這般想著，聲音卻沒有消失，一聲接著一聲，幾乎要讓她分不清真實與虛幻，甚至於眼前還出現了幻覺，她看到主子穿著貴人的服飾站在面前。

看著面目枯槁、雙眼無光的如柳，舒穆祿氏難過不已，拉著如柳的手不住地道：「對不起，如柳，對不起，是我害得妳變成這樣，是我不好！」

手裡傳來的溫度讓如柳漸漸凝起焦距。不對，這不是幻覺，否則不會有如此真實的觸感與溫度，真的……真的是主子！

「主子，真的是您嗎？您……您出來了？」如柳緊張害怕地看著舒穆祿氏，唯恐她是私自逃出來的。

舒穆祿氏用力點頭。「是，皇上已經復我貴人之位，也解了禁足。如柳，我沒事了，沒事啊！」

聽到舒穆祿氏肯定的言語，許久沒有流過的淚再次流了下來，如柳不知道該說什麼，只是反反覆覆地道：「太好了，嗚，主子，太好了，奴婢終於盼到這一天了！」

舒穆祿氏撫去她臉上的淚，哽咽地道：「別哭了，我今日來，就是特地來帶妳回去的，以後咱們主僕又能在一起了。」

聽到這話，如柳忽地想起自己現在的身分，趕緊掙脫舒穆祿氏的手，後退了好幾步，搖頭道：「奴婢身上臭，不能再服侍主子了，會熏到主子的。」

「妳胡說什麼！」舒穆祿氏想也不想地上前緊緊拉住如柳的手，讓她無法掙脫。「雨姍已經不在了，難道妳也準備不理我嗎？」

如柳急急搖頭道：「不是，奴婢只是怕……」

「沒有什麼好怕的，若不是因為我，妳也不會淪落到這裡來清掃汙穢之物，說到底，是我對不起妳。」不等如柳說話，她鄭重地道：「就算妳身上的臭味永遠都洗不掉，我也要妳在我身邊服侍，哪裡都不許去。還有，以後我的路並不好走，沒有妳在旁邊幫我，我怕我走不了多遠。」

「主子……」如柳反握了舒穆祿氏的手，淚流不止，隨之一道流出來的，還有這些日子的委屈與辛苦。

錢莫多在一旁用力按了按眼角，好不容易擠出一滴眼淚來。「恭喜貴人，終於主僕團聚了，奴才真是替貴人高興。」

在安撫了如柳後，舒穆祿氏道：「多謝錢總管，我現在要帶如柳離開，可以嗎？」

錢莫多哪會說半個「不」字，迭聲道：「慧貴人請自便，奴才等會兒回去就將如柳姑娘撥到水意軒中。」

「多謝了。」舒穆祿氏頷首後，在無數淨軍羨慕的目光中帶著如柳離去。

直至她們都離開後，幾個人影方才從暗處走出來，其中一個女子似笑非笑地道：「還真讓妳猜對了，那妳再猜猜，舒穆祿氏下一趟會去哪裡？」

第一千一百一十四章　生疑

「真要猜嗎？」另一個容色絕美、氣質雍容的女子問著，在得到肯定的答覆後，緩緩吐出三個字：「坤寧宮。」

這兩人正是瓜爾佳氏與凌若，她們之所以會在這裡，是凌若猜到舒穆祿氏解了禁足之後，會來此處找如柳，所以過來看看，結果還真如她所料。

瓜爾佳氏臉上的笑容一滯，低聲道：「她真會與皇后結盟？」

「為什麼不會？我、劉氏還有成嬪是她的死敵，沒有任何緩和的餘地；而她想要對付我們，只憑一己之力是不夠的，必須藉助別人的力量。在這宮裡，嬪以上的，除了我與姊姊、劉氏、戴佳氏之外，便只有皇后與裕嬪。裕嬪甚少理會宮中之事，且膽子不大，沒有什麼野心，顯然不符合舒穆祿氏的要求，那就只剩下皇后一人。」

「這兩人皆有手段與野心，最重要的是都很難忍，若讓她們聯手，咱們會很吃虧的，尤其是皇上如今對舒穆祿氏念念不忘。」

聽得後面這句，凌若心裡猛地一痛，不過她在痛意蔓延之前便壓抑住，淡然道：「所以，咱們也需要與人聯手。」

瓜爾佳氏心思敏銳，稍稍一想便猜到了她說的是哪個人。「妳是說劉氏她們？」

「不錯，我們與劉氏從未撕破臉，聯手應該沒問題；再說，現在舒穆祿氏出來，她無疑是最擔心的那一個。若我料得不錯，只怕她很快便會主動來找我們。」

「既如此，那我們就靜觀其變。」

兩人並肩走著，不知不覺來到臨淵池。如今春光明媚，放養在池中的錦鯉在水下歡快地游著，不時躍出水面，魚尾帶起一長串晶瑩水珠。

瓜爾佳氏扯過一條柳枝在指尖繞著，感慨道：「唉，有時候想想，人活一世真的挺沒意思，不過區區幾十年，卻偏要爭來搶去，豈不知到雙眼閉上時，什麼都帶不走，倒不如凡事看開一些。」

凌若撫著光滑的欄杆道：「若是每個人都能這麼想，世間便不會有那麼多事了。身在紅塵，終是難脫愛恨貪嗔這四個字，為了欲望不斷與他人相爭，殊不知到最後傷人亦傷己。」靜默片刻，低低道：「我也如此。」

「不是，妳更多的是為了自保，後宮之中，善良只會讓自己死無葬身之地。」

說到這裡，瓜爾佳氏微微一笑道：「所以，我會感嘆，卻不會就此任人宰割，更不要說淪為他人上位的踏腳石。我只是我，不是任何人的工具與目標，妳也同樣。」

凌若點點頭，望著不時被打破平靜的湖面，許久方低低地道：「我們已經無路可退了，只能不斷地走下去。姊姊，妳要一直陪著我，不許像溫姊姊一樣離開。」

「不會的。」在這般說了一句後，瓜爾佳氏忽地道：「話說回來，自從妳今日與我說了舒穆祿氏的事後，我一直想不明白，皇上為何對舒穆祿氏這麼在意。皇上的性子我很清楚，涼薄、冷酷、果斷絕決，在他的字典裡根本沒有拖泥帶水這四個字，何以在這件事上如此反常呢？」

凌若握緊了掌下冰涼的欄杆，艱難地道：「答案只有一個，皇上喜歡上了舒穆祿氏。」

「不太可能。」

瓜爾佳氏的回答令凌若頗為意外，疑聲道：「為什麼？」

瓜爾佳氏拉著凌若蹲下身，並將凌若的一隻手浸入水中。「如何，是冷是暖？」

「冷。」雖然此刻是四月天，又有陽光照著，但池水還是頗為涼寒。

瓜爾佳氏鬆開手道：「池水現在對於妳來說自然是冷的，可是妳若一直與這些魚一樣生活在水中，不僅不會感覺到任何涼意，甚至還會覺得暖和，因為已經習慣了這個溫度。」

瓜爾佳氏的話並不難懂，凌若也聽得明白，可她不懂這與之前說的事有何聯繫？

瓜爾佳氏看出她的疑惑，道：「納蘭湄兒是自小養在宮中的，與皇上可以說是青梅竹馬，皇上喜歡她很正常；而妳，康熙四十三年入府，直至皇上登基，整整十九年，妳才算得到了皇上一絲真心；但是，也只有妳們兩人而已，哪怕是盛極一時的年氏、佟佳梨落，又或者是陪伴皇上最久的皇后，都再不曾得到一絲真心。」

「可以說，皇上是一個既重情又薄情的人，這樣的人絕對不會輕易喜歡上一個人。可是妳想想，舒穆祿氏入宮不足兩年，得寵的時間更短，她憑什麼讓皇上念念不忘，憑那雙像納蘭湄兒的眼睛嗎？」

下一刻，她已經嗤笑著道：「佟佳氏那麼像納蘭湄兒，簡直可以說是一個模子裡刻出來的，可是她犯錯時，皇上沒有任何心軟，直接趕她出府，之後也從未再提及過。妳說皇上喜歡舒穆祿氏，是因為喜歡才變得這麼反覆無常、拖泥帶水，我覺得不太可能，其中應該還有別的原因，可我一時半會兒還想不出來。」

凌若之前因為胤禛的事而心神不寧，無法靜下心來分析，眼下被瓜爾佳氏一說，頓時也覺得有問題。在舒穆祿氏一事上，胤禛的行事作風，確實與以前相差甚遠，還有昨夜胤禛矛盾的態度……

凌若取下帕子慢慢擦乾手上的水，低聲道：「舒穆祿氏的阿瑪只是一個小小知縣，不足為提，所以不可能是為家世；她沒有子嗣，容貌放眼後宮之中，也只能算平平，究竟是什麼，讓她被皇上這樣記在心裡？」

她想了許久，始終沒有頭緒，不過越沒頭緒也就越證明此事可疑。

第一千一百一十五章 戴佳氏

永壽宮中的劉氏知道舒穆祿氏復位為貴人時，氣得快要瘋了，在殿中不斷地來回走著。若非還有一絲理智克制，她恨不能衝到胤禛跟前，質問他為什麼要將舒穆祿氏放出來？難道那麼快就忘了弘旬的死嗎？

海棠端了茶進來，小聲道：「主子，您走了很久了，坐下歇歇喝口茶吧。」

劉氏腳步一頓，但隨即再次走了起來，金磚被踩得登登作響，唯有這樣，她才可以勉強壓下心中的憤怒。「本宮喝不下，拿下去。」

海棠知道她心情差得很，不敢多言，轉向金姑道：「姑姑，您看主子這……」

金姑揮手示意不相干的宮人離去，隨後方道：「主子，奴婢知道您不甘心，可事情都已經發生了，您再怎麼難過，也得嚥下這口氣。」

「本宮嚥不下！」劉氏停下腳步，怒容滿面地道：「本宮失去了一個兒子，聽清楚，是一個兒子啊！結果呢？舒穆祿氏除了死一個宮女之外，毫髮無損，妳讓本宮怎麼接受得了！」

金姑猶豫了一下道：「奴婢聽說這一次是皇后娘娘去求皇上，還聽說當時熹妃娘娘也在，熹妃娘娘百般反對，可皇上一意孤行，復舒穆祿氏之位。」

「皇后！」劉氏恨恨地吐出這兩個字，將那拉氏恨到了極處。

「主子，生氣不只解決不了事，反而還會壞事。您現在最需要的不是生氣，而是戒備。別人不知道七阿哥是死於何人之手，但舒穆祿氏一定知道，她今朝起復，最恨的人莫過於主子，一定會想辦法報復，您一定要小心謹慎。」

「她就算起復，也不過是一個貴人，能奈本宮如何？」話雖如此，但劉氏底氣卻不是很足。自從弘旬一事後，胤禛便不曾再召見過她，來永壽宮的次數更是屈指可數，且每一次都是說幾句話就走，從未過夜。

金姑取過海棠手裡的茶，放到劉氏手中，輕聲道：「主子若真有信心，就不會說這樣的話了。」

「妳……」劉氏想要斥責金姑，卻不知該說什麼，許久，重重嘆了口氣，頹然坐在椅中道：「不錯，本宮是在擔心，她可以這樣讓皇上牽掛於心，實在出乎本宮的意料。今日她勢起，只怕會比以前更盛。」

「盛極一時算不得什麼，能盛極一世才叫本事。好比熹妃，她中間雖有起落，也輸給過別人，卻一直笑到了現在。所以，舒穆祿氏一時得勢，主子根本不必擔心，只要您能遏她來日便可。」

劉氏揭開蓋蓋，輕撥著浮在茶湯上的茶葉，沉聲道：「這話說起來輕巧，做起來卻是千難萬難。之前那麼好的機會都沒有置她於死地，更不要說以後。」

金姑搖頭道：「不容易並不代表不可能，只要主子能靜下心來仔細琢磨，奴婢相信一定可以；而且經過這次的教訓，下回必定不會再給舒穆祿氏任何翻身機會。」

劉氏沉眸道：「不錯，本宮既能敗她一次，就能敗她兩次。」

正說著話，殿外傳來宮人恭敬的聲音：「主子，成嬪娘娘來了。」

海棠感到奇怪地道：「成嬪？她與主子素無往來，怎麼今日突然過來了？」

金姑微微一笑道：「當日在七阿哥事情上成嬪曾替主子作過證，而後成嬪又派人強行帶走如柳，眼下舒穆祿氏起復，又是住在同一宮的，妳說她還坐得住嗎？」

海棠會意過來，道：「姑姑的意思，是說她是來找主子幫忙的？」

「八九不離十。」

劉氏正了正頭上的髮釵、步搖道：「請成嬪進來。」

不等劉氏吩咐，金姑已經上前打開宮門，與海棠一道朝走進來的女子行禮道：「奴婢給成嬪娘娘請安，娘娘萬福。」

戴佳氏微一點頭道：「起來吧。」

在金姑她們謝恩起身時，劉氏亦站了起來，微笑著迎上來。「見過姊姊。」

戴佳氏虛虛笑道：「妹妹無須多禮，倒是本宮貿然前來，望請妹妹不要見怪。」

「姊姊說的這是哪裡話，妳來看我，我高興還來不及呢，快請坐。海棠，奉茶。」如此吩咐了一句，她又道：「內務府剛送了一些新上貢的雨前龍井來，喝著特別甘香可口，姊姊一定得嘗嘗。」

「妹妹實在是太客氣了。」在又說了幾句客套話後，戴佳氏終於憋不住道：「妹妹，舒穆祿氏復位的消息妳可聽說了？」

劉氏輕嘆一口氣道：「這事宮裡都傳遍了，妹妹哪裡會不知道。」

這不鹹不淡的話令戴佳氏一時摸不準劉氏的態度，只能繼續道：「其實七阿哥那件事，明眼人一看就知道雨姍區區一個宮女沒那麼大的膽子，肯定是舒穆祿氏在背後指使，可惜皇上不願相信，眼下更……唉，本宮每每想起，真是替七阿哥不值。」

劉氏神色哀切地搖頭。「可惜皇上不相信，咱們就算說得再多也沒用。」

見劉氏就是不表態，戴佳氏急得像有貓在抓五臟六腑一般，強忍著道：「本宮就是怕妹妹難過，所以特意來開解妹妹，希望妹妹不要鑽了牛角尖。」

劉氏感激地道：「姊姊這般關心妹妹，實在是令妹妹受寵若驚。」

說話間，有宮人奉了茶上來，戴佳氏抿了一口後，突然重重嘆了口氣。「想必妹妹也知道，本宮曾讓人將如柳從水意軒中帶走，因為舒穆祿氏當時已是庶人，實在不該再有宮人服侍。沒想到舒穆祿氏竟然懷恨在心，今兒個一早便來向本宮報復，將本宮的宮人好一頓教訓。」

「什麼，她竟然如此膽大妄為？」劉氏這一次是真的驚訝了。「她就算復位，也不過是一個貴人罷了，怎敢在姊姊面前放肆。」

戴佳氏道：「本宮也沒想到她會這樣，妹妹是沒看到她那囂張的樣子，根本沒有將本宮放在眼中。不只是本宮，只怕妹妹妳們，她也沒一個放在眼裡的。」

劉氏沉默半晌，道：「姊姊可曾將這件事告訴皇上？」

戴佳氏又是一嘆道：「唉，說了又能如何，皇上會放她出來，就表示正喜歡著她，哪裡會幫本宮說話。」說到這裡，她話鋒一轉道：「所以本宮才來找妹妹商量，看妹妹有沒有什麼好辦法。」

劉氏無奈地道：「我能有什麼辦法，她仗著皇上寵愛，根本不將咱們放在眼裡。」

戴佳氏聞言有些發急。「那咱們就由著她這麼欺負？真要這麼下去，只怕她下次要騎到咱們頭上去了！」

第一千一百一十六章 正題

見自己只是稍稍一激，戴佳氏便按捺不住心思，劉氏無聲一笑，道：「姊姊少安勿躁，雖然咱們奈何不了她，但並不代表別人也奈何不了。」

戴佳氏一想到今晨的事，就滿心不安，連忙催促道：「那妹妹倒是快說，誰可以治得了她？」

劉氏不答反問：「姊姊妳說呢？」

戴佳氏倒也不蠢，稍一想便明白了她這話的意思。「妹妹是說熹妃娘娘？」

劉氏微笑道：「不錯，熹妃娘娘乃是宮中唯一一位正三品娘娘，又負責打理後宮之事，舒穆祿氏就是再囂張，也不敢在熹妃娘娘面前放肆。」既然免不了這一場對峙爭鬥，那麼自然是將越多人拖下來越好。

戴佳氏連連點頭。「不錯，妳說得沒錯，舒穆祿氏再怎樣也不敢對熹妃娘娘不敬。」停了片刻，她又急迫地道：「那咱們現在就去找熹妃娘娘說這事，讓她為咱們撐腰，可不能由著舒穆祿氏得意下去。」

劉氏端過茶道：「姊姊這麼急做什麼，待喝完了這盞茶再去，可不能浪費了這上好的雨前龍井。」

戴佳氏只要一想到舒穆祿氏很快會知道是她將如柳發配到淨軍去，就坐立不安，哪裡有心情喝茶，恨不得趕緊將劉氏與凌若綁在一條船上，當下道：「妹妹，茶什麼時候都能喝，還是趕緊去找熹妃娘娘商量吧。」

劉氏被她說得無法，只得答應，一道往承乾宮行去。一路上，戴佳氏不斷絮絮說著舒穆祿氏今晨在她那裡如何放肆，如何以下犯上。

劉氏只是安靜地聽著，不過這安靜的背後卻是對戴佳氏的鄙夷，只是被舒穆祿氏一嚇就嚇破了膽，真是無用至極；既然無膽，便該好好在宮裡吃齋念佛，偏生要去學人家落井下石，簡直就是愚蠢得可笑。若非看在她還有可利用的地方，又同樣憎恨舒穆祿氏，劉氏根本不屑與她說那麼多。

進了承乾宮，兩人朝正坐在上首飲茶的凌若欠身行禮，待她們落座後，凌若微笑道：「妳們兩個怎麼一道過來了，真是難得。」

劉氏斜欠著身子道：「回娘娘的話，適才成嬪姊姊來看臣妾，說起娘娘自掌管後宮之後，一直待咱們極好，平日裡宮中凡是有什麼好東西，娘娘總是記得咱們一份。臣妾與成嬪姊姊一直心懷感激，今日是特意過來謝娘娘的。」

戴佳氏亦在一旁附和：「臣妾與娘娘在潛邸時就相識，這麼些年來，一直多虧娘娘照拂，臣妾一直不知該如何感激。」

所謂無事獻殷勤，非姦即盜。這兩人自進門開始，就不住給自己戴高帽、說好話，後面肯定有事相求。不過既然她們不提，凌若自然也不會說破，虛應道：「怎的說這樣見外的話，既入了宮便是姊妹，姊妹之間相互幫襯是理所當然的事，哪需要說謝，除非妳們不拿本宮當姊妹看待。對了，謙嬪，六阿哥這陣子可還好？本宮聽說他前幾日有些腹瀉，太醫瞧過了嗎？」

劉氏在椅中欠了欠身道：「多謝娘娘關心，太醫看過了，也開了些藥，吃過後已經沒有再腹瀉了。」

凌若欣慰地道：「那就好。唉，六阿哥還小，妳這個做額娘的多費些心思，仔細看好了，千萬不要讓他有事。」

「娘娘放心，臣妾一定會當心的。臣妾已經失去了一個兒子，萬不能連弘瞻也失去。」說到這裡，劉氏露出哀傷之色。「每每想起弘旬，臣妾都是後悔不已，若臣妾不曾將他過繼給舒穆祿氏，他現在還好好地活著。」

凌若撫慰道：「過去的事多想無益，謙嬪還是要看開一些得好。」

戴佳氏趁機道：「娘娘，舒穆祿氏復位的消息您可聽說了？」

終於說到正題上了。凌若不動聲色地點點頭。「本宮昨日就知道了，皇后娘娘親自為舒穆祿氏開口求情，皇上念及皇后娘娘情面，又覺得七阿哥一事，舒穆祿氏多少有些冤枉，所以命蘇公公傳旨復其位分。」

劉氏垂目不語，戴佳氏則道：「臣妾可一點都不覺得她冤枉，區區一個宮女哪有那麼大的膽子害堂堂阿哥。」

凌若輕嘆口氣道：「不管怎樣，皇上都已經復了她的位分，過去的事就不要想太多了。」

劉氏搖頭道：「娘娘您是不知道，剛才成嬪姊姊與臣妾說，舒穆祿氏今日一早就去她那裡好一頓鬧，還教訓了成嬪姊姊的宮女，一副目中無人的樣子，真是想著都讓人生氣。」

「竟有這種事？成嬪，妳就由著她放肆？」凌若故作驚訝地問著。事實上，戴佳氏做過什麼她一清二楚，剛才更親眼看舒穆祿氏將如柳從淨軍中接出來。

戴佳氏一臉委屈地道：「臣妾不由著她還能怎樣？她根本不將臣妾放在眼裡，臣妾說的話，她更是一個字都不聽。」

凌若連連搖頭。「想不到舒穆祿氏竟然如此不懂事，實有負皇上、皇后對她的一番厚望。」

劉氏瞥了她一眼，小聲道：「娘娘，臣妾還有一事擔心。」待凌若示意後，道：「舒穆祿氏之前被廢位、禁足，與臣妾等人皆有些關係，她這一次出來，只怕不會善罷干休。」

凌若秀眉一蹙，凝聲道：「謙嬪是怕她會心存報復？」

劉氏垂首道：「不錯，從舒穆祿氏去找成嬪姊姊麻煩一事中，可以看出她乃是心胸狹窄的小人。這樣的人非但不會意識到自己的錯處，還會反將錯加諸在別人身上，然後行報復之事。」

凌若沉吟片刻道：「那依謙嬪的意思，該怎麼做？」

劉氏與戴佳氏對視一眼，兩人一起跪下道：「臣妾等人雖比舒穆祿氏位高，但她仗著皇上厚待，根本不將臣妾等人放在眼中，還請娘娘為臣妾等人做主。」

「這個……」凌若猶豫著沒有立刻說下去。

劉氏趕緊道：「臣妾知道娘娘宅心仁厚，不願與人為難，但娘娘當日曾質疑過雨姍害死弘旬一事；至於臣妾，她一直覺得臣妾將弘旬過繼給她用意不善，而成嬪姊姊又幫臣妾作過證，咱們三個都是她嫉恨之人，她一定會使盡手段來害咱們。」

第一千一百一十七章 討好

凌若神色一沉，冷哼道：「她敢！」

劉氏悄悄向戴佳氏使了個眼色，戴佳氏用力擠出兩滴眼淚道：「娘娘，她剛出來便使臉色給臣妾看，還有什麼不敢的？臣妾真怕她在皇上面前進讒言。娘娘，您可不能讓她這麼得意下去。」

「妳們先起來。」在命宮人扶了兩人起來後，凌若道：「這件事本宮心裡有數了，妳們無須再多說。舒穆祿氏那頭，本宮會留意，不過妳們自己也要當心一些，別讓她挑毛病生事，一切還得慢慢計議。」

「是，臣妾明白。」兩人各自答應後，見凌若沒有再說下去的意思，識趣地告退。

在她們走後，一個身影自後面閃了出來，正是瓜爾佳氏。她隨意在椅中坐下，笑道：「舒穆祿氏剛一出來，她們兩個就坐不住了，緊趕著來妳這裡，想讓妳出手對付舒穆祿氏，好來一個借刀殺人。」

凌若拍一拍手，漫不經心地道：「這宮裡頭的人最喜歡的就是這一招，不過戴佳氏膽小懦弱，她未必有這麼多的心思，但是劉氏就一定有了。」

瓜爾佳氏頷首道：「這個女人心思之重，遠勝過於當時的溫如傾。有時候我真懷疑是不是她掐死了七阿哥，然後嫁禍給舒穆祿氏。」

瓜爾佳氏本是隨口一說，卻讓凌若上了心，斟酌了許久，喃喃道：「也許，真有這個可能。」

「妳說什麼？」瓜爾佳氏一時沒聽清，待凌若重複了一遍後，她搖頭道：「不可能，害死弘旬固然能嫁禍舒穆祿氏，但卻要死一個兒子，這代價太大了，可謂是得不償失。以劉氏的精明，斷然不會做這樣的事。」

凌若仔細回憶一下道：「劉氏生產時姊姊不在，所以不知道當時的情況。弘瞻與弘旬早產將近兩月，又是雙胎，妳說真會一點問題都沒有？」不等瓜爾佳氏回答，她又道：「還有，他們生下來的時候，身量比一隻小貓大不了多少，尤其是弘旬更是小得可憐；而且他生下來的時候，哭聲很微弱，不像弘瞻那樣宏亮。」

瓜爾佳氏逐漸明白了凌若的意思，神色凝重地道：「妳是懷疑七阿哥一生下來就有問題，甚至活不長久？可是穩婆與太醫均說二位阿哥身體康健，沒有任何異樣；而且七阿哥在死之前，也一直好端端的，什麼事情也沒有。」

「真的好嗎？」凌若反問：「七阿哥自出生後就一直在睡覺，少有清醒的時候。

雖說嬰兒都嗜睡，但是像他這樣的我卻還是頭一次看到。而且負責照顧七阿哥的奶娘一直有在服藥，何太醫說是幫助七阿哥調理身子的，但到底是什麼藥，就只有他自己清楚。」

瓜爾佳氏道：「妳說得有幾分道理，若是以此為前提，就可以解釋當初劉氏為什麼要將七阿哥過繼。可不管怎樣，那始終是劉氏的親生孩子，她如何能夠下得了手？」

凌若淡然道：「有些人為了利益可以不擇手段。再說，如果七阿哥早晚要死，若可以將他的死加諸在舒穆祿氏身上，從而讓舒穆祿氏陪葬，就一舉兩得了。」

「虎毒尚且不食子，她這樣可是比老虎還要狠毒了。」瓜爾佳氏嘆著氣道：「若真是死在親娘手裡，七阿哥委實太可憐了些。」

「這件事，舒穆祿氏心裡應該是清楚的，所以她當時口口聲聲說劉氏陷害她，只是不論是皇上還是我，都先入為主，認為劉氏不可能加害自己的孩子。」

瓜爾佳氏沉默了一會兒，問：「那妳現在想怎麼辦，繼續查下去？我得提醒妳，事情過了那麼久，未必還可以查出什麼線索來。還有，妳現在最該當心的人，不是劉氏，而是舒穆祿氏。劉氏剛才有一句話說得沒錯，妳、劉氏、戴佳氏都是舒穆祿氏現在最嫉恨的人，她絕不會放過妳們。」

「我知道。」凌若撫額道：「我只是突然想到這件事。其實真要查，大可以從何太醫入手，不過這樣一來，就會打草驚蛇，不管何太醫說不說，都會逼得劉氏狗急跳牆，而我也會腹背受敵。」

「妳明白就好。只要舒穆祿氏沒惹到妳頭上，妳就暫時不要出手，靜觀其變，最好讓舒穆祿氏與劉氏鬥得兩敗俱傷。」瓜爾佳氏起身走到凌若身邊，將手搭在她肩頭。「位越高，人越險，宮裡那麼多雙眼睛盯著妳，妳一定要小心再小心。」

凌若點頭，反握了瓜爾佳氏的手道：「我知道了，姊姊放心吧。」

舒穆祿氏帶著如柳回到了水意軒。錢莫多的動作著實快，只這麼一會兒工夫，內務府已經把人送來了，有好幾個還是原來就在水意軒伺候的，可見錢莫多為了討好舒穆祿氏，頗費了一番心思。

在命她們帶如柳下去沐浴後，舒穆祿氏走到院中，望著那些殘破枯黃的樹木出神，不知在想什麼。

不過她並沒有出神太久，因為有許多太監捧著一盆盆開得正豔的丁香、牡丹、杜鵑等花卉進來，在他們後面跟著錢莫多。

錢莫多忙過來打千。「奴才給慧貴人請安，慧貴人吉祥。」

舒穆祿氏神色緩和地道：「辛苦錢總管了，半天工夫，不只將伺候的人送來，還親自帶人來換這裡的花草，其實明日再弄也是一樣的。」

錢莫多討好地說著。「貴人太客氣了，這些枯花殘葉留在這裡，容易影響心情，還是趁早移走為好，如此貴人看著也舒服一些。」

那些小太監的動作極快，不一會兒便將花盆擺好了，原來的那些殘花也皆被移走。看著煥然一新的院子，錢莫多道：「不知貴人可還滿意？若是貴人覺得缺了什麼，奴才這就派人送來。」

舒穆祿氏搖搖頭道：「不必了，這樣很好，多謝錢總管。」

「那奴才先行告退了，改日再來給貴人請安。」在舒穆祿氏點頭後，錢莫多領著那些小太監退了出去。

就在這時，舒穆祿氏身後傳來一個囁囁的聲音：

「主子。」

第一千一百一十八章　見皇后

舒穆祿氏回身，只見已經換了一身新衣裳的如柳正站在那裡，頭髮還是溼的，正不斷往下滴著水。

看到如柳，舒穆祿氏露出一絲笑意，待要去拉如柳的手，後者卻將手背在身後，不安地道：「奴婢覺得身上還有味道，奴婢還是再去洗一次。」

舒穆祿氏尚未說話，如柳後面的宮女已經拉著她道：「如柳姊，妳剛才已經洗很久了，全身都搓紅了，再洗的話，皮膚會破的。」

如柳用力聞著自己的身子，連連搖頭道：「不把臭味洗乾淨會熏到主子的，快去準備水，我要再洗。」

「如柳！」舒穆祿氏不顧如柳的掙扎，從她背後拉過手道：「沒有，妳現在一點都不臭，不要再洗了。」

「不是啊，奴婢明明聞到了……」如柳不斷想要將手從舒穆祿氏掌中抽出來。

「主子，您離遠一些，不要熏到您。」

舒穆祿氏安撫道：「如柳，相信我，什麼臭味都沒有。妳會聞到，是因為妳覺得自己還臭，還不乾淨，那是幻覺。」

「真的不臭了嗎？」如柳不斷地聞著，唯恐舒穆祿氏是在騙自己。

舒穆祿氏明白如柳的心情，極其肯定地道：「自然是真的，不信妳問問其他人，看他們覺不覺得臭。」

剛才說話的那個宮女機靈地道：「如柳姊，妳身上不僅不臭，還很香呢。」

其他人也紛紛附和，如柳終於放下心來，如釋重負地道：「不臭了就好。」

舒穆祿氏撫著如柳瘦削的臉頰道：「過去的事不要想了，以後我不會再讓妳受苦，至於害妳的人，我也不會讓她好過。」

「主子……」如柳眼圈發紅地看著舒穆祿氏。

在她哭出來之前，舒穆祿氏道：「好了，先陪我去坤寧宮吧。」

如柳微微一驚，訝然道：「主子要去見皇后？您與她不是……」

「我知道，不過這一次皇上肯下旨復我位分，乃是因為她向皇上進言，於情於理，我都要去一趟。另外，我也想知道她為什麼要幫我。」後面這個才是最主要的原因。當她從蘇培盛嘴裡知道是那拉氏求的情後，一直心存疑問。她很清楚那拉氏的為人，而她又與那拉氏撕破了臉，對方根本沒理由為自己求情。

如柳點點頭。「嗯，奴婢扶您過去。」

舒穆祿氏剛走了幾步，忽地停下腳步，掃了一圈開得正好的花草，對畢恭畢敬站在那裡的宮人道：「挑幾盆開得最好的牡丹送到成嬪那裡，就說我給她壓驚的，順便謝謝她對如柳的照顧。這份『恩惠』，我必會銘記一生一世。」

明明她的眉眼間一直有笑意隱現，可是宮人卻打了個寒顫，深深低著頭，不敢與之對視，一直到其走遠後，方才敢抬起頭。

舒穆祿氏一路來到坤寧宮，守宮的太監告訴她，那拉氏去了臨淵池釣魚尚未回來，問她是否要在這裡等候，舒穆祿氏想了想道：「不必了，我去臨淵池尋皇后娘娘吧。」

從坤寧宮到臨淵池又是好一段路，在穿過那片已經看不到梅花的林子後，舒穆祿氏看到一個穿著淺金色衣裳的身影坐在湖邊，旁邊站著一個太監，舒穆祿氏從他的側臉認出乃是向來寸步不離那拉氏的小寧子。如此一來，另一道身影的身分就呼之欲出了。

在舒穆祿氏準備走過去的時候，如柳拉了她的衣裳，悄悄道：「主子，皇后她會不會不願見您？」

「她若不想見我，就不會求皇上放我出來了。」如此說了一句後，舒穆祿氏走了過去。

隨著距離的拉近，她的腳步聲驚動了垂手站立在湖邊的小寧子，他抬頭往這邊望過來，看清之後，微側了身子喚道：「慧貴人吉祥。」

舒穆祿氏點點頭，在距離幾步的地方站住，然後朝那道一動不動的身影深施一禮。「臣妾參見皇后娘娘，娘娘萬福金安。」

岸邊靜悄無聲，唯有一群黃鸝從柳樹上飛起，在半空中留下悅耳的鳴叫聲。在這樣的靜寂中，舒穆祿氏一直保持著半蹲的姿勢。

許久，一個淡然的聲音響起。「是慧貴人嗎？」

舒穆祿氏身子一顫，連忙道：「是臣妾，臣妾特來給娘娘請安。」

又是一陣靜寂後，那拉氏的聲音再次傳來。「起來吧，到本宮身邊來。」

「是。」藉著如柳的攙扶，舒穆祿氏起身來到那拉氏身邊。一眼望去，那拉氏的妝容一如既往的精緻優雅，很好的掩藏住歲月留下的痕跡。她手裡執著一柄長長的魚竿，魚線靜靜地垂落至水中。

在她悄悄打量那拉氏的時候，那拉氏也在打量她。「嗯，一段時間沒見，氣色倒是還好，精神也不錯。」

「多謝娘娘關心。」這般說著，舒穆祿氏屈膝跪下道：「臣妾今日來，除了給娘娘請安之外，還是來給娘娘謝恩的。若非娘娘垂憐，臣妾至今仍被幽禁在水意軒中，不見天日。」

那拉氏微微一笑道：「起來吧，本宮與妳雖有些誤會，但始終不忍看妳將大好青春虛擲，所以才為妳在皇上面前美言；也幸好皇上還給本宮幾分面子，沒有拒絕。」

舒穆祿氏默然不語。她與那拉氏之間並非是一句誤會便能揭過去的，從她不喝杜鵑送來的藥開始，便是與那拉氏正式翻臉，所以那拉氏會這麼做，實在是出乎她的意料。

那拉氏朝她身後看了一眼，微笑道：「慧貴人動作倒是快，這一會兒工夫，已經將如柳找回來了，看來妳見過成嬪了。」

舒穆祿氏知道，自從熹妃掌權後，那拉氏雖然表面上不怎麼過問後宮之事，但私底下一直有派人盯著，宮中稍有風吹草動就會傳到她耳中，是以對於她知道成嬪刁難如柳一事並不奇怪。「臣妾有一句話不知當問不當問。」

一陣風拂過湖面，那拉氏微瞇了眼眸道：「慧貴人有話儘管說就是。」

「臣妾想知道娘娘為什麼要幫臣妾。」猶豫許久，她終是將這句話問出來。

第一千一百一十九章　敵友

「慧貴人覺得本宮不應該幫妳嗎？」那拉氏的反問令舒穆祿氏一時不知該如何接口，不過那拉氏也沒準備要她回答，很快便自己說了下去：「其實在這宮裡，並沒有永遠的敵人與朋友，劃分敵友的界限，只在於對自己是有利還是有害。」她停頓了一會兒後又道：「本宮救妳，是因為本宮覺得與慧貴人合作，利多於害，不知慧貴人以為如何？」

「臣妾不知道。」舒穆祿氏回答得很直接。「臣妾剛釋禁足，許多事都還不清楚，所以無法回答娘娘的問題。」

「不清楚不要緊，只要不糊塗就好。」

那拉氏話音未落，魚竿便動了起來，舒穆祿氏見狀道：「娘娘，魚竿動了，想必是有魚在咬鉤。」

「不急，那魚現在只是在試探而已，還未真正咬鉤。」那拉氏微笑地看著舒穆祿氏。「慧貴人到現在還覺得本宮是妳的敵人嗎？」
「臣妾不敢。」在舒穆祿氏說這話的時候，魚竿劇烈地動了起來，細細的魚線在陽光下猶如一道浮金幻影。
小寧子在一旁道：「主子，奴才幫您起鉤。」
那拉氏點頭後，小寧子接過魚竿，用力一拉，一尾金紅色的錦鯉被拉出水面，魚尾在半空中用力地甩著，想要擺脫嘴裡那個鉤，可是任憑牠怎麼使勁，都無濟於事，被人扔進蓄了水的桶中，只能在狹小的桶中打轉。
那拉氏拍拍手，站起身來看著桶中的錦鯉道：「慧貴人覺得這條魚可憐嗎？」
舒穆祿氏上前看了一眼，搖頭道：「臣妾以為，沒什麼好可憐的。在池中與在桶中，不過是大小之別，歸根結柢是一樣的，都被人圈在裡頭。」
那拉氏頷首道：「多日未見，慧貴人看事更加透澈了，那麼該知道本宮並不是妳的敵人，恰恰相反，本宮是現在唯一能幫妳的人。當日七阿哥一事，熹妃與成嬪都站在謙嬪一邊，指稱妳害死七阿哥，一心一意想要置妳於死地，眼下妳復位，她們可不會善罷干休啊。」
舒穆祿氏知道她說的是實情，自己可以在成嬪面前放肆，但熹妃位高權重，又得聖恩多年，遠非成嬪那種人可比，要對付她絕不容易。「那娘娘呢？娘娘不怪臣妾之前的任性了嗎？」
那拉氏微微一笑道：「妳也說是任性了，本宮權當妳是耍孩子脾氣，氣過了便沒事；何況那件事上，本宮也有錯。今日之後，誰都不要再提了，可好？」

舒穆祿氏跪下道：「娘娘大恩大德，臣妾沒齒難忘。」

那拉氏親手扶起她道：「本宮只有一句話，那就是記清楚，誰才是妳的敵人，千萬不要忘記。」

「臣妾省得。」舒穆祿氏起身後，看到那拉氏又接過魚竿，不由得道：「娘娘何時開始喜歡垂釣的？」

那拉氏瞇眸道：「也就是最近這一、兩年吧，垂釣既可以陶冶情操，又可以享受魚兒上鉤的喜悅，本宮覺得很不錯。不過在慧貴人妳這個年紀看來，一坐就是一、兩個時辰，可能會覺得太過無趣與沉悶。」

舒穆祿氏搖頭道：「臣妾還小的時候，曾隨阿瑪去河邊垂釣，其實等魚兒上鉤的過程很有趣。」

那拉氏笑意一深，語帶雙關地道：「不錯，確實是很有趣。」

從坤寧宮出來後，如柳小聲道：「主子，您小心些皇后，奴婢覺得她那些話並不可信。熹妃、謙嬪她們固然不是好人，但皇后同樣不是。」

舒穆祿氏停下腳步，轉頭看著如柳直發笑。如柳被她看得奇怪，伸手在臉上抹了幾把，什麼都沒有，那主子是在看什麼？

等到她將這個疑惑問出來的時候，舒穆祿氏已是笑得前俯後仰，如柳跟在她身邊這麼久，還是第一次看她笑成這樣，滿頭霧水地道：「主子，您到底在笑什麼，是否奴婢說錯了什麼？」

「沒有，妳說得很對，我是心裡高興。」在止了笑聲後，舒穆祿氏拉過如柳的手，嘆道：「我認識的那個如柳，終於回來了。」

聽得是這麼一回事，如柳不由得笑了出來，隨即又有些不好意思地道：「奴婢之前讓主子失望了。」

「沒什麼好失望，妳還活著，對我來說就已經謝天謝地了，我多怕成嬪狠毒地把妳害死，這樣就只剩下我一人了。」感慨了一句後，舒穆祿氏轉過話題道：「剛才那番話，讓我明白了皇后的心思，她幫我，是想借我之手除掉熹妃與謙嬪，只要她們兩個一死，後宮就完全落入她的掌控之中。哪怕以後選秀，新入宮的秀女想要達到熹妃這樣的高度，短時間內沒有可能，這麼一來，她的地位就會牢不可破。」

如柳深以為然地點頭。「奴婢這段時間雖然在淨軍中，但是偶爾也有聽到他們說起宮中的事情。眼下，皇后除了一個名頭之外，幾乎可以說什麼都不是，後宮大權旁落，二阿哥又不得皇上喜歡，處處為熹妃所制。」

舒穆祿氏慢慢走著道：「她知道自己年老色衰，也生不出子嗣來，憑她一人根本無法與熹妃對抗，所以便求皇上復我之位，借我的手去對付熹妃她們。」

一聽這話，如柳忙道：「那主子千萬不要趁她的心意。」

然舒穆祿氏卻道：「為什麼不？皇后有一句話沒說錯，劃分敵友的界線只在於對自己是有利還是有害。不管怎樣，眼下熹妃她們三個，是我與皇后共同的敵人，聯手來對付她們並沒有什麼不好。」

如柳點頭後，再次道：「奴婢只怕一旦沒有了敵人，皇后就會調轉槍頭來對付主子。您剛才也說了，她要掌控整個後宮，可是主子絕對不可能做她手下的傀儡。」

舒穆祿氏嗤笑一聲：「她可以對付我，我就不可以對付她了嗎？其實真正可以對付皇后的，不是熹妃，也不是謙嬪，而是皇上。她們就是有了皇上的寵愛，才可以不將皇后放在眼裡，而這恰恰是我最有利的一點。」

第一千一百二十章　出人意料

「主子說的是。」如柳已經再無一絲擔心，她相信主子一定可以贏所有人，然後站在無人企及的高度，就像是今日的熹妃那般。

「不過有一句話卻是錯了，我現在要對付的不只熹妃三人，而是四個人。」

「四個人？還有一個是誰？」如柳好奇地問著。

舒穆祿氏撫一撫因塗了脂粉而特別光滑的臉頰，徐徐道：「謹嬪，她與已經死了的惠賢貴妃一樣，對熹妃死心塌地，咱們想動熹妃，就一定得連她一起動，否則後患無窮。」見如柳一副不以為然的樣子，她道：「可別以為謹嬪簡單，這個女人雖然平時不怎麼吭聲，又沒什麼恩寵傍身，但熹妃凡事皆與她商量，甚至請她拿主意，這樣的女人，妳說是簡單還是不簡單？」

如柳低頭。「是奴婢想得太簡單了。」

舒穆祿氏抬頭，恰好看到一群鴻雁飛過，逐字逐句地道：「要嘛不做，要嘛做絕，留下後患是最愚蠢的做法。」

當夜，胤禛毫無意外地翻了舒穆祿氏的牌子，令後宮諸人恨得牙根癢癢又無可奈何。有不甘者，在無人處拿著針偷偷扎寫著舒穆祿氏生辰八字的小人，藉此發洩心中的恨意。

養心殿燈火通明，胤禛坐在御案後不知在想什麼，在他手邊是一堆已經批好的摺子。

外頭，敬事房的白桂在胤禛看不到的角落朝蘇培盛打手勢，後者點點頭，對胤禛道：「皇上，敬事房那邊已經將慧貴人送來了，安置在寢殿中，您可要現在過去？」

蘇培盛的聲音將胤禛從沉思中驚醒，抬眼望去，發現外頭的天色已經完全暗下。

「慧貴人過來了？」

之前敬事房送綠頭牌過來的時候，他毫不猶豫地翻了舒穆祿氏的牌子，可剛才卻在猶豫究竟要不要見舒穆祿氏。他始終想不明白，為什麼對她的思念會如此強烈，而且更多的是思念那種情慾。

他本不是一個好色之人，並不曾貪戀床笫之歡，為何在遇到舒穆祿氏後一切都變了樣？每次一觸到那具身體，隱藏在心底最深處的慾望就會冒出來，強烈得像是要將他淹沒，有時候甚至連他自己也覺得害怕。

蘇培盛恭謹地回著：「是，正在寢殿等著皇上。」

胤禛站起身來，雙手撐著案桌，神色猶豫不決，許久，他用一種近乎艱難的語氣道：「告訴敬事房，讓他們將慧貴人抬回去。」

「啊？」蘇培盛驚呼一聲，隨即意識到不對。不論皇上有何決定，都不是他一個奴才所能質疑的，趕緊低下頭答應，隨後急急退了出去。

蘇培盛走得太急，並不曾看到胤禛因過於用力而顫抖的雙臂，以及緊緊抿著的薄唇。要克制住身體最深處的慾望，即使是他這個自制力極強的人，也有些受不了。

在交代完同樣吃驚的白桂後，蘇培盛再次進殿，小心地道：「皇上，奴才已經告訴敬事房了，他們這就將慧貴人抬回去，皇上可要重新翻牌子？」

「不必了。」胤禛抬起頭來，臉色有些難看地道：「朕去承乾宮。」

「嗻！」蘇培盛答應一聲，出去取了燈籠候在殿外，等胤禛出來後，疾步跟上去，為其照亮前方的路。

胤禛走得很急，就像是後面有什麼東西在追一樣，蘇培盛差點跟不上他的腳步，只得小跑。好不容易到了承乾宮，蘇培盛因為走得太急，還不小心被門檻絆了一跤，連著手裡的燈籠一併摔在地上，人摔疼了不說，燈籠也著火了，虧得承乾宮的人瞧見了，趕緊將火撲滅。

水月與安兒吃力地扶了蘇培盛起來。「蘇公公，要不要緊？摔疼了哪裡沒有？」

蘇培盛搖頭道：「咱家沒事。皇上呢？」

水月一指前面的身影道：「皇上已經進去了。」

蘇培盛鬆了一口氣，撫著胸口道：「皇上不怪咱家就好，這一路可跑死咱家了。」

安兒眨著眼睛道：「蘇公公，皇上怎麼走得那麼急啊，像是後面有老虎在追一樣。」

「不許亂說話。」水月喝了她一句，幫蘇培盛拍著沾在衣上的灰塵，道：「蘇公公，安兒不懂事，您別見怪啊。」

蘇培盛擺手道：「沒事，咱家自己也不明白呢，而且剛才明明已經傳了慧貴人，臨了皇上又說要來承乾宮。」

安兒輕「咦」一聲道：「皇上來了這裡，那慧貴人要怎麼辦啊？」

「還能怎麼辦，怎麼來的怎麼回去唄。」說到這裡，蘇培盛似意識到自己說得太多了一些，不再多言，往正殿行去。

凌若正拿著繡繃在繡東西，突然聽到有急促的腳步聲走進來，下意識地抬起頭，意外看到胤禛，趕緊站起來，還沒來得及說話，便被快步走來的胤禛緊緊抱在懷中。

水秀等人見狀，皆知趣地退下去，留下他們單獨相處。

凌若剛剛聽宮人說胤禛今日翻了舒穆祿氏的牌子，怎麼也想不到胤禛會突然出現在眼前，過了好久，見胤禛始終沒有鬆開的意思，感覺有些不對勸，遂道：「皇上怎麼了？」

胤禛沒有說話，只是緊緊地抱著她。後宮之中，他最在意的人應該是懷中的這個女子，她陪了自己二十餘年，更為自己誕下弘曆，他一直以有她在身邊為幸，也一直以為後宮之中不會有人取代她在自己心裡的位置，可為什麼他現在竟然動搖了起來？

他不確定除了湄兒之外，自己最在意的人，究竟是凌若還是……舒穆祿氏，因為他現在腦子裡想的一直都是舒穆祿氏。剛才在路上他幾次欲折回，最後都強行忍了下來，正因如此，他才會走得那麼急。

許久，他終於鬆開手，望著凌若擔憂的目光，勉強一笑道：「朕沒事，只是突然想妳了，所以過來看看。」直到這個時候，他才注意到凌若手裡的東西，道：「妳在繡什麼？」

第一千一百二十一章

山路松聲圖

凌若知胤禛是不願自己再多問，才扯過話題，是以順著他的話道：「弘曆說他的錢袋子有些舊了，所以臣妾打算繡個新的給他。」

「朕記得妳女紅很好。」胤禛點點頭，接過繡綳看了一眼，是杏黃色的料子，上面只繡了幾朵祥雲，遂道：「妳打算繡什麼，龍嗎？」

凌若搖頭道：「騰龍翔天不合弘曆的身分，臣妾打算繡仙鶴。」

「仙鶴雖也是吉祥之物，不過總歸還差了一些，再說弘曆是朕的兒子，就算繡龍在上面也算不得什麼逾越。」他頓一頓，道：「就繡龍吧。」

胤禛都這樣說了，凌若只能答應，見胤禛有些心不在焉，她放下繡綳道：「皇上若是不累的話，臣妾陪皇上四處走走可好？」

胤禛點頭，與凌若一道走出承乾宮，蘇培盛等宮人遠遠跟在後面。夜間的後宮比白日裡多了分寂靜，因時近夏季，腳邊的草叢中不時傳來蟲鳴。

兩人誰都沒有說話，只是安靜地走著，直至一圈走完，在準備踏進承乾宮的時候，凌若方道：「皇上該回養心殿去了。」

胤禛挑眉道：「怎麼，妳不願朕留在這裡嗎？」

凌若低頭一笑道：「臣妾哪會這樣想，只是臣妾知道皇上今日翻了慧貴人的牌子，今夜是她復位後的第一夜，皇上該多陪陪她才是。若是一直留在臣妾這裡，慧貴人豈非要一人待在養心殿了？」

胤禛拉著凌若走進去道：「朕已經讓人送她回水意軒了，所以妳不必擔心。朕今夜哪裡都不去，就在這裡陪著妳。」

凌若倒是沒想到胤禛會將舒穆祿氏又送回去，驚訝之餘卻也沒多說下去。

這一夜，胤禛留在了承乾宮，但他一夜都沒有成眠，躺在凌若身邊，腦海裡卻一直出現舒穆祿氏的身影，怎麼也驅不散……

而這一夜，對於舒穆祿氏來說，同樣是無眠。她怎麼也想不到，自己做足了準備，人也到了養心殿，卻又原封不動地被送回來。敬事房那幾個太監抬著自己的時候眼神都怪怪的，想來他們也覺得奇怪。

為什麼會這樣，皇上在想什麼？難道他不想見自己，不想與自己沉淪於慾海中嗎？

這個念頭出現未多久便被她否決了，胤禛一定是想她的，不然不會復她位分，更不會第一天就翻她的牌子，肯定是後面出了意料之外的事，他才讓人將自己抬回去。

隨後，傳來一個令舒穆祿氏愕然與氣憤的消息。昨夜裡，胤禛竟然去了承乾宮，還在那裡過夜；也就是說，胤禛為了見熹妃，將她拋在一邊，這……這怎麼可能？

舒穆祿氏不願相信，卻又不得不相信。

難道那個藥失效了？舒穆祿氏坐立不安。不行，她一定得設法弄清楚胤禛為何會臨時改意去承乾宮。

這般想著，她讓如柳去養心殿悄悄請蘇培盛過來一趟，因為蘇培盛要伺候胤禛，是以直至下午才得空過來。

待蘇培盛進來後，舒穆祿氏客氣地道：「要勞公公親自過來，我心裡實在過意不去。來人，給蘇公公看座。」

「慧貴人說的是哪裡話，奴才來給您請安是應該的。」蘇培盛猜到她特意將自己叫來的用意，卻不說破，只是抿著宮人剛端上來的茶。

舒穆祿氏曉得蘇培盛是成了精的人，別看嘴上說得客氣，實際上心裡根本沒把她當回事，想要從他嘴裡套出話來，少不得要付出一些代價，不過她早有準備。

舒穆祿氏手一伸，候在旁邊的宮女立刻會意地將捧在手裡的畫軸放到她手中。舒穆祿氏接過後，輕撫著畫軸道：「今日在收拾屋子的時候，發現一幅前朝唐寅所畫的《山路松聲圖》，想是以前皇上賞的，都沾滿灰了。都說唐寅的畫珍貴，外頭一畫難求，可我一向不愛字畫，留在我手裡也是浪費。聽聞公公喜歡收集字畫，對唐寅的畫尤其推崇，這畫在公公手裡可比在我手裡要好多了。」

蘇培盛聽得「唐寅」二字，已是雙目放光，再聽得舒穆祿氏要送給自己，更是坐不住，起身道：「慧貴人能否讓奴才看看這幅畫？」

「自然可以。」

舒穆祿氏點頭將畫遞給蘇培盛，後者小心地打開來，在仔細端詳過後，連連點頭讚道：「好一幅唐伯虎的真跡，真是好！」

蘇培盛雖然是個太監，卻識文斷字，對字畫尤為喜愛，經常收集前朝名人字畫，平常得空常去外頭古玩字畫店裡轉轉，對於字畫頗有見識，一眼便看出這幅《山路松聲圖》是真跡。畢竟進宮裡的東西，都要三驗五審，又怎會讓贗品混進來。

蘇培盛一邊點頭，一邊將畫捲好，雙手奉還給舒穆祿氏。「奴才不敢收貴人如此厚重的禮。」

他話雖然說得好聽，舒穆祿氏卻從中聽出不捨之意，曉得他不過是做做樣子，心裡根本是想收下這幅畫，當下笑道：「我不是一個懂字畫之人，畫落在我手裡，就等於明珠蒙塵，難道公公想讓這幅畫一直為塵埃所蒙嗎？」

「這個……」蘇培盛裝模作樣地想了半天，長揖一禮道：「那奴才就謝慧貴人厚賞了。」

見他收了這幅價值千金的名畫，舒穆祿氏笑著點頭，在示意他坐下後道：「蘇公公，我有一件事不解，想請你代為解惑，不知可否？」

正所謂吃人嘴軟，拿人手短，蘇培盛既然收了那幅畫，就知道自己接下來該怎麼做，當下道：「慧貴人儘管問，只要是奴才知道的，一定言無不盡。」

「有公公這句話我就放心了。」頓一頓，舒穆祿氏道：「昨夜裡，皇上明明翻了我的牌子，可之後卻又讓敬事房將我送回來，自己去了承乾宮，蘇公公可知當中發生了什麼事？為何皇上態度會如此奇怪？」

第一千一百二十二章 等待

蘇培盛有些猶豫地道：「原本這事奴才不該多言，可慧貴人待奴才如此之好，不說實在對不起慧貴人，不過還請慧貴人不要傳揚出去，否則一旦傳到皇上耳中，奴才很難交代。」

「我知道。」說完這句，舒穆祿氏瞥了一眼站在旁邊的宮人，道：「除了如柳之外，你們都下去，沒我的命令，誰都不許進來。」

宮人答應一聲，紛紛退下，如柳更是將門也關了起來。看著大好春光被隔絕在門外後，舒穆祿氏才道：「今日之話，除了公公之外，只有我與如柳兩人聽得，若傳入第三人之耳，我親自去向公公請罪。」

蘇培盛頗為滿意地道：「貴人言重了。」話音一頓，只見他蹙了眉道：「其實這件事奴才也覺得很奇怪，翻牌子的時候皇上明明一下子翻了貴人的，可等晚些時候奴才再問時，皇上卻又突然改口說讓敬事房把貴人抬回去，然後就去了承乾宮。」

蘇培盛說的那些，舒穆祿氏都知道，她真正想要弄明白的是胤禛為什麼突然有那麼大的轉變。「這當中，皇上可還有說過什麼？」

蘇培盛搖頭道：「沒有，但是在去承乾宮的路上，皇上走得很急，就像後面有什麼人在追一樣。奴才跟了皇上這麼久，還沒見他走得那麼快過。」

舒穆祿氏細細咀嚼著他的話，隱隱明白了什麼，但並不是很清楚，直至蘇培盛後面隨口又說了一句——

「今兒個一早，皇上更衣上朝的時候，奴才看他氣色不是很好，也不曉得是否夜間沒歇好。」

是了，並不是藥失效，恰恰相反，是藥的效果太好，讓胤禛害怕對她那種無時無刻不存在的思念，所以生出逃避之意，故意不見她去見熹妃。

沒用的，不論怎麼逃避都只是徒勞，身體最原始的慾望會逼著胤禛回到她身邊，然後永遠都離不開！

她現在唯一要做的，就是等待，等待胤禛接受這個事實。

想到這裡，舒穆祿氏徹底放下心，對猶是一臉不解的蘇培盛笑道：「想來是皇上惦念熹妃娘娘，所以去看她吧。」

蘇培盛只道她是強顏歡笑，遂安慰道：「貴人也別太往心裡去，貴人禁足的這些日子，雖然皇上嘴上不說，但奴才看得出心裡頗為惦念，早晚會召見貴人的。」

舒穆祿氏點頭道：「我知道，以後也要請公公在皇上面前替我多多美言。」

「貴人放心，只要是奴才能幫的一定幫。」畢竟剛收了人家一幅唐寅的畫，話當然得說得漂亮一些。又坐了一會兒，他起身道：「貴人若沒有別的吩咐，奴才先行告退了。」

「公公慢走。」在送蘇培盛出去後，如柳見舒穆祿氏仍在那裡悠哉地喝茶，輕笑道：「看起來，主子一點兒都不擔心呢。」

「本就沒事，為何要擔心？」舒穆祿氏反問了一句，隨後似笑非笑地看著如柳道：「想明白了嗎？」

如柳微一點頭道：「嗯，皇上越逃避就證明那藥越有效，皇上很快會回到主子的身邊，到時候，莫說成嬪等人，就連熹妃也不足為慮。」

舒穆祿氏紅唇微彎，勾勒出一抹涼冷的笑容。熹妃，得意了二十多年，也該是結束的時候了。

蘇培盛拿著畫趕到養心殿的時候，正好看到四喜在外頭急得團團轉，一看到他過來，連忙迎上來拉住他道：「我的蘇公公，你去哪裡了，我找你半天都不見人影。」

蘇培盛自然不會說自己剛才去水意軒了，搪塞道：「我隨意走走罷了，倒是你這麼著急尋我有什麼事？」

「皇上剛才說想喝君山銀針，可是茶房裡我找來找去都找不到。我記得內務府送來後，是你收著的，你放到哪裡去了？」

「哦，你說那個啊，我怕送來的茶葉會潮，所以放在頂櫃裡了。」

聽得蘇培盛的話，四喜連忙讓小太監去取來泡茶，吩咐完之後，他長舒一口氣，拍著胸口道：「你要是再不回來，我可真是麻煩大了，以後放哪裡可得都知會一聲。」

「行了，以後一定告訴你。」

蘇培盛隨口答了一句便要回自己屋裡去，豈料四喜一把握住他藏在身後的畫軸，好奇地道：「咦，這是什麼東西，字畫嗎？你哪裡來的？」

蘇培盛目光閃爍地道：「別人不要，隨手扔的，我看著不錯，便順手拿回來了，不值什麼錢。」

四喜沒發現他的異樣，道：「能被你瞧上眼的東西應該不錯，趁著現在無事，展開來看看。」

一聽這話，蘇培盛趕緊牢牢握住畫軸，說什麼也不讓他展開。開玩笑，四喜雖然對字畫的認識不及他深，但畫上可是蓋了唐寅的印章，只要識字的都能認出來，到時候四喜問起畫的來歷，他可不好回答。

四喜察覺到了不對，皺眉道：「你握得那麼緊做什麼，看看而已，又不會弄壞了，用得著那麼緊張嗎？還是說這畫有什麼見不得人之處？」

「不知道你在說什麼。」蘇培盛不自在地說著，用力想要抽回畫軸，然他越是如此，四喜就越不肯放手。

爭搶之下，一個不小心，畫軸掉落在地，且因為綁著畫軸的繩子已經被弄散了，畫軸滾動著在地上鋪展開來。

四喜雖然不精通字畫，但身在紫禁城，又在胤禛身邊伺候，多少要懂一些，乍一看這幅畫，便感覺到不論布局還是畫功，都極為不凡，絕非一個普通畫師所能畫出；且看這紙張邊緣有些泛黃，應該是有些年頭的東西了。

當目光落在畫末端那枚朱紅色的印章時，所有疑惑頓時一解而開。唐寅，這是唐寅的畫。

但是，新的疑問又接踵而來，他盯著手忙腳亂將畫撿起來的蘇培盛道：「你怎麼會有唐寅的畫？」

只要是出自唐寅之手，不論是何畫，至少都達到千金之數，而且有價無市。他知道蘇培盛一直很想要一幅，但始終求而不得，就算偶爾有一幅出現在市面上，那價格也讓他們卻步。

第一千一百二十三章　翻臉

在將畫胡亂捲好後，蘇培盛滿臉不自在地道：「唐寅的畫又怎麼了，去古玩店裡隨便轉一圈，便有十張八張的贗畫。」

「贗畫？」

四喜狐疑地看著他，正要再說，小太監已經沏好了茶過來，蘇培盛忙道：「還不快將茶給皇上端進去。」

在蘇培盛連推帶說下，四喜只好壓下心裡的疑問先將茶端進去，等他再出來時蘇培盛已不見人影。四喜越想越不對勁，趁著有空，往蘇培盛住的屋子走去。

窗子沒關，四喜看到他在屋裡，正仔細打量那幅展開的畫，表情如痴如醉。四喜也不敲門，直接推門進去，把裡面的蘇培盛嚇了一跳，趕緊將畫收起來，待看清是四喜後，皺一皺眉道：「你來做什麼，皇上那邊不用伺候嗎？」

「這個你別管。我問你，這幅畫是不是唐寅的真跡？」

四喜的話令蘇培盛目光一閃，把畫背在身後道：「我都說了是贋品，你還問那麼多做什麼？」

四喜盯著他道：「若是贋品，你為何要看得這麼認真，還這般緊張？說，這幅真跡是從哪裡來的？」

蘇培盛被他問得惱羞成怒，揚聲道：「張四喜，你這是什麼意思，審問犯人嗎？不說我只比你低了一級，就憑你我同在一個師父下，且我還比你早跟著師父半年，你就不該用這種口氣與我說話。」

四喜也覺得自己剛才太衝了一些，稍稍緩了語氣道：「我只是想知道這幅真跡你是從何而來？」

「與你無關。」蘇培盛這話等於默認了這幅畫是唐寅真跡，而非他之前一直強調的贋品。

「培盛，正因為你我在一個師父下面，論起來我還該叫你一聲師兄，所以才要問你畫從何來。這樣的畫，就算在宮裡頭也不會有人隨手扔掉，更不會恰好讓你撿到了，你與我說實話，到底是誰給的。」

蘇培盛被他問得有些煩，道：「只要我不是偷來搶來的便可，你問那麼許多做什麼。」

四喜仔細想了一下道：「是不是哪位貴人娘娘賞的？」見蘇培盛不說話，心知自己是猜對了，又氣又急地道：「你忘了師父之前說過的話了，咱們是皇上身邊的人，不可與後宮那些主子娘娘走得太近，尤其是不能拿她們的東西。」

蘇培盛撇撇嘴，不以為然地道：「別說的跟真的一樣，師父也好，你也好，哪個少收了後宮那些主子賞的銀子。」

四喜扯過他道：「不錯，我是拿過她們的銀子，但那都是一些散碎銀子，跟你這幅畫能一樣嗎？那些銀子加在一起，也不及你這幅畫的一半。培盛，你老實告訴我，到底是誰給你的，又為什麼要給你？」

在他的一再追問下，蘇培盛不耐煩地道：「有人給我就收著，總之沒偷沒搶，光明正大。」

四喜氣道：「如果真的光明正大，你就不會那麼怕我看到了，還假稱贗品，你就是怕我將這件事告訴皇上。皇上向來不喜歡我們與后妃走得太近，一旦知道，絕對輕饒不了你。」

「夠了！」蘇培盛臉一沉，冷聲道：「張四喜，別在我這裡裝清高，你就沒有與后妃走得近嗎？」

四喜心裡一跳，嘴上則道：「我自然沒有。」

蘇培盛將畫放在桌上，冷笑道：「你騙得了別人卻騙不了我，我們從十二歲開始，就一直由一個師父調教著到現在，都快十幾二十年了。說得難聽點，你肚子裡有幾條蟲我都一清二楚。」

「你到底想說什麼？」這下子輪到四喜不自在了，閃躲著蘇培盛的目光。

看到他這個樣子，蘇培盛嘴角的冷笑越發明顯，一字一句道：「你跟熹妃宮裡的莫兒是什麼關係？」

四喜努力壓抑住因他這句話而狂跳不止的心，道：「莫兒都已經出了宮，與我有何干？」

「出宮就無干了嗎？張四喜，這話騙得了別人，騙不了我，你跟那個莫兒早就眉來眼去。前兩日，你還與她在養心殿前拉拉扯扯，真當我沒看到嗎？只是想著大家師兄弟一場，沒有揭發你罷了。可我怎麼也沒想到，你現在抓到我一點事就過來興師問罪。不錯，這幅畫是慧貴人賞的，那又怎麼樣，慧貴人知道我喜愛字畫，便將這賞給了我，有錯嗎？」

「慧貴人，你……你剛才是去見她了？」四喜總算問出了畫的來歷，卻一點也不覺得輕鬆，心情反而更加凝重。「她賞你這麼名貴的畫肯定有原因，說，她都問了你什麼？」

「無可奉告。」蘇培盛冷冷回了他一句。「你還是管好自己的事吧。我可是知道昨日小登子出宮了，是你派他出去的，至於為什麼，想必你比我更清楚。總之你不干涉我，我也不干涉你，咱們各管各的。」

小登子是四喜底下的一個小太監，機靈聽話，四喜很多事都交給他去做。昨日知道熹妃送莫兒出宮的真正用意後，他便讓小登子悄悄出宮將莫兒接到宅中安置，看看有沒有什麼缺的，沒想到這事不只被蘇培盛知道了，還讓他猜出了用意。

「培盛，我是為你好，你不要那麼倔強。你拿了別人的東西，就要替人辦事，可咱們的正主是皇上啊，你這樣收慧貴人的東西，萬一讓皇上知道了，會有什麼後果你是知道的。」

蘇培盛不以為然地道：「只要你不說，就沒人會知道。」

「你為什麼就不能聽我一句勸，我也是為你好——」他話還未說完，便已被蘇培盛恨恨打斷。

「你若真為我好，就不該在這裡喋喋不休！你我同一個師父教出來的，我還是你的師兄，可結果呢，你成了大內總管，成了可以隨皇上上朝的人，我呢？我什麼都不是，連隨皇上上朝的資格都沒有！我雖然不明白為什麼會這樣，但念在你是我師弟，我哪怕再不開心，也不與你計較、可結果呢？結果我僅僅只是拿了慧貴人一幅畫，你就諸多言語，說到底，你根本就是見不得我比你好。」

蘇培盛越說越氣憤，到後面忍不住抬高了聲音，虧得這附近沒什麼人，否則非得被人聽見不可。

第一千一百二十四章　欲望

四喜瞠目結舌地道：「我……我怎麼會這樣想，你在胡說什麼。」

「你不必否認。」蘇培盛怒斥道：「你若還念著一絲兄弟情，就不要再說下去，你走你的陽關道，我過我的獨木橋，咱們河水不犯井水。」話音一頓，他又道：「當然，你若非要與我作對，那咱們就魚死網破。」

不等四喜說話，他將畫推到四喜面前道：「畫就在這裡，你要出賣兄弟向皇上告狀就儘管拿去，但之後的事，你也別怪我不講情面。」

四喜被他說得也來了火，一拍桌子道：「蘇培盛，你把我張四喜想成了什麼人，我什麼時候出賣過你？我與你說這麼多，只是想你及早收手，不要陷得太深。這裡固然錦繡遍地，但同樣也陷阱重重，一個行差踏錯就會墜入萬丈深淵。至於大內總管，那是師父向皇上推薦的，並非我能做主的事，若你真想要，我可以向皇上請辭，讓你來坐這個位置。」

他後面那句話讓蘇培盛有些許動容，但很快便忽略過去了。「你不必在這裡說好聽的，我若真要你去請辭，只怕你又會想辦法推脫了。」

四喜沒想到他會這麼想自己，痛心地道：「培盛，我在你心裡就是言而無信的小人嗎？」

「行了，我不想再與你說這些，總之言盡於此，該怎麼選擇，你自己看著辦吧。」蘇培盛目光落在畫上，等著四喜做出決定。

「你……唉，你讓我說什麼好。」扔下這麼一句話，四喜轉身離去，至於畫軸原封不動地放在桌子上。

待四喜走遠後，蘇培盛長舒一口氣，有些無力地跌坐在椅中。剛才他真怕四喜會拿了畫軸去皇上面前告狀，幸好沒有。

歇了一會兒，蘇培盛慢慢展開畫，目光因為畫軸漸漸變得火熱起來。唐寅的真跡啊，這若是拿出去賣，得值多少銀子啊。

他喜歡字畫不假，但他更喜歡字畫背後的價值。身為太監，娶妻生子是想都不必再想的，至於仕途，有四喜在他頭上，沒多大指望，那麼唯一可以掌控的就是錢財。這些字畫雖然是輕飄飄一張紙，但拿出去賣，隨隨便便就可以賣得千金乃至萬金之數。到時候，他雖然仍在宮裡做奴才，但只要一出宮，進了自家的宅子，便可享盡榮華富貴。

想到這裡，他將畫鄭重捲起來放入櫃中，在那裡還有幾張畫軸正靜靜地躺著……

當天夜裡，胤禛再一次翻了舒穆祿氏的牌子，而這一次，他沒有再離開。在重重夜色中，他來到內殿，看到了裹著錦被靜靜躺在床上的舒穆祿氏，乍看的那一眼，似有一種東西在胸口炸開，令他眼裡、心裡再容不下其他東西。

走到床邊，只見一滴清淚自舒穆祿氏眼角滑落，他撫去後道：「好端端的為什麼哭，不喜歡看到朕嗎？」

舒穆祿氏搖頭道：「不是，臣妾是沒想到竟然還能再見到皇上，原以為這一輩子都無法得見了；尤其是昨夜裡皇上又將臣妾送回去，臣妾以為皇上還在因七阿哥一事惱恨。」

胤禛攬著她的肩頭，讓她得以坐起來，當手碰到那滑膩如脂的肌膚時，胤禛幾乎要控制不住自己，好不容易壓住蠢蠢欲動的慾望後，方才澀聲道：「沒有這回事，妳別多想。」

舒穆祿氏關切地道：「聽皇上的聲音，喉嚨似有些乾澀，要不要喝杯茶，臣妾替您沏。」

「也好。」

待胤禛答應後，舒穆祿氏極其自然地取過胤禛放在一旁的寢衣穿上，然後任由大紅的錦緞滑落在地，猶如一朵開在夜間的花朵。

藉著身子的遮擋，舒穆祿氏將藏在指甲中的藥下在茶中。自從第一次下藥之後，每次侍寢之前她都會用各種理由勸胤禛喝杯茶；不過她很聰明，只要胤禛不想喝，她絕不強勸。藥雖然是持續用的效果更好，但若引得胤禛起疑，那就得不償失了。

在將茶遞給胤禛後，舒穆祿氏低眉道：「禁足在水意軒的這段時間，臣妾一直在想七阿哥，雖說他是被雨姍害死的，可臣妾始終有著難以推卸的責任。若當初臣妾仔細一點兒，又或者及早發現雨姍的不對，那事情就不會變成這樣了。皇上就算罰臣妾一輩子禁足在水意軒中，臣妾也絕不會有半句怨言。」

「不知者不怪，妳並非有心，何況皇后也說過，妳錯在御下不嚴，但也恰恰好在御下不嚴，證明妳待下人寬容，不是一個嚴苛的主子。」胤禛坐下抿了口茶，續道：「不過經過這次的事，妳可不能再這樣縱容下人了，否則很容易出事的。」

「皇上放心吧，臣妾以後一定看緊底下人，不讓他們做出任何不該的事來。」舒穆祿氏一邊說著一邊走到胤禛身後，替他輕輕捏著有些緊繃的肩膀，過了一會兒，她伏下身子，將頭擱在胤禛肩上，吐氣如蘭。「皇上，在水意軒的那段日子，臣妾不論是醒著還是睡著，腦子裡都想著皇上，臣妾真的想皇上想得好苦。」

喝了幾口茶不只沒有將身體裡的慾望壓下去，反而越來越強烈，胤禛將喝了一半的茶放在桌上，反手握住舒穆祿氏的柔荑，道：「朕也一樣想妳。」

「真的嗎？」胤禛的回答早在舒穆祿氏意料之中，卻故意做出驚訝感動的樣子，隨後更是喜極而泣地道：「臣妾真的好想一輩子都待在皇上身邊，就不知臣妾是否有這樣的福氣。」

「自然會有。」胤禛起身抱住舒穆祿氏，在她耳邊道：「一輩子留在朕身邊，這是朕的命令。」

「只要皇上不嫌棄，臣妾就一生一世陪在皇上身邊。」隨著這句話，舒穆祿氏身上的寢衣被一雙火熱的手解開，露出曼妙的胴體。

在慾望侵蝕理智之前，胤禛隱約想起有那麼一個人也說過類似的話。是誰？他想不起來，也不願去想，他現在唯一想的，就是趕緊在眼前這個女子身上釋放壓抑了許久的慾望。

這一夜，註定無眠……

第一千一百二十五章　人與棋

隨後的幾日，又是一連串舒穆祿氏的名字，這令原本想要笑她第一夜被敬事房原封不動扛回去的人緊緊閉住嘴巴，一個字也不敢說。

承乾宮中，凌若坐在院中的石凳上，在她面前擺著一個棋盤，黑白棋子靜靜地躺在各自的棋盒中。

四月末的春光已經漸漸老去，而櫻花樹也漸漸落盡了花瓣，只剩下鬱鬱蔥蔥的樹葉。

花落會有再開之時，但是人不是，人老了就是老了，再不會有恢復青春的那一天。她今年已經三十七了，哪怕保養得再得宜、歲月再優待，也不能與那些正值青春年華的妙齡女子相比。

胤禛又是連著四天翻舒穆祿氏的牌子，除了第一夜在她這裡之外，餘下幾日，她連胤禛的面都沒見過。

有時候，她真忍不住在想，胤禛是否已經厭倦了她這張臉？畢竟，她從不是胤禛心裡最在意的那個人……

「主子，彤貴人來了。」

楊海的聲音將凌若從沉思中驚醒，抬頭，她看到佟佳氏正站在幾步遠的地方。見她目光望來，佟佳氏屈膝欠身行禮。「臣妾見過熹妃娘娘。」

她的聲音與她的人一樣，透著清傲，令人感覺難以親近，但凌若卻知道，掩藏在這份清傲下的是一顆純淨的心，而這在後宮中是很難看到的。

凌若招手示意她過來，然後將白棋往她面前推了幾分，道：「開始吧，本宮等妳很久了。」

佟佳氏輕應一聲，纖指取過一顆白棋，下在棋盤左上角。但凡她下棋，總喜歡在這裡起手，凌若與她對弈多次，從未變動過。

今日這局棋，從一開始凌若就有些心不在焉，幾次落錯子，使得棋子呈一敗塗地之勢，無法挽救。

眼見就要贏棋，佟佳氏卻停下了手，望著凌若道：「娘娘可是有心事？」

雖然聲音一如平常的清冷，凌若卻從中聽出一絲關切之意，搖頭道：「沒什麼，只是今日有些集中不了精神，本來還想與彤貴人多下幾局，現在看來，再下也是輸，還是留待改日吧。」

佟佳氏沉默了一會兒，忽地道：「娘娘可是在想皇上？」

凌若有些意外她會這樣毫不掩飾地問出來，旋即又覺得這樣才符合她的性子，起身望著高大的櫻花樹道：「為什麼會這麼問，本宮臉上寫著嗎？」

「沒有，臣妾只是猜測。」佟佳氏跟著她一道站起來。「不過看娘娘的樣子，臣妾應該是猜對了。」

凌若笑笑道：「彤貴人若能將這些心思用在皇上身上，就不會是今日的局面了。」

「臣妾喜歡皇上。」

凌若驚訝地轉過頭，驚訝她為什麼與自己說這個，好一會兒方才道：「既是喜歡，為什麼……」

「為什麼看起來這麼無所謂，是嗎？」佟佳氏仰頭，看著夾雜在無數碧葉間的丁點兒櫻花，道：「正因為喜歡，所以臣妾才不想對皇上用心思。娘娘不覺得對自己所喜歡的人用心思或手段很可悲嗎？」

凌若以為自己已經足夠了解佟佳氏，可此刻才發現，自己的了解還是流於表面了。「可是妳若不用，就會一直被冷落，難道這樣就好嗎？」

佟佳氏搖頭道：「臣妾不知道，臣妾只希望皇上好，只要他好，哪怕只是遠遠看一眼，對臣妾來說也是好的。」她的容顏很美，尤其是側臉，尋不出一絲瑕疵，甚至比劉氏還要美上一分。

凝望許久，凌若輕輕嘆了口氣。「可惜這些皇上並不知道。」

佟佳氏低頭一笑，冷傲在這一刻猶如融化了一般。「只要臣妾心裡知道就好。」

凌若亦隨之發笑。「想不到啊，本宮雖比妳痴長多歲，在此事上卻還不如妳看得開，實在是令本宮慚愧。」

佟佳氏搖頭道：「不是娘娘不如臣妾，而是娘娘陷得比臣妾深，喜怒哀樂皆為皇上所牽，難以自拔。」

「也許吧。」凌若閉一閉目又道：「那妳呢，妳又為什麼喜歡皇上？」

佟佳氏臉上浮現出一縷少見的嫣紅，低聲道：「臣妾尚待字閨中的時候，便聽過皇上許多事，比如他與十三爺南下為賑災籌銀，他掌管戶部後頂著壓力向各大臣追繳欠銀等等，所以在臣妾心中，皇上是一個頂天立地的大英雄。」

她的話勾起凌若一段久遠的回憶，那還是胤禛南下去籌銀的時候，她入宮謁見康熙，結果遇到了納蘭湄兒。納蘭湄兒對於胤禛逼鹽官鹽商捐銀的手段極為不恥，更指稱其不擇手段。

納蘭湄兒與胤禛相識十餘年，對其了解竟還不如一個從未見過胤禛的佟佳肖彤，虧得胤禛這麼多年來還一直未能將她放下，實在是諷刺至極。

佟佳氏一直未見凌若說話，不由得問：「娘娘在想什麼？」

凌若隨口道：「沒什麼，本宮突然想到一些陳年舊事，說出來彤貴人也未必感興趣。」

佟佳氏知道她是不願說下去，遂道：「許多事都是越想越煩，娘娘還是看開一些為好。」

「本宮也想，不過心不由人啊。」如此說著，她長吸一口氣道：「不過與彤貴人說了這會兒話，本宮感覺心情好了一些，彤貴人可有興趣再陪本宮下一局棋？」

「娘娘相邀，臣妾自當遵命。」佟佳氏難得玩笑地說著。她雖然性子清傲，可也盼著有人能說說話，而熹妃，無疑是除了身邊人之外，僅有的可說之人。雖然她不明白熹妃何以會對自己另眼相看，但這並不妨礙她對熹妃的好感。

兩人一直到近午時分方才散了棋局，午後，凌若問了幾句弘曆的功課後，便坐在暖閣中繼續繡準備給弘曆的錢袋，如今龍身已經繡了一大半，只差半條尾巴；凌若準備再做一套衣裳，然後等弘曆滿十六歲時，一道送給他做生辰禮。

正繡得入神時，頭頂垂落一片陰影，擋住了從窗外照進來的陽光，凌若抬頭看去，竟然發現胤禛站在自己身前，嚇了一大跳，待要起身卻被胤禛牢牢按住肩膀。

「坐著就是。」

第一千一百二十六章　入朝當差

凌若無奈之下只得道：「皇上怎麼悄無聲息地進來，也不讓人通傳一聲？」

「朕聽他們說妳一人待在暖閣裡，朕猜定是在繡給弘曆的錢袋子，便沒讓他們驚擾妳。」胤禛和顏一笑，取過她手裡的繡繃道：「朕看看，繡得怎麼樣了。嗯，雖還沒繡完，但已能看出龍形矯健靈動之意，不錯。」

凌若笑一笑道：「皇上來此，只是為了看臣妾繡的東西嗎？」

胤禛將繡繃遞給她，撩袍在一旁坐下，道：「朕想起有幾天沒來看妳了，便過來瞧瞧，另外有一件事要與妳商量。」

凌若神色一黯，不過很快便笑道：「臣妾可是越發好奇了，不知究竟是何事？」

胤禛心情看起來頗為不錯，臉上一直掛著淡淡的笑意。「今日下朝之後，弘時來養心殿求見朕，與朕說起弘曆，朕覺得他說的頗為中聽，便想來聽聽妳的意見。」

「弘曆？」凌若心中一緊，忙道：「不知二阿哥與皇上說了什麼？」

有宮人端了一盤洗淨的水蜜桃來，胤禛取過一個慢慢地剝著外面的皮，口中道：「弘時與朕說弘曆雖然還有幾個月才滿十六歲，但他行事遠比一般人穩健仔細，所以想讓他提前入朝歷練。」

凌若點頭道：「二阿哥怎麼突然提起這事來了，他不是一直不太喜歡弘曆嗎？」

「朕之前也這麼以為，不過弘時後來與朕說，他並非不喜歡弘曆，只是因為看到弘曆比自己這個做哥哥的更加出色，心中慚愧，才會處處針對弘曆，如今卻是想明白了，覺得以前的做法太過幼稚。」胤禛將剝好的水蜜桃遞給凌若道：「朕看他這段時間確實變了許多，辦差踏實了不說，對弘曆他們幾個也變得關心，有些做兄長的樣子了。」

相對於胤禛的安慰，凌若卻是越發緊張。弘時真的改變了嗎？若只思及弘時一人，凌若或許會相信，但若再加上那拉氏，她卻是半分都不敢信。弘時突然說這麼一番話，肯定另有目的，只是自己一時半會兒還猜不透。

「若兒！若兒！」

耳邊忽地傳來胤禛的聲音，她忙回過神來。「皇上喚臣妾何事？」

看凌若一臉茫然的樣子，胤禛搖頭指著她的手道：「妳再這樣捏下去，整個桃子都要被妳捏成水了。朕可是難得給人剝桃子，妳就是不喜歡，也不必如此糟蹋吧？」最後一句話帶著幾分玩笑的意味。

被他這麼一說，凌若才發現自己不知不覺中收緊了拿著桃子的手，水蜜桃被她這麼一捏，頓時滴滴答答地往下滴汁，滴得滿地都是。

「臣妾該死。」她一邊說著一邊喚宮人進來收拾，待都弄乾淨之後，歉疚地道：「都怪臣妾想得太入神，浪費了皇上一番心意，臣妾剝一個給皇上賠罪吧。」

胤禛什麼也沒說，不過在她剝皮的時候，也取過一個再次剝著。

等凌若將剝完整的桃子遞過來時，他亦遞了過去，兩人相視一笑，各自接過。

等到吃完水蜜桃後，凌若方問：「二阿哥的提議，皇上意下如何？」

「朕覺得甚好。其實滿不滿十六並不打緊，能夠讓弘曆早些歷練是好事，而且弘時說他與幾位大臣也曾商量過。不過朕沒有立刻應允，想先來問問妳的意見。」

不論弘時那些話多好聽，凌若都不會有絲毫相信，當下道：「臣妾以為此事並不——」

凌若正要勸胤禛打消這個念頭，突然被一個聲音打斷。

「皇阿瑪！」

弘曆本是拿做好的功課來給凌若看，沒想到胤禛也在，更意外聽到了他們的對話，令他興奮不已，匆匆請安後，急切地道：「皇阿瑪，兒臣現在就可以入朝歷練嗎？」

他這個樣子引得胤禛發笑，道：「怎麼，你在宮裡待得很無聊嗎？還是說不想繼續跟朱師傅學習？」

弘曆怕胤禛誤會，忙道：「兒臣不是這個意思，只是覺得若沒有實踐，縱使讀萬卷書也是虛的；而且皇阿瑪每天這般繁忙，要批閱許多摺子，兒臣想早些為皇阿瑪分擔。皇阿瑪放心，兒臣一定會用心學習的，絕不辜負皇阿瑪的期望。」

胤禛點頭笑道：「看你這猴急的樣子，得了，朕這裡沒問題，就看你額娘的意思怎麼樣。」

兒弘曆巴巴地望過來，凌若沉吟道：「其實你現在每日跟著你皇阿瑪學習如何批閱奏摺，已經是一種歷練，若再入朝當差，額娘擔心你應付不過來；而且你還有幾個月才滿十六歲，還是等到那時候再說吧。」

一聽這話，弘曆頓時急了，忙道：「額娘不必擔心，兒臣可以應付得過來。再說，學習批閱奏摺，始終是紙上談兵，哪有親身當差來得直接與真實。額娘，求您應允讓兒臣入朝當差。」

凌若不為所動地道：「你年紀那麼輕，額娘只怕你當了差也只是添亂，幫不了你皇阿瑪的忙，還是先學好現在的東西再說，以免誤了你的學業。」

「額娘。」弘曆不明白凌若態度為何這麼堅決，急聲道：「兒臣會很用心的！若是額娘怕兒臣耽誤學業，那兒臣答應額娘，每日下朝之後，都先入宮跟朱師傅上課，絕不會有半點荒廢。」

凌若沒想到弘曆態度會這麼堅決，搖頭道：「只差幾個月，等一等不好嗎？」

弘曆認真地道：「若凡事皆等一等再等一等，只怕兒臣到白頭之時仍然一事無成。人生短促，要學的有很多，兒臣覺得應該把握每一刻光陰，以免將來遺憾。」

胤禛在一旁道：「若兒，弘曆既然這麼有心，妳便答應他吧。就像妳說的，只差幾個月而已，早與晚都是一樣的。」

凌若不好拒絕胤禛的話，但心裡仍是不太願意，睇視著弘曆道：「可是你又要上課，又要跟你皇阿瑪學批閱奏摺，還要入朝當差，這麼多事你應付得過來嗎？」

第一千一百二十七章　憂心難消

見凌若語氣有所鬆動，弘曆連忙道：「兒臣可以的，最多兒臣少睡一、兩個時辰就是了。」

一聽這話，凌若立時搖頭。「那可不行，你現在正是長身子的時候，少了睡眠，對身子不好。」抬眼，見弘曆一臉哀求地看著自己，她心頭一軟，無奈地道：「看樣子本宮不答應，你是不肯甘休了，罷了，本宮答應就是。至於朱師傅那裡的課，只要你覺得自己可以跟上，就不必天天來上了。」

弘曆大喜過望，道：「多謝額娘，兒臣一定好生當差，不讓額娘失望。」

胤禛點頭道：「好了，既是定了，那麼過幾天，朕便安排你進戶部歷練。」

凌若驚訝地道：「皇上這麼快便定好去戶部了？」

「之前弘時與朕提此事的時候，便說起過戶部是最適合歷練的地方，那裡統管著全國各地的戶糧，繁瑣一些，但相對更直觀。」這般說著，見凌若蹙著眉頭，道：「怎麼了？不喜歡弘曆去戶部嗎？」

聽得是弘時的進言，凌若心中更加抗拒，但她已經答應弘曆了，不好食言，只得道：「戶部乃是六部之中極為重要的地方，弘曆雖說有幾分聰明，但閱歷不足，驟然去戶部，臣妾只怕他難以應付。」

胤禛不以為然地道：「哎，現在讓弘曆去，又不是讓他去管事，只是讓他跟著學習，有什麼好難以應付的，妳想得太複雜了。」

弘曆想到自己很快便可以入朝當差，興奮得不得了，道：「是啊，額娘，有什麼不懂的地方，兒臣可以問那些大臣，您不必擔心的。」

凌若神色複雜地點點頭。她總覺得這件事不太對勁，弘時無緣無故對弘曆那麼上心做什麼？只是不管是建議弘曆去當差還是去戶部，看起來都合情合理，挑不出什麼錯來，讓她一時間不好多言。

「至於宅子，這一時半刻也來不及建，朕打算將城西那間空置的宅子賞你，暫做你的阿哥府，待以後尋得適合的地方再建。」

胤禛話音剛落，凌若便接了上來：「皇上說的宅子，可是年氏一族以前所住的那間？」

「不錯，自他們一家被問罪後，那間宅子就空了下來，如今正好用起來。至於伺候的下人方面，朕會先從宮裡調撥一部分過去，剩下的慢慢再補充。弘曆，你要是有什麼宮人想帶的，也儘管帶出去，有用慣的人在身邊總是方便一些。」

「多謝皇阿瑪。」弘曆還真有幾個人想帶在身邊，譬如小鄭子他們，都是用慣了的人，遠好過另外再找陌生人來伺候。

胤禛點頭之後，打了一個哈欠，弘曆見狀道：「皇阿瑪，您很累嗎？」

胤禛擺擺手，不在意地道：「沒有，朕只是有些犯睏而已。」

凌若瞥了一眼胤禛的臉色，對弘曆道：「你先下去吧，額娘與你皇阿瑪還有些話要說。」

待弘曆依言退下後，凌若對正在捏鼻梁的胤禛道：「皇上，您臉色很差，這些日子是不是很累？」

胤禛拍一拍腦袋道：「沒有這回事，不過是昨夜裡沒睡夠罷了，瞇一會兒就沒事了，妳不必擔心。」見凌若輕咬著嘴脣，道：「怎麼了，還有話說？」

凌若猶豫了一下道：「有些話臣妾本不該說，但臣妾擔心皇上，所以哪怕不該也要說。」

胤禛被她說得好奇，道：「到底是什麼話，怎麼聽著這麼嚴重，有話儘管說就是，朕與妳之間沒那麼多規矩。」

「臣妾知道皇上很喜歡慧貴人，這幾天一直翻慧貴人的牌子，但再喜歡，皇上也要顧及龍體，萬不要損傷了龍體。」

這些話也就凌若會說，換了其他妃子，就算再擔心也斷然不會說出口。因為這些話可以看成是關心龍體，也可以看成是對舒穆祿氏的嫉妒，嫉妒她得寵。

胤禛對凌若有著極深的信任，自然不會在這種小事上懷疑她，當下握了凌若的手道：「若兒這是在擔心朕嗎？」

見胤禛沒有露出任何不喜或是懷疑的意思，凌若心中微微一暖，道：「皇上是萬民之主，擔心皇上的，又豈止是臣妾一人。」

「不過朕更在意妳的擔心。」這般說著，胤禛拍拍她的手道：「朕心裡有數，沒事的。」說是沒事，卻忍不住又打了一個哈欠。

他這樣子看得凌若一陣搖頭，再度道：「皇上若是無事，不如就在臣妾這裡歇一會兒吧，臣妾給您打扇。」如今雖還未入夏，但午時的天已是有些悶熱。

胤禛也是真有些睏了，這幾夜一直不曾好好睡過，遂點頭答應。在躺下後，見凌若真的執了一把扇坐在床頭，他訝然笑道：「妳還真準備給朕打扇嗎？」

凌若輕輕搖了一下扇子，頓時一陣涼風撲面而來。「臣妾既然說了，自然是真的，難不成皇上嫌棄臣妾這打扇的手藝不成？」

「何時打扇也有了手藝？」胤禛笑語了一句後，嘆道：「朕只是不想妳辛苦，這種事隨便找個宮人來做就是了。妳可是朕用金冊、金印下旨親封的熹妃娘娘，讓妳做打扇這種雜事，可是浪費了朕的金冊、金印。」

凌若被他說得「噗哧」一笑。「皇上這話，臣妾聽起來，怎麼更像是在心疼那金冊、金印，而非臣妾？」

胤禛玩笑道：「若朕說是的話，妳是否要吃醋了？」

「臣妾可沒那麼小心眼。」說罷，凌若再次搖動扇子，神色溫柔地道：「不過臣妾想陪著皇上。」

「朕睡著了，妳一個人不會無趣嗎？」胤禛憐惜地看著她。「何況扇子搖久了，手會痠的。」

他勸了許久，見凌若始終堅持，遂道：「這樣吧，朕記得妳要給弘曆的錢袋尚未繡好，就拿到這裡來繡，至於扇子，妳讓宮人來搧就是了。」

「那好吧。」凌若答應一聲，命水秀將繡綳拿過來，扇子則交由宮人打著，在不斷吹來的涼風下，胤禛很快便陷入睡夢中。

第一千一百二十八章

對付

熟睡的胤禛不曾看到凌若臉上的擔憂，雖然不論群臣還是後宮諸妃，在胤禛面前都說他春秋鼎盛，但她心裡知道，胤禛已經不年輕了，這些年又一直操勞國事，身子情況日漸下降。

偏生在這種情況下，胤禛又對舒穆祿氏著迷，連著數日傳召她侍寢。聽養心殿的人說，每次都是留到三、四更，操勞之餘又這樣縱慾，身子哪裡吃得消。

不曉得舒穆祿氏是給胤禛灌了什麼迷湯，令胤禛這個原本不好女色的人這般迷戀她。

凌若心中一澀，搖搖頭不再想這些，專心繡著繡繃中未完的龍。

這一覺胤禛睡了很久，直至日落偏西時，方才醒轉，撫額道：「朕睡了很久嗎？」

「差不多一個半時辰了。」凌若放下手裡的東西，將他扶起來道：「皇上覺得怎麼樣？」

胤禛點頭道：「睡了一覺，精神好多了。不曉得為何，在妳這裡睡得特別踏實。」說罷，瞅了外頭一眼道：「既是這麼晚了，乾脆就在妳這裡用過晚膳再回吧，好些日子沒與妳和弘曆一道用膳了。妳呢，繡得怎麼樣了？」

凌若笑笑道：「還差最後一針便繡好了。」隨著這話，繡針再次帶著繡線穿過錦緞，隨之呈現在視線中的，是一條活靈活現的騰龍，張牙舞爪，似隨時會從錦緞中飛出來一般。

胤禛起身，親自從一旁的簍子中取過銀剪將線剪斷。「弘曆看到了一定很喜歡。」

說到弘曆，凌若心中沉甸甸的，一下子沒了說笑的心情。看到她這副模樣，胤禛扶著她的肩膀，彎腰道：「怎麼了？」

凌若仰頭道：「臣妾總是覺得弘曆還小，貿然讓他領戶部的差事不太妥當，萬一要是出了岔子可怎麼辦？」

「在做額娘的眼中，就算兒女已經七老八十，也總覺得還小。可是若兒，弘曆終要離開妳的，妳不可能陪著他一生一世；而且就算真出了岔子，也有朕在，他不會有事的，妳大可放心。」

在服侍胤禛刷牙洗臉後，差不多也到了該用膳的時辰，弘曆帶著小鄭子過來請安。因為知道自己過幾日就可以入朝當差，弘曆心情特別好，臉上一直帶著笑容。

入席之後，更是不斷替胤禛與淩若夾菜，不住地讓他們多吃一些。

在弘曆又夾了一塊珍珠雞過來後，胤禛道：「行了，不用給朕與你額娘夾了，這碟子都快放不下了，你自己多吃一些。等以後當了差，要忙的事多了許多，可未必能像現在這樣悠閒地用膳了。」

「兒臣知道。」弘曆笑著扒了一大口飯。「皇阿瑪，兒臣知道戶部掌管全國賦稅、戶籍、軍需、糧餉等等，所以剛才兒臣找了許多與這方面相關的書籍來看。」

胤禛讚許後又道：「你如此用心是好的，不過到時候不論你再忙，也得經常入宮來看你額娘。你額娘可就只有你這麼一個兒子，你不在宮裡，她要寂寞許多了。」

弘曆連連點頭。「皇阿瑪放心，兒臣一定經常來給額娘請安，而且額娘有什麼事，也盡可以讓宮人來告訴兒臣，兒臣一定隨傳隨到。」

淩若不願就這件事多說，往弘曆碗中夾了一筷菜，道：「你啊，少油嘴滑舌了，好好用膳。」

晚膳用過後，胤禛又坐了一會兒，一直到月上柳梢的時候才離去。而這一夜，他沒有傳召任何一個人。

第二天，弘曆即將出宮的消息也四下傳了開去，許多人都知道了，自然也包括舒穆祿氏。

她頗有些驚訝地道：「四阿哥還未滿十六歲，皇上就讓他出宮了？」

「皇上一向看中四阿哥，之前還讓他去養心殿學習如何批閱奏摺，現在讓他早一些入朝當差以做歷練，也不是什麼奇怪的事。」如柳一邊將剛摘下來的鬱金香插在鬥彩花瓶中，一邊回答舒穆祿氏的話。

舒穆祿氏湊到花瓶邊深深吸了一口鬱金香的香氣，微眯的眼眸中掠過一絲精光。「也就是說，想對付四阿哥，就只剩下那麼幾天的時間了，對嗎？」

如柳悚然一驚，小聲道：「主子，您想對付四阿哥，可是他不曾害過您啊。」

舒穆祿氏抬起頭，涼聲道：「不錯，他是不曾害過我，但是他的額娘害過，這個仇我是一定要報的。」

如柳點頭道：「這個奴婢自然知道，可是這與四阿哥並無關係啊。」

「熹妃眼下位高權重，又得皇上信任，以我現在的能力想要對付她並非易事，就算成了，也不過是小痛小癢，無傷根本。我說過，我要熹妃她們這些人承受這世間最深的痛楚。試問對於一個額娘來說，還有什麼比失去兒子更痛苦的？」這一刻，她心裡只有仇恨二字。她所受的痛楚一定要加倍報在別人身上，才可以平息。

過了一會兒，不見如柳接話，她側目道：「怎麼，覺得我太殘忍了嗎？」

「沒有。」話雖如此，如柳面上卻露出不忍之色，而她這副樣子又怎可能逃得過舒穆祿氏的眼睛。

舒穆祿氏冷哼一聲道：「妳現在同情熹妃與四阿哥，那之前誰又同情過妳我？妳別忘了，熹妃與劉氏她們一起想要置我於死地，更不要忘了雨姍是怎麼死的！」

說到後面，她聲音漸漸高了起來：「之前我被困在這裡沒辦法，但現在我出來了，我一定要替雨姍報仇，讓害過我們的人一個個付出應有的代價！」

「可是四阿哥是無辜的。」

如柳話音剛落，舒穆祿氏便迅速接了上來：「那雨姍不無辜嗎？她被人活活絞死的時候，誰同情她？我面對著四面空牆，寂寞得要發瘋時，誰又憐惜過我？妳在淨軍裡做那些骯髒下賤的活時，誰又可憐過妳？」

這一連串的問題將如柳堵得啞口無言，更不要說這還關乎冤死的雨姍。一直到現在，她都時不時會想起雨姍的音容笑貌，想起她們一起在宮中做事的情景。

第一千一百二十九章 蚊蟲

不等如柳說話，舒穆祿氏再次搖頭道：「沒有啊，一個都沒有啊。如柳，不要再天真了，只要是這宮裡的人，就沒有無辜二字，妳不害她，她就會來害妳。想要保身，想要出人頭地只有一個辦法，那就是先下手為強。而且我會變成這樣，都是她們逼的，要怪也只能怪她們自己！」

如柳無言地望著舒穆祿氏，雖然她的話有些偏激，但大部分都是實情。剛認識舒穆祿氏那會兒，她懦弱善良，連與人吵架都不會，更不曾害過任何人，可結果，卻一步步被逼到懸崖邊，甚至從懸崖上摔了下去。現在若不狠一些，很可能會再重蹈覆轍，到時候可不會像上一次那麼幸運。

想到這裡，她輕輕嘆了口氣道：「奴婢明白了。那主子現在想怎麼做？四阿哥一直住在承乾宮，想動他可不容易，而且宮裡已經接連死了兩位阿哥，一定會比以前更加小心。熹妃娘娘又是個謹慎的人，就算讓我們尋到辦法，只怕她也會很快查到咱們頭上來，到時候就得不償失了。」

「不動手便罷，一旦動手了，自然就要萬無一失，何況我又怎麼會讓她查到我頭上來那麼蠢呢？」不等如柳明白話中的意思，她話鋒一轉道：「昨夜裡，我睡著的時候，耳邊一直有『嗡嗡』的聲音，早上起來，手臂上起了好幾個腫包，看樣子，現在已經有蚊蟲了。」

她話轉得太快，令如柳一時不知道該怎麼接，好一會兒方道：「是，奴婢昨夜也被蚊蟲叮了，想不到今年蚊蟲來得這麼早，奴婢這就去拿藥膏給主子擦。等晚上的時候，奴婢再在香爐中放一些驅蚊的草藥，以免蚊蟲再叮咬主子。」

「慢著。」舒穆祿氏喚住準備離開的如柳，道：「我要與妳說的並不是這個，而是蚊蟲。」在如柳不解的神色中，她道：「今夜妳與我一起抓幾隻蚊蟲。」

這下子如柳是真的無法理解了。「蚊蟲？主子您抓這個做什麼？」

舒穆祿氏露出一抹陰冷的笑容。「我自有妙用，妳到時候就知道了。」

這夜，胤禛沒有繼續翻舒穆祿氏的牌子，而是翻了劉氏的。舒穆祿氏知道消息後，早早用過晚膳，然後留下如柳在寢室中，而裡頭只留了兩根蠟燭，發出昏黃的光芒。

舒穆祿氏與如柳一人手裡拿著一個絹袋，眼睛不時看著四周，等著蚊蟲出現。許久，終於有「嗡嗡」的聲音傳來，舒穆祿氏精神一振，輕聲道：「仔細一些，別弄死了。」

如柳答應一聲，將注意力放在小小的蚊蟲上。說實話，要將牠們活捉可比打死牠們難多了，兩個人費了一整夜的工夫，才堪堪抓到七、八隻，而這個時候天已經快亮了。

如柳抹了把額頭上的汗，道：「主子，蚊蟲已經抓到了，現在該怎麼辦？這些蚊蟲若是沒血吸，活不了太久的。」

「我知道。」舒穆祿氏小心地拿過如柳手裡的絹袋，然後道：「妳去御膳房問他們討要一些豬血，另外再去御藥房，就說妳在淨軍中做事久了，早起晚睡，住的地方又潮溼，關節有些痛，疑是得了風溼，問他們要些西域烏頭。」

「西域烏頭？那個藥能治風溼嗎？」如柳疑惑地道：「主子，奴婢怎麼越聽越糊塗，您要這些東西究竟是想做什麼？」

舒穆祿氏打量著絹袋裡的蚊蟲，好一會兒方道：「附耳過來。」

如柳趕緊將耳朵附過去，隨著舒穆祿氏在她耳邊說話，嘴巴越張越大，直至舒穆祿氏說完都沒有回過神來，許久方才結結巴巴地道：「主……主子，這個計畫雖然……不錯，可是您現在讓奴婢去拿西域烏頭，是否太過明顯了一些，一旦事發，熹妃派人去查，很容易查到奴婢身上，而您也會被扯進來的。」

「我既然給熹妃準備了這麼一份大禮，又怎麼好意思不給別人準備呢。」舒穆祿氏的目光一直不曾離開過那些醜陋的蚊蟲，徐徐道：「謙嬪與成嬪，妳說哪個來頂這個罪為好？」

「這個……」如柳仔細想了一下道：「奴婢雖然更恨謙嬪，但是謙嬪那個人詭計多端、狡詐成性，連自己親生兒子都能下手掐死，想讓她來頂罪，只怕很難。」

「不錯，我雖然最恨謙嬪，但正如妳所說，謙嬪不易對付，只怕她連永壽宮一步都不會讓我踏入；相反的，成嬪更好利用一些，又蠢又膽小偏生還不自知，能一直活到現在，真可謂是老天爺保佑，不過走了那麼多年好運，也該是時候結束了。」

如柳點頭後又道：「主子，奴婢有一點不明白，所有事皆是因謙嬪而起，您最恨的人也是她，為何將此計使在熹妃身上呢？」

舒穆祿氏擺手道：「妳別忘了，六阿哥現在不過幾個月而已，往後的十幾年都會在後宮中，要對付他有的是機會；可是四阿哥不同，他再有幾天就要出宮當差，難道我還能跟到宮外去對付他嗎？更何況，劉氏既然是我最恨的人，自然要留到最後才享用，否則怎麼對得起她對我的關照。」

笑語嫣然間，卻是冰冷到讓人打顫的語氣，縱是如柳，也忍不住打了個寒顫。

熹妃傳

熹妃傳 第三部第二冊

作　　者／解語
執 行 長／陳君平
榮譽發行人／黃鎮隆
協　　理／洪琇菁
總 編 輯／呂尚燁
執行編輯／陳昭燕
美術監製／沙雲佩
美術編輯／陳又荻
國際版權／黃令歡、梁名儀
企劃宣傳／陳品萱
文字校對／朱瑩倫
內文排版／謝青秀

國家圖書館出版品預行編目資料

熹妃傳．第三部／解語作．-- 1 版．-- 臺北市：城邦文化事業股份有限公司尖端出版：英屬蓋曼群島商家庭傳媒股份有限公司城邦分公司尖端出版發行，2023.08-
冊；　公分
ISBN 978-626-356-570-8（第 2 冊：平裝）

857.7　　112004168

出版／城邦文化事業股份有限公司　尖端出版
台北市 104 中山區民生東路二段 141 號 10 樓
電話：（02）2500-7600　傳真：（02）2500-2683
讀者服務信箱：7novels@mail2.spp.com.tw
發行／英屬蓋曼群島商家庭傳媒股份有限公司城邦分公司　尖端出版
台北市 104 中山區民生東路二段 141 號 10 樓
電話：（02）2500-7600　傳真：（02）2500-1979
劃撥專線：（03）312-4212
戶名：英屬蓋曼群島商家庭傳媒（股）公司城邦分公司
劃撥帳號：50003021
※ 劃撥金額未滿 500 元，請加付掛號郵資 50 元
法律顧問／王子文律師　元禾法律事務所　台北市羅斯福路三段 37 號 15 樓

台灣地區總經銷／中彰投以北（含宜花東）　楨彥有限公司
電話：（02）8919-3369　傳真：（02）8914-5524
雲嘉以南　威信圖書有限公司
（嘉義公司）電話：（05）233-3852　傳真：（05）233-3863
（高雄公司）電話：（07）373-0079　傳真：（07）373-0087
馬新地區總經銷／城邦（馬新）出版集團 Cite（M）Sdn Bhd
電話：603-9057-8822　傳真：603-9057-6622
E-mail：cite@cite.com.my
香港地區總經銷／城邦（香港）出版集團 Cite（H.K.）Publishing Group Limited
電話：852-2508-6231　傳真：852-2578-9337
E-mail：hkcite@biznetvigator.com

版　次／2023 年 8 月 1 版 1 刷